花守物語

第二巻

貴凪譲
貴凪よし子
貴凪光子

創英社／三省堂書店

目次

ぷろろーぐ（第一巻のあらすじ）…… 1
第一章　思い込み …… 10
第二章　大嫌いな男 …… 28
第三章　末ぞゆかしき …… 52
第四章　死に場所 …… 66
第五章　清津へ …… 82
第六章　刺客 …… 98
第七章　陰謀 …… 113
第八章　誇り …… 125
第九章　一服 …… 141
第十章　有明橋の襲撃 …… 150
第十一章　事の裏側 …… 169

目　次

第十二章　三枚の小袖……184
第十三章　有為の士……208
第十四章　歩みたい道……234
第十五章　賢弟……263
第十六章　一の男、二番目の男……285
第十七章　同衾……307
第十八章　東雲城落つ……318
第十九章　水の精……335
第二十章　双葉より芳し……351
第二十一章　イザナミとイザナギ……374

ぷろろーぐ（第一巻のあらすじ）

遠い昔、都のさる貴族の屋敷から巻物十巻が盗み出され、一人の倭冠《わこう》（海賊）の手により遥々《はるばる》海を渡ることとなった。

中国は明《みん》の時代、第十代の弘治帝（在位一四八七年～一五〇五年）の御代《みよ》であった。張皇后は巻物に描かれていた物語に大層興味を持ち、明の言葉に訳すようにと命じたのである。

その物語の舞台は日本で、弘治帝の御代より少し溯《さかのぼ》った時代のことであろうと思われるが、登場人物も舞台となっている地域も、定かなことは分かっていない。その巻物十巻が、清《しん》によって明が滅ぼされた時に行方《ゆくえ》がわからなくなってしまった故である。しかし物語の断片は、張皇后の侍女の一族によって大陸の片隅に細々と伝えられていった。それによると……。

日本の国が、やがて戦国時代になろうとしていた頃であろうか……。都では源《みなもとのはるひで》治秀という人物が将軍となって、ある大きな戦の後の世の中を鎮《しず》めようと活躍していた。その都から東《あずま》の方《かた》へと、どれ位下《くだ》った地方なのであろうか……。清津《きよつ》の国《くに》があった。清津を治めていたのは、唐沢靖匡《からさわやすまさ》である。中々の名君で、他国の乱れをよそに、国内は平穏であった。

温暖な清津の国には珍しく、霜月《しもつき》（陰暦十一月）の始めに風花《かざはな》の舞う寒い日、都から理由《わけ》あって逃《のが》れて来たと思《おぼ》しき女人たちの姿があった。梅子という二十代半ばのすらりとした色白のこの上もなく美しい女性と、その二人の娘。姉はこの時十歳で、藤香《ふじか》。妹は二歳で百合香《ゆりか》といい、この物語の核となっていく姫君である。小槙《こまき》という梅子とは乳姉妹《ちきょうだい》にあたる女と、その娘の桃代《ももよ》（九歳）が一緒であった。主従は賊に襲《おそ》われたところを嘉平《かへい》という寺男に助けられ、彼の住まう竜巻寺《りょうけんじ》へと伴《ともな》われた。

竜巻寺は清津《きよつ》の由緒《ゆいしょ》ある寺で、住職《じゅうしょく》は安然和尚《あんねんおしょう》である。和尚は美しい梅子を領主の唐沢靖匡に引き合わせ、靖匡は一目見た梅子に心引かれてしまった。

梅子主従は叔母を訪ねての旅の途中で、すぐにも清津から離れるつもりであった。しかし竜巻寺《りょうけんじ》に泊まった夜に藤香が熱を出し、和尚とは懇意《こんい》な薬師《くすし》の菖庵《しょうあん》に診《み》てもらうこととなった。その藤香の熱は翌日の夕べには下がり始めたが、菖庵はすぐに旅立つのは無理であろうとの意見。やむなく一行は竜巻寺に留まったが、藤香のその後の回復は、何故かはかばかしくなかった。

梅子を始めとする女たちは、都から清津へ辿《たど》り着くまでに二度も賊に襲われたこともあって、多かれ少なかれ旅には恐怖心を抱《いだ》くようになっていた。竜巻寺から出立するのをためらっている梅子たちに、靖匡は寺の離れに手を加えて住んではどうかと勧めた。それには暗に、梅子に彼の側妻《そばめ》になれとの意味が込められていたのだが、梅子はそれを承知した。

年が改まり、靖匡は一日も早く梅子を我がものにしたいと思っていたが、彼女は態度を曖昧《あいまい》にしたままであった。しかし靖匡も決して無理をしようとはしなかった。

靖匡の計らいで、彼の近習であった男の寡婦《かふ》楓《かえで》が梅子一族に仕えるようになった。彼女には女ながらも剣術の心得があり、藤香と桃代は進んで彼女から教えを請うようになり、桃代は特にその腕を上げていった。

やがて梅子は靖匡と褥《しとね》を共にした。靖匡は決して梅の花を無理に手折《たお》った訳ではなかったが、梅子は中々彼に心を開こうとはしない。一年が過ぎ、梅子は靖匡の次男於次丸《おつぎまる》をもうけた。靖匡は大いに喜び、梅子への寵愛は更に深くなっていったが、彼は五日程の間隔を保って竜巻寺を訪れるという姿勢を崩そうとはしなかった。

靖匡には正室《せいしつ》桐乃《きりの》との間に、亀千代《かめちよ》という十三歳になる嫡男《ちゃくなん》があった。二人の夫婦仲は決して悪くはなかったが、これまで靖匡は次々に新しい女に手を出しては桐乃を怒らせていた。安然《あんねん》和尚《おしょう》はそんな彼女に常にゆったりと構えているようにと忠告してきたが、桐乃は今度ばかりは不安を拭《ぬぐ》えなかった。『いつもとは、何かが違う。靖匡殿は、梅子という女を心から愛しておられるのではないか……』と。

梅子はかなり身分の高い女性で、都で何らかの罪を犯して逃《のが》れて来た様子であった。彼女はその罪の深さに戦《おのの》きながらも、誰に告白することも出来ずに悩んでいた。しかし靖匡は、梅子がいかなる身分の女性で、都でどの様な事件に関《かか》わって清津へ落ちて来る様になったのかを知っていた。寺男《てらおとこ》の嘉《か》平《へい》が、実は原田《はらだ》嘉平《かへい》という靖匡からの密命を受けて働く侍で、都へ上って女人たちの素性《すじょう》を探り出して来たのである。だが、靖匡は梅子には都での出来事はすべて忘れて、彼の愛する女性として清津の国で新しく出直して欲しいと願う。彼女の犯した罪がいかなるものかを知りながら、尚も深い愛情をそそいでくれる靖国に、何時しか梅子は心を開くようになっていった。その様な中で、侍女小槇《じじょこまき》の娘である桃代は、幼い百合香の『花守り』として生涯生きて行くつもりであると、母に告白した。

梅子の暗い過去を、靖国は表沙汰にしようとはしなかった。清津の国でそれを知る者は、靖国からの信頼が厚く、女たちの庇護者《ひごしゃ》でもある安然和尚と、都で様々なことを調べ上げて来た原田嘉平のみであった。

百合香が八歳になった頃、竜巻寺《りょうけんじ》には戦《いくさ》で孤児となった尾花《おばな》、菊恵《きくえ》の姉妹が引き取られ、彼女の良き遊び相手となった。百合香は二人の少女には無い自らの二の腕にある鳥の羽の様な痣《あざ》を不思議に思った。しかし桃代は、『お隣の明《みん》という国の皇帝陛下の皇后様のお衣装には、鳳凰《ほうおう》という幻の鳥の姿が縫い取りされるそうですが、姫さまにはお生まれになった時からそのお印がおありなので、滅多な人にお見せになってはいけませぬ』と忠告した。それは幼い百合香には到底理解できることではなかったが、彼女は桃代を心から信頼していたので、以後はその痣に誇りさえ持つようになった。

靖国と正室桐乃との間に生まれた亀千代は、元服《げんぷく》して唐沢光国《からさわみつまさ》と名乗るようになった。しかし桐乃の自慢の息子は、こともあろうに側妻《そばめ》の梅子の娘で二つ年下の藤香と親しくなってしまう。桐乃は驚き、とんでもないことであると息子への監視《かんし》を強める中、結城進之助《ゆうきしんのすけ》は何とか二人の文の取次ぎをしようと心を砕《くだ》いていた。彼は清津の西隣りの勝山《かつやま》の領主、伏見春定《ふしみはるさだ》の次男春元《はるもと》の乳兄弟《ちきょうだい》で、この時十六歳であった。世継ぎ争いに巻き込まれて勝山の国にはいられぬようになり、春定の従兄弟にあたる靖国の許へ身を寄せていたのである。進之助は光国が藤香の所へ通う供を務める内に、侍女の桃代に関心を持つようになっていた。

藤香、百合香姉妹の父の面影も何時しか消えて、梅子は心から靖匡を慕うようになっていた。この幸せがいつまでも続くようにと願う梅子であったが、そんな折に靖匡は倒れて、左半身が不自由になってしまった。靖匡は梅子に、愛児於次丸《おつぎまる》を正室桐乃に渡して欲しいと懇願《こんがん》した。梅子には到底《とうてい》聞き入れられることではなかったが、靖匡が切に願う姿に打たれて、彼女は遂にそれを受け入れた。

靖匡は自分が亡くなった後の梅子の身を案じて、竜巻寺の安然和尚の知己《ちき》である清津の東隣りの柾《まさ》平《ひら》の国の薬師《くすし》玄斎《げんさい》を呼んだ。梅子と、藤香、百合香姉妹のことを託《たく》そうとしたのである。桃代は、自らの死後の愛妾《あいしょう》とその姫たちの行く末を案じる靖匡の姿に心打たれた。彼女は、靖匡に淡い恋心を抱《いだ》くようになっていた。靖匡はそんな桃代に、『月華丸《げっかまる》』という懐剣《かいけん》を与えた。それは結城進之助の主《あるじ》伏見春元が、大切な家来である進之助を匿《かくま》って欲しいと靖匡へ贈ったという、勝山の領主伏見家に代々伝わる家宝《かほう》の名刀なのであった。

嫡男光匡は既に十八歳になっていたが、靖匡は唐沢家の行く末を案じていた。彼は悩んだ末に正室桐乃にその後見《こうけん》を託すこととし、自らの死は当分伏せておく為に、その影となる男を探すようにと嘉平に命じた。

唐沢靖匡が遂《つい》に息を引き取った日、桐乃は彼の遺言《ゆいごん》に従って於次丸を松ヶ枝城《まつがえじょう》へ引き取るべく、二つの輿《こし》を竜巻寺へと向かわせた。靖匡の逝去《せいきょ》は当分の間秘されることとなり、その輿の一つには桐乃が、もう一方には靖匡の亡骸《なきがら》が隠されていたのである。その日、桐乃は既《すで》に髪《かみ》を下《お》ろして春宵尼《しゅんしょうに》となった梅子に初めて見《まみ》えた。二人の女はしばし語り合い、春宵尼《しゅんしょうに》は於次丸《おつぎまる》の行く末を考え、断腸《だんちょう》の思《おも》いで我が子を桐乃に託した。

桐乃は、於次丸に仕える為に春宵尼の望む者がついて来ることを許した。春宵尼と藤香は桃代にそれを託したいと思ったが、百合香が反対した。『桃代とは生涯離れぬ約束をした……』と。結局於次丸には小槙《こまき》と尾花、菊恵姉妹が従うこととなった。

光匡は愛する藤香との別れを辛く思うとともに、信頼する結城進之助の去就《きょしゅう》に悩んでいた。進之助は光匡に心寄せながらも、やはり伏見春元をただ一人の主《あるじ》として思い定めている様子である。光匡はそんな進之助に、松ケ枝城《まつがえじょう》から出て春宵尼一行の供をし、柾平《まさひら》の国へ行くようにと命じた。進之助は、この身が二つあったならと苦しむが、結局は光匡の側から離れる決心をした。

靖匡に古くから仕えてきた山崎仁右衛門《やまさきじんえもん》は、梅子を始めとする女性たちの素性を何ら知らされてはいなかった。御家のことを誰よりも思う彼は、曰《いわ》くありげな女たちによって靖匡亡き後の唐沢家に災いが及ぶことを恐れていた。仁右衛門は、柾平の薬師玄斎《くすしげんさい》を頼って清津の国から去ることとなった春宵尼一族をことごとく抹殺《まっさつ》し、腹を切って靖匡の後を追おうと決心する。一方進之助は、寺男嘉平《てらおとこかへい》が靖匡の腹心《ふくしん》原田嘉平であることを知っている数少ない者の一人で、彼に春宵尼を始めとする女性たちを守る為に助力して欲しいと頼んだ。嘉平は梅子に密かに心を寄せていたこともあって、それを承諾した。

光匡は山崎仁右衛門の動きに不審を抱き、近藤小太郎《こんどうこたろう》という腕の立つ若き近習《きんじゅう》を進之助に協力させるべく、春宵尼一行を警護する侍の中に加えた。

仁右衛門は、清津と柾平の国境《くにざかい》にある我孫子山《あびこやま》の峠で、『亡き靖匡公の御内意である』と称して春宵尼一族の暗殺を謀《はか》った。しかし桃代は、靖匡から下賜《かし》された『月華丸《げっかまる》』をかざして、仁右衛門の言は偽りであると主張した。仁右衛門は、その懐剣は桃代が盗んだものであろうと聞き入れなかったが、そうこうする内に我孫子峠から遥かに見渡せる竜巻寺《りょうけんじ》の辺りに火の手が上がった。進之助に助力した嘉平が、かつて梅子たちの住んでいた寺の離れに火を放ったのである。進之助は、梅子一族が離れの火事で亡くなった様に見せかけよ、というのが本当の靖匡公の御内意であった、と仁右衛門に言い放った。仁右衛門は己の非を認めて腹を切ろうとしたが、進之助に光匡の為に生きて欲しいと説得されて思い止まった。

春宵尼は、亡き靖匡公のお陰で自分達はあの火の中にに滅び、新しく生きていくことが出来ると喜ぶが、進之助の胸中は複雑であった。実は、彼の『亡き殿の御内意』というのも、偽りなのであった。

春宵尼一族が、進之助と小太郎、それに仁右衛門とその家来たちと共に柾平の国へ行くと、三田村《みたむら》玄斎《げんさい》が子息の竹緒《たけお》を伴って国境まで迎えに来ていた。一行は玄斎の広壮な館の隣にある古い屋敷へ案内された。中々凝《こ》った造りの建物で、元は玄斎の一族が住んでいたということであった。そこで女人たちの新しい生活が始まった。しかしその屋敷には、一人の少女が住み着いていた。百合香とは同い年で名は菘《すずな》といった。玄斎の最愛の妻顔佳《かおよ》は、亡くなった次女が忘れられずに捨て子を養い子として育てていた。しかし、彼女の死後、屋敷の使用人達の冷たい仕打ちに菘は心を閉してしまい、新しい館へはどうしても移ろうとしなかったのである。桃代は、そんな菘が大切な百合香に悪い影響を与えるのでは……、と警戒心を抱いた。

安然和尚《あんねんおしょう》は唐沢靖匡の葬儀を、梅子とそれに所縁《ゆかり》の女人たち、そして寺男の嘉平のものとして竜巻寺《りょうけんじ》で執《と》り行《おこな》うことにした。その葬儀には、結城進之助と薬売りに身をやつした原田嘉平、それに進之助に強く同行を願った桃代も陰ながら姿を見せた。新しい暮らしに自信を失いかけていた桃代ではあったが、靖匡に別れを告げ、和尚の計らいで母の小槙とも見《まみ》えることができて、勇気を奮い起こすことが出来た。

清津からの帰り道、桃代は進之助が気落ちしている様子なのを案じた。理由を聞くと、進之助の主《あるじ》である伏見春元が、故郷《ふるさと》の勝山の国を出て、母の紫苑《しおん》の実家、藍河の国の領主林田実幸《はやしださねゆき》の許へ身を寄せたという書状を、近藤小太郎から渡されたというのである。春元の父の春定《はるさだ》は既に亡くなっていたが、その跡を継いだ長男の春員《はるかず》は無能な男で、家来達は次男の春元が勝山の領主になることを望んでいた。春元はそれを固辞《こじ》し続けて、勝山の国から姿を消したのであった。進之助はそれに深い憤《いきどお》りを覚えていたのである。

留守の柾平では、菘が鞠を柾平川《まさひらがわ》へ投げ入れ、百合香がそれを取りに行って川に溺《おぼ》れるという事件が起こっていた。幸い百合香は、玄斎の息子竹緒に助けられ、玄斎の適切な処置で命を取り留《と》めることができた。しかし柾平へ帰った桃代は、夜中《やちゅう》玄斎の館を訪れて礼を述べると共に、菘の引き取りを彼に承知させた。

進之助は光国が藤香へ宛《あ》てた文を、小太郎から預かってきていた。彼はそれを届ける時に、生母の梅子を慕って悲しむ弟の於次丸に手を焼いた光国が、『母と二人の姉たちは竜巻寺の離れの火事で亡くなった』と伝えたことを知らせた。春宵尼も藤香も、それには大きな衝撃を受けた。それは、最早二度と於次丸に会うことは出来ぬ、と意味しているも同然だったのである。

百合香が柾平川で溺《おぼ》れかけた事件を、人々は様々に憶測《おくそく》していた。そんなある日、まるで菘が百合香を川へ突き落としたかの様に語り合う玄斎の館の使用人たちの話を耳にした菘は、憤慨《ふんがい》して家出してしまう。彼女が姿を消したことを知った百合香の脳裏には、何故かまんまんと水を湛《たた》えた柾平川が浮かんできた。菘の行方《ゆくえ》を求めて屋敷から抜け出した百合香は、柾平川の中州《なかす》で菘を見つけて一緒に帰ろうと促《うなが》したが、それを拒否した菘と殴り殴り返しての大喧嘩となってしまった。そこへ進之助と竹緒が駆けつけ、進之助は菘を、竹緒は百合香を別々に連れ帰ることとなり、道々百合香は竹緒に川で助けられた礼を述べた。

百合香と菘が殴り合いの喧嘩《けんか》をしたことを、進之助は桃代には話さなかったが、百合香の頬が赤くはれていたことで桃代はそれとなく事情を察し、菘への嫌悪感《けんおかん》を募《つの》らせた。そんな中、剣の稽古をしていた藤香と桃代、楓の三人に菘が近付いて自分にも教えて欲しいと願った。桃代はその様なことは無視したいと思ったが、師匠の楓が受け入れてしまったので、彼女は面白くない。おまけに、桃代がそろそろ指導を始めたいと思う百合香には、一向にその気がなさそうなことを彼女は不満に思った。

不愉快な気持ちとなってその場から離れた桃代に、進之助が近付いて来て二人は杉の木の下に並んで座り、しばし語り合った。やがて進之助は、将来妻になって欲しいと、突然その胸中を打ち明けた。彼は、『桃代どのがこの後、この男ならば……、と思う様なお人と出合った時には、諦《あきら》めもする。しかし名乗りだけは上げておきたい』と言った。あの時に、胸の内を打ち明けておけば良かった……、などと後悔したくはない、とも。それは進之助にしては珍しい率直な態度なのであろうと、桃代の心は騒いだ。彼女も心の内では進之助を慕っていたのである。しかし桃代は、百合香の花守りとして生涯彼女を守っていこうと心に決めていた。その様な女が、進之助に色好い返事の出来よう筈はなかったのである。

第一章　思い込み

結城進之助《ゆうきしんのすけ》は桃代《ももよ》に自らの思いを打ち明けたが、二人の日常には何ら変わりはなかった。誰が知っている訳でもない。ただ百合香《ゆりか》が、遠くから見ていただけである。しかし八歳の彼女には、それと理解できる筈もなかった。

師走《しわす》（陰暦十二月）に入ったある日、春宵尼の屋敷の庭で木太刀《きだち》を振っていた進之助を、三田村玄《みたむらげん》斎《さい》の息子竹緒《たけお》が訪ねて来た。

「結城様。お願いでござります。わたしに剣術の手解《てほど》きをしては頂けませんでしょうか……」

「竹緒どのに……、でござるか？」

竹緒は年が改たまれば十一歳となる。進之助は既にその年頃には、主《あるじ》の伏見春元《ふしみはるもと》や近習達《きんじゅうたち》と剣の稽古に明け暮れる日々を過ごしていた。しかし将来父親の跡を継いで、この地方の有力な薬師《くすし》となるであろう竹緒が何故に……と、進之助は訝《いぶか》しく思った。

「薬師が、どうして剣術などを……、とご不審《ふしん》に思われるのはご尤《もっと》もにござります」

竹緒は進之助の胸中を見透《みす》かした様に言った。

「……」

進之助は、さて何と答えたものかと思った。

「わたしは何年か後に、父と同じ様に都へ修行に参りたいと思うておりました。けれども父が都へ上りました時代とは異なり、世の中は大層乱れてきています。父は今の都へ参ったところで、得るものは殆《ほとん》ど無いであろう……、との意見なのです」

「この柾平《まさひら》の国はおろか、清津《きよつ》にもお父上ほどに高名な薬師殿はおられませぬ。近隣《きんりん》の諸国《しょこく》とて断言はできぬが、同じ様なものであると思われます。わざわざ都へ上られたとしても、果たして玄斎殿以上の薬師殿に出会えるかどうかは、しかとは分かりかねる。何も危険を侵《おか》してまで都へ行かれる必要はない……と、某《それがし》もお父上のご意見が正しいと思います」

進之助は忌憚《きたん》のないところを述べた。

「しかし、何事もこの目で確かめて見ぬことには、真の姿など分かる筈《はず》もないではありませぬか……」

「それは、そうでござるが……」

「井《い》の中の蛙大海《かわずたいかい》を知らず……、と申します。わたしは都へ上り、果たして父以上の薬師が居られるや否やを、確かめてみたいのです。けれども父は、都までの道中が危険じゃと申しております」

「成程《なるほど》……。それで、剣術の稽古《けいこ》を……」

「はい」

竹緒の熱意に、進之助は感心した。

「このことに付いて、お父上は何か……?」

進之助は、一応は父の玄斎の意向を尊重せねばならぬであろう……、と思った。

「結城様に稽古を付けて頂けるかどうかを、まずはわたしからお尋ねしてみるように……、と申しました。お引き受けくださるというお返事を頂けましたなら、改めて父がお願いに参上致します」

「………」

進之助は、玄斎の心遣《こころづか》いに打たれた。玄斎の頼みとあれば、進之助も断り難いであろうと、まずは息子を打診《だしん》に寄越したのだと思われた。春宵尼《しゅんしょうに》を始めとする五人の清津からの掛《かか》り人《うど》の、その又言わば居候《いそうろう》たる進之助が、玄斎の頼みを心ならずも引き受ける様なことになっては気の毒と、思いやってくれたに相違《そうい》なかった。息子を本心では都へ行かせたくはない玄斎が、まずは竹緒に剣の修行をさせて、その熱意の程を確かめたい、といったところであろうか……、と進之助は推察《すいさつ》した。

「お父上にお伝え頂きたい。この結城進之助、未だ人様《ひとさま》にお教え申す程に剣の道には実力もなく、且《か》つ又《また》、経験も浅い身でござる。それ故に竹緒殿のご指導と申しますよりは、ご一緒に剣の道に励《はげ》んで行く……、という様なことで宜《よろ》しければ、喜んでお力にならせて頂きましょう」

「真ですか？　結城様、ありがとう存じます」

竹緒はこの上もなく嬉しそうな顔をした。

「それでは後程、父と一緒に改めてお伺い致します」

こう言って駆け出そうとする竹緒に、進之助は慌《あわ》てて声を掛けた。

「竹緒どの……。丁重《ていちょう》なるご挨拶《あいさつ》は、却《かえ》って某には負担《ふたん》でござる。気軽《きがる》に、兄に稽古を付けてもらう……、との気持ちでいて頂きたい。お父上のご挨拶も、ご辞退申し上げます、とお伝えくだされ」

「結城様が、わたしの兄上様……、でございますか……？」

竹緒は目を輝かせた。

「某《それがし》で宜しければ……」

「ありがとうございます。それでは明日から、早速《さっそく》稽古に伺わせて頂いても宜《よろ》しゅうございましょうか……？」

「いや、某の方から玄斎殿のお館へ参上することにしましょう。明朝伺います」

「はぁ……？　それは又、何故でしょうか……？」

竹緒は不思議そうに聞き返した。

「この屋敷では、女子たちの目もあります。竹緒どのも、ここでは稽古し難いでありましょう程に……」

「結城様は、そこまでご配慮《はいりょ》くださるのですか……」

竹緒は心から進之助に感謝した様子で、浮き浮きと帰って行った。

――純真なお方だ。竹緒どのは……。

進之助は、少々後ろめたかった。幼くして生母を亡くしたとはいえ、父玄斎の庇護《ひご》の下《もと》、世の荒波に揉《も》まれることもなく育ったであろう竹緒は、全く人を疑おうとはしない。進之助が、兄の様な気持ちで気軽に稽古をしよう……、と言ったのは決して嘘《うそ》ではない。しかし問題は、その稽古の場所であった。この春宵尼の屋敷で竹緒に剣の稽古をつけたのでは、女たちに付け入られる恐れがある……、と進之助は考えた。

――竹緒さまには剣の手解きをして、自分たちには教えてくれぬのは片落《かたお》ちであろう……、等と言われぬとも限らぬ。

女子は木剣などを振り回すものではないというのが、進之助の相変わらずの考え方なのであった。

足取りも軽い竹緒の後を、百合香が追い掛けて来た。

「竹緒さま。母が、お会いしたいと申しております」

「はぁ……」

竹緒は訝《いぶか》しそうな顔をして、百合香の後ろからついて行った。一体春宵尼《しゅんしょうに》は、自分に何の用があるのであろうか……、と思っていた。

「先日は、柾平川《まさひらがわ》で溺《おぼ》れた百合香を助けて頂きまして、本当にありがとうございました」

春宵尼は、まるで大人に対する様に丁重《ていちょう》に礼を述べた。

「その様な……」

竹緒は何となく気恥ずかしかった。

「竜巻寺《りょうけんじ》の安然和尚様《あんねんおしょうさま》よりお届け頂きました美味《おい》しいお菓子がございます。どうぞ、召し上がってくださりませ」

春宵尼はこう言って、手ずから菓子を勧めた。余程《よほど》百合香のことで、竹緒に感謝しているのであろう。竹緒はじっと、その春宵尼の横顔を見つめた。春宵尼をこの様に間近《まぢか》に見たのは、これが初めてであった。

——何と美しいお方なのであろうか……。

玄斎の屋敷に古くから奉公している、例の菘の世話をしていた爺《じい》やの久作《きゅうさく》が、

『春宵尼様は、亡くなられた竹緒様のお母君の様なお方じゃ』

と言っていたのを、竹緒はふと思い出した。

——母上も、この様に美しい方であったのか……。

「竹緒さま……」

百合香の声に、竹緒は、はっと我に返った。

「どうかなされたのですか……?」

百合香は心配そうな顔をしていた。

「……亡くなった母のことを、思うておりました」

竹緒は正直に答えた。

「この様にお優しい母君がおられて、百合姫さまはお幸せです」

「竹緒さまは、ご立派な父上様をお持ちではありませぬか……」

春宵尼が労《いたわ》る様に、こう口を挟《はさ》んだ。

「はい」

竹緒は何とも嬉しそうな顔をした。彼にとって玄斎は、誇らしい父親なのであった。

「百合香の父上も、頼もしくて、優しい方でござりました。玄斎様の様に……。でも、亡くなってしまいました」

百合香は寂しそうに目を伏せた。その言葉に、春宵尼ははっとした。

——百合香は靖匡様のことを、未だに真の父上じゃと思うて些《いささ》かも疑ごうてはおらぬ。そう申せば百合香が二歳の冬より今日まで、物心両面の援助《えんじょ》を与え続けてくだされたは、靖匡公《やすまさこう》に他ならぬ。本当にお殿様がおられたからこそ、親の顔も知らぬ百合香が、この様に明るく優しい娘に育つことが出来たのです。百合香の一番大切な時を支えてくだされし靖匡様こそが、真のお父上と申し上げることが出来るのやも知れませぬ。

春宵尼は今更の様に、靖匡の存在を大きく感じたのであった。

「竹緒さまの父上様に、百合香の父上が絶対にかなわないものがあります……」

百合香がここで、ぽつりと言った。

「それは、何でしょうか……？」

竹緒は不思議そうに尋ねた。玄斎は息子の竹緒にだけは、春宵尼一族の素性《すじょう》を話してあった。それによれば清津の領主であったという百合香の父靖匡が、一体自分の父に、何が敵《かな》わぬというのであろうか……、と彼には訝《いぶか》しく思われた。

「お顔、でございます」

百合香は無邪気な表情で答えた。

「まあ……。百合香」

彼女の言葉に、春宵尼は思わず吹き出してしまった。

「竹緒さま。お願いがございます。百合香の、兄上様になっては頂けませぬか……？」

彼女はここで、至極《しごく》真面目な顔をして言った。

「はぁ……？」

百合香の思いも寄らぬ頼みに、竹緒は不思議そうに彼女の顔を見た。

「兄上（光匡）は、わたしをとても可愛がってくださりました。お顔も父上より、ずっとお綺麗です。でも、姉上の方が兄上とお年が近いから、わたしよりもずっと仲が良かったのです。竹緒さまとわたしも、兄上と姉上と同じ様に二つ違い。きっと仲良く出来ると思います。竹緒さまのお顔は、兄上には負けませぬ。……どうぞ、お願いです。兄上になってくださりませ」

「……」

進之助が『兄の様に……』と言った時には素直に喜んだ竹緒も、今度は照れくさそうな顔をしていた。

春宵尼はそんな二人の様子を微笑を湛《たた》えて見守りながら、ふと思った。

——百合香は光匡様と藤香の関係を、一体どの様に思っているのであろうか……。

しかしそれは、改めて尋ねてみる訳にもいかぬことではあった。

やがて師走《しわす》も半ばを過ぎて、この年も暮れようとしていた。進之助は年が改たまる前に、伏見春元《ふしみはるもと》が移り住んだという藍河《あいかわ》の国へ、是非とも出向いてみたいと思っていた。丁度その様な折に、原田嘉《はらだか》平《へい》が清津《きよつ》から戻って来た。

「誠に勝手ではございますが、主《あるじ》の春元のことが、何時も気に掛かっておりました」

こう言って進之助は、嘉平の前に深く頭を下げ、藍河へ行かせて欲しいと願った。

「伏見春元様が藍河へと移られてより、はや一月《ひとつき》以上も経ったのでござろう。よくぞ、今まで辛抱《しんぼう》されたものよ」

「……」

嘉平の言葉に、進之助は何となく面《おも》はゆい様な気持ちではあったが、尚も続けた。

「唐沢家の今後につきましても、光匡様のお行く末も気掛かりでしたし、こちらのお暮らしに不慣《ふな》れであられる春宵尼様を始めとする方々を、男手の無い家に残して参るのも心配でござった。幸い嘉平殿も柾平へ参られた折でもあり、光匡様のご身辺も今のところ然《さ》して不安もないのでございましたなら、年が暮れる前に思い切って出掛けてみたくなりました」

何も彼も、まるで自らが責任を負っているかの様に話す進之助を目の前にして嘉平は、

——損な性分な男じゃな。

と気の毒に思った。

「玄斎殿のご子息竹緒どのの剣の稽古も、休みますのは気の毒でござる。せっかく熱心に励《はげ》んで居られます程に、嘉平殿に暫《しばら》くご指南《しなん》頂ければ有り難いのでございますが……」

「……承知した」

こう答えながらも嘉平は、心の中で同情していた。

——いよいよ以《も》って、律義《りちぎ》な男よ。その様に物事をすべて真剣に考えていたのでは、身がもたぬであろうに……。身体を、呉々も大切にされることだな。

嘉平は、春宵尼たちが清津から柾平へと移る時の騒動《そうどう》以来、自分より遥《はる》かに年下の結城進之助という男に、興味を覚えていたのであった。

「このお屋敷へは、本当に帰って来てくださるのですか……？」

進之助を送り出す時に、桃代は心細そうな顔をして尋ねた。

「春元様は、今や林田家の掛《かか》り人《うど》じゃ。家来の数が増えれば、それだけ肩身の狭い思いをおさせ申すこととなろう。それ故に俺が、藍河に留まる訳にもゆかぬ。すぐにここへ戻って参る」

進之助はこう言って春宵尼の屋敷を後にした。その後ろ姿を見送りながら、桃代の不安は更に募《つの》っていった。

——あの様に浮き浮きとした表情の進之助様を見るのは、これが初めてじゃ。余程お心が、弾《はず》んでおられるのであろう。伏見春元様とは、その様に進之助様にとって大切なお方なのか……。もしや進之助様は、この柾平へは再びお帰りにはならぬのではあるまいか……。

一方、進之助は考えていた。

——桃代どのは、何とも不安そうな顔をしていた。それ程までに心細いのであろうか。俺の留守中に、何事か起こらねば良いが……。

しかし、その何かは、早くも翌日に起こった。その日の昼下がり、菘は顔を覆《おお》う様にして走って行く百合香の姿を見掛けた。彼女は不審に思って、百合香の後をつけて行った。百合香は、自らの屋敷の門の所で様子を窺《うかが》う様に辺りを見回し、やがてこっそりと庭へ回ると、一目散《いちもくさん》に自らの部屋の縁先に近付いて、誰もいないのを確かめて素早く部屋へ駆け込み、障子をぴしゃりと閉めてしまった。

——一体、どうしたのだろう……。

菘は訝《いぶか》しく思った。

百合香は部屋に入ったまま、出て来る様子はなかった。菘は気になって仕方がない。思い切って上がってみようかと思ったところへ、楓《かえで》が縁側を歩いて来るのに気付いた。菘は慌てて庭の柘植《つげ》の木の陰に身を隠した。

「百合姫様……。如何なされましたか……？」

よく晴れた日の昼間から障子が閉められているのを、楓は不審に思った。やがて楓は障子を開けて部屋へ入って行った。菘は柘植の陰からそっと様子を窺《うかが》っていたが、部屋の中では百合香が頭から小袖を被《かぶ》って横になっていた。

「姫様……」

楓は驚いて足早《あしばや》に近付いて行った。

「姫様。一体どうなされたのでございますか？」

「頭が、痛い……」

百合香は小袖を被ったまま答えた。

「それはいけませぬ。お風邪でございましょうか……。とにかくお床をおとり致しましょう」

「寒いの……。障子を閉めて」

百合香のこの様な声と共に、再び楓によって障子が閉められた。

「風邪……、ですって……？」

――たった今、百合香は物凄い勢いで駆けて来たではないか……と、菘は疑わしく思った。とても病人の様には見受けられなかったのである。

「とにかく玄斎様に、お出で願いましょう。お館におられれば宜しゅうござりますが、あのお方は何分にもご多忙であられますので……」

百合香を寝かせたらしい楓が、こう言いながら障子を開けて部屋から出て来た。

「玄斎様はお忙しいのだから、この様なことではお呼びしないで……。こうして横になっていれば、すぐに治るから……」

「でも……」

楓は心配そうに部屋の中を覗《のぞ》き込《こ》んでいる。

「大丈夫。夕刻《ゆうこく》までこうしていれば、治るから……。そうっとしておいて……」

「左様でござりますか……」

楓は気掛かりな様子で障子を閉め、部屋から離れて行った。

――何か、おかしい……。

菘は首を傾《かし》げた。彼女はそっと百合香の部屋に近付くと、縁側から上がって行った。障子を開けると、百合香がこちらに背中を向けて褥《しとね》に横になっていた。

「姫さま。どうしたの……?」

菘は、こう声を掛けた。その声に、百合香の身体がびくりと動いた。

「……菘。どうして、ここへ……？」

驚いて身体を起こし、こちらを振り向いた百合香を見て、今度は菘がぎょっとした。

「姫さま……、その顔は……？」

「菘、早う帰りなさい。早く」

こう叫ぶと百合香は、再び褥に横になり頭の上から掛けものを被《かぶ》ってしまった。その時、縁側に足音がした。

「姫さま……」

桃代の声が聞こえた。菘は何が何やらわからずに、その場に立ち尽くしていた。

「菘どの。貴女はそこで、何をしておられるのですか……？」

桃代は咎《とが》める様に尋ねた。

「……」

菘は言葉もなく呆然《ぼうぜん》としていた。

「……姫さま。お風邪だそうにござりますが……」

やがて桃代は、菘を無視して百合香の褥の近くに座り、心配そうに尋ねた。

「頭が痛いだけじゃ。すぐに治るから、そっとしておいて……」

百合香は、掛けものを頭から被ったまま答えた。

「すぐに、玄斎様にお出で頂きましょう」

桃代はこう言って立ち上がろうとした。

「大丈夫だと、言っているでしょう。桃代は、くどい」

百合香がうるさそうに言った。

「姫さま……」

桃代はここで、改めて座り直すと、力任せに百合香の掛けものを無理やりはぎ取ってしまった。

「何をするの……。寒い。風邪がひどくなる」

百合香はこう言って、袖で顔を覆《おお》った。相変わらず、桃代には背中を向けたままであった。

「姫さま……。一体、何を拗《す》ねておられるのですか……?」

桃代は、立ち上がって褥の向こう側に回ると座り直し、百合香の顔を覆《おお》っている手をはずそうとした。

「何と……、堅《かた》く……、覆っておられるのでしょう」

こう言って無理に百合香の顔を見た桃代は、「あっ」と叫んで自らの口に手をやった。百合香の右の頬は、赤黒く腫《は》れ上がっていた。

「菘……。又もやそなたが、姫さまにこの様なことを……!」

桃代はこう叫ぶと、縁側から覗《のぞ》き込《こ》んでいた菘の前に瞬《また》く間《ま》にやって来て、いきなり彼女の左の頬を思い切りはたいた。その念《ねん》の籠《こも》った様な力に、菘はあっと言う間に倒されてしまった。

「そなたは、どこまで姫さまに悪さをすれば、気が済むのですか?」

桃代は怒りに任せて、倒れた菘の胸ぐらをつかんだ。

「桃代、違う。違うのじゃ……」

百合香は慌てて飛び起きると、桃代の菘を掴《つか》まえている手にすがりついた。

「何が、違うのでござりますか……？」

桃代の怒りは、今度は百合香の方へと向けられた。

「姫さまは、この間から桃代に、嘘ばかり仰せでござりました」

「嘘など……、言ってはおらぬ……」

こう言う百合香は、しかし何となく歯切れが悪かった。

「鞠は自然に、柾平川まで転がって行きました。何日かして、どういうご事情でか、柾平川《まさひらがわ》の河原へ再び行かれた姫さまのお顔は、自然に赤く腫《は》れてしまいました。今日も又、自然にお顔がこの様に、腫れて参ったのでござりますか……？」

「………」

桃代の棘《とげ》のある言葉に、百合香は困った様な顔をした。

「わたしは、今日は……、何もしてはいない」

菘は必死で叫《さけ》んだ。

「そなたは、嘘つきです」

桃代は菘を睨《にら》み付《つ》けた。

「桃代……。わたしは、転んだのです。本当じゃ」

百合香が慌てて言った。

「姫さまは、どうしてその様に、嘘つきになってしまわれたのでしょうか……。竜巻寺《りょうけんじ》に居られました頃の姫さまは、左様ではあらせられませんでした。あの頃とは、すっかり変わってしまわれた。みんな、みんな菘の所為《せい》じゃ……」

桃代は手で顔を覆《おお》うと、声を上げて泣き出した。この間からの胸につかえていたすべてのものが、一遍に吹き出して来た様であった。

「一体どうしたのですか……？」

この時春宵尼が、こう言って姿を見せた。藤香と楓は、彼女の後ろから心配そうに覗《のぞ》き込《こ》み、桃代は相変わらず泣き続けていた。

「母上……。わたしは、竹緒さまの所へ遊びに行こうとして、木の根に躓《つまづ》いてしまったの。生憎、その木の幹に、いやと言う程頬を打ち付けて、ひどい痛みを感じた。慌てて屋敷へ戻って鏡を見ると、右の頬がこの間の様に赤く腫れていました。桃代が、菘の仕業《しわざ》であろうと思うのではないか……、と嫌な気がして、それで頭が痛いと楓には嘘をついて、腫れがひくまで暗い所にいよう……、と思ったの」

「どうして、わたしがやったと桃代どのが思うと、姫さまは考えたのじゃ？」

菘は不満そうに尋ねた。

「だって……、その通りに、なってしまったではないか……」

百合香はそう答えたが、その説明は、彼女にも上手くは出来なかった。

「桃代、御免なさい。もう嘘は言わぬ。だから、許して……」

百合香は泣き続けている桃代に縋《すが》り付いた。彼女が桃代のこの様に取り乱した姿を見たのは、これが初めてであった。

「姫さま……」

桃代はこう言って、涙に塗《ぬ》れた顔を拭《ぬぐ》おうともせずに百合香を抱き締めた。菘はその様な二人を、不満そうに見ていた。

「菘どの。貴女には、本当に悪いことをしてしまいましたね」

春宵尼はしゃがみ込んでいる菘の肩に、優しく手を掛けた。

「私が玄斎様のお館まで送って行きましょう」

「放って置いて……」

菘は邪険《じゃけん》に春宵尼の手を振り払おうとした。しかし春宵尼は、しっかりと菘を包み込む様にして、離そうとはしなかった。

「どうか百合香と桃代を、許してやってください」

こう小さな声で囁《ささや》くと、春宵尼は菘を抱《だ》き抱《かか》える様にして歩き出した。

桃代はその様な二人を、無言で見送っていた。今日は、確かに菘には済まないことをしてしまった……、と思いながらも、心の中には未だに何となく蟠《わだかま》っているものがあった。

百合香は百合香で、わたしさえ、不用意に木の根などに躓《つまづ》かなければ良かったのに……と、しきりに後悔していた。しかし今、自分が菘の後を追って行ったのでは、今度は桃代が傷付くであろう……、と彼女は朧《おぼろけ》気に思った。

第二章　大嫌いな男

「お大切な菘どののお顔を、桃代が前後の見境《みさかい》もなく叩《たた》いたりしまして、誠に申し訳もないことを致してしまいました」

春宵尼は菘と一緒に三田村玄斎の館へ出向いて事情を話し、丁重に詫《わ》びを言った。

「……先日は菘が、百合姫様のお顔を同じ様に……。こ度のことで、相子《あいこ》と申すところでござりましょうか……。とにかく、子供同士のことです」

「……」

桃代が絡《から》んでいる以上は、子供同士のことと単に言うことは出来ぬ……、と春宵尼は思っていた。

「……妹の喧嘩《けんか》に、姉が口を出した……、とでも申しましょうか……」

「いや……。それよりも、菘をお連れくださりまして、ありがとう存じました」

ふてくされた菘が、又もや何処かへ姿を消してしまう様なことにでもなったら大事であった……と、玄斎は思っている様子であった。

「菘どのが楓に懐《なつ》いてくださりまして、この頃では熱心に剣のお稽古をなされているのを拝見し、本当に良かったと思うておりましたのに……。また、逆戻りでござりますね」

春宵尼は残念そうに言った。

「人間と申しますもの……、二歩進んで、一歩下がるというのなら良うござりますが、一歩進んだ、と思うておりましたところが、三歩も四歩も下がってしまった……、と申す様なことは、良くあることです。お互いに子供たちのことは、長い目で見て参るとしましょう」

玄斎は、春宵尼をも慰《なぐさ》める様な口調であった。彼女は、やや安心した様な表情を見せ、それでも尚、玄斎にも菘にも再び謝罪の言葉を述べて、やがて館から辞去して行った。

「……何時まで、その様に膨《ふく》れているのじゃ？」

春宵尼の帰った後で、玄斎は菘を優しい眼差しで見ながら言った。

「わたしは、百合姫さまを殴《なぐ》ったりしてはいません。それなのに……」

菘は今日の出来事を思い返しただけでも、腹が立ってならぬのであった。

「この間は柾平《まさひら》の河原で、百合姫様のお顔をそなたが叩《たた》いたそうではないか……」

「でも、姫さまもわたしの乗っていた石を馬鹿力で揺《ゆ》すって、わたしを倒しました」

　菘は、あの様にじゃじゃ馬な小娘が、どうして何処ぞの姫君などであるものか……、と思っていた。『姫君』等と申し上げるべきお方は、上品で淑《しと》やかで、間違っても自分と取っ組み合いの喧嘩をする様な人種であるとは、彼女には思われなかった。玄斎は、息子の竹緒以外の者達には春宵尼一族のことを、

『都に近いさるご領主の御後室《ごこうしつ》（未亡人）が、姫君お二方と侍女を二人伴われて、この地へ御病のご養生《ようじょう》の為にお越しになり、身共がお世話申し上げることになった』

　と話していたのである。

「……それでは、それより以前に百合姫様が柾平川に流されし折、そなたが姫様の鞠を川へ投げ入れたと申すは、真か……？　それとも、単なる噂であったのか？」

　玄斎はこう言って、じっと菘を見つめた。

「それは……。その……」

　菘は言葉に詰まった。玄斎を前にして、嘘は言えぬ、といった雰囲気があった。いつもは自分に優しい玄斎ではあるが、掴《つか》むところはしっかりと掴んでいるのであると、菘は驚いていた。

「だから、お互い様だ……、と申すことじゃ」

　しかし玄斎は、ここでにっこりと笑った。

「でも……」

相変わらず菘は膨《ふく》れっ面であったが、

『桃代が菘の仕業《しわざ》であろうと思うのではないか……と、嫌な予感がした』

と百合香が言っていたことの意味が、何となく分かってきた様な気がした。しかしそれは、決して愉快なことではなかった。

「先日、そなたと百合姫様が柾平の河原で喧嘩をしたと聞いた後で、わしは何とも気になったので、姫様のご様子は如何であろうかとお屋敷へ伺った。そこで春宵尼様からお茶を勧められ、かつてのお暮らし振りをお聞きしたり、この柾平の国の風習等をお教えしたりして様々に話題が弾んで、やがて琴の話になった。その時春宵尼様は、菘が望むのであれば琴を教えてくださると、仰せであったぞ」

玄斎は、さりげなく話題を変えた。亡き妻顔佳《かおよ》は琴の名手《めいしゅ》で、玄斎も笛が得意であった。顔佳がまだ息災《そくさい》な折には、月の宵などに二人で合奏を楽しんだものである。玄斎も、いかに菘が跳《は》ねっ返《かえ》りではあっても、琴くらいは奏《かな》でて欲しいものと密かに思っていた。彼は息子の竹緒には、自ら笛の稽古をつけているのであった。

「春宵尼様が、わたしに琴を……」

菘は、一瞬興味を示した様であった。しかしたちまち表情を険《けわ》しくした。

「でも、百合姫や桃代と一緒では、稽古などしたくもない」

菘が二人を呼び捨てにしたのを聞いて、玄斎は、やれやれ……、と思った。

「こちらの館へ、春宵尼様にお越し頂いても良いのだぞ」

「本当に……？」

菘は目を輝かせた。

「明日にでも、わしがお願いしてみよう」

息子の竹緒には、結城進之助の許へ自分で剣の稽古の依頼《いらい》に行かせた玄斎も、菘には甘い様であった。

春宵尼は、快《こころよ》く玄斎からの頼みを受け入れた。もし、かつての様に小槙《こまき》が側にいたとしたら、

『姫さまが出稽古に行かれます等と、以《もっ》ての外《ほか》にござります』

と言って眉をひそめたであろうと思われた。しかしその彼女も、遠く清津《きよつ》の国に暮らしている身であった。流石《さすが》にその娘である桃代は、それに反対しようともしなかった代わりに、

「藤姫様とご一緒に私もお琴をお教え頂いておりましたが、そろそろ百合姫さまにもお稽古をお始めなされてくださりませ。都から逃《のが》れて、やっと暮らしに慣《な》れて参ったと思われました時に、靖匡公のこともござりました程に致し方もござりませんでした。けれども姫さまも最早菘どのとは同じ八歳にならられ、些か遅すぎたきらいがござります」

と注文を付けた。お陰で春宵尼は、玄斎の館で菘に琴を教え、一緒に済ませれば世話のない百合香の稽古は、自らの屋敷で行わねばならぬこととなってしまった。

「姫さまのお手習いの他に、そろそろ和歌もお教え願いとう存じます」

桃代は更にこう願った。春宵尼は、桃代が床に入った百合香に添い寝して、『竹取物語《たけとりものがたり》』などを読

み聞かせていることを知っていた。何とも教育熱心なことであると思う反面、それでは百合香が一人では休めぬ様になってしまうのではないかと案じてもいたのだが、敢《あ》えてここで異を唱えようとはしなかった。

やがて菘は、春宵尼が琴の稽古に姿を見せる日を、楽しみに待つようになった。木刀を振り回す方が好きな彼女ではあったが、春宵尼と二人で過ごす一時《ひととき》は何とも楽しかった。菘を愛し慈《いつく》しんでくれた玄斎の妻顔佳《かおよ》の顔を、彼女はよく覚えてはいなかった。けれども春宵尼からは、何故か顔佳の香りが伝わってくる様な気がした。

しかし間もなく春宵尼は、菘が琴の稽古が余り好きではないことに気付いた。それでも彼女は、玄斎にはそのことを告げようとはせずに、菘の話し相手となる様な気持ちで館へと通って行った。菘の頑《かたく》なな心も、何故か春宵尼の前では素直になれる様であった。そしてもう一人、館には春宵尼の訪れを心待ちにしている者がいた。玄斎である。彼は百合香に招かれてしきりに春宵尼の屋敷へ出掛けて行く竹緒を、

——子供は、自由で良い。

と羨《うらや》ましい気持ちで見ていたが、思わぬ仕儀《しぎ》により春宵尼と度々《たびたび》会える様になったことを、心密かに喜んでいた。そして春宵尼の生涯の中でも、様々に事の多かった年も、終りは静かに暮れて行った。

年が改たまっても、唐沢靖匡《からさわやすまさ》が没《ぼっ》して間もないことではあり、春宵尼の屋敷の正月は何等晴れやかなこともなく過ぎて行った。元々、竜巻寺の離れで迎えた新年も、靖匡は元旦は松ヶ枝城《まつがえじょう》で過ごすの

が常であった。それ故彼が顔を見せるのは、必ずや新年も十日を過ぎてからであった。梅子一族の正月は、この何年もの間、睦月《むつき》（陰暦一月）も半ば近くになってからやって来ていた……、と言えるのやも知れなかった。

元日、二日と過ぎても、格別に寂しさは感じなかった。けれども十日を過ぎた頃から、春宵尼は今《いま》更《さら》の様に靖匡と過ごした年月が思い出されて悲しかった。

「あの年の正月には、お殿様が……」

等と、折に触れて亡き靖匡のことが忍ばれるのであった。やがて春宵尼の悲しみを余所《よそ》に、新しき年も睦月半ばを過ぎていった。しかし結城進之助は藍河《あいかわ》の国へ行ったきり、柾平へは戻って来なかったのである。

――あの時、進之助様の後ろ姿を見送って、何故か再びこちらへはお帰りにならぬ様な気がしてならなかった。やはりあれは、唯の胸騒ぎではなかったのか……。

桃代は、進之助は今頃どうしているのであろうか……と、気になってならなかった。

「結城殿は、年が改たまる迄には戻る、と申されていたが……」

嘉平も同じ様に、進之助の身を案じていた。進之助が、自分たちには何ら挨拶《あいさつ》もなく、春元の所へ行ったきりになってしまう様な男であるとは、嘉平には到底思われなかった。嘉平は、暫《しばら》く清津へは行っていなかった故に、唐沢光匡《からさわみつまさ》の身辺が何とも気掛かりでならぬのであるが、柾平の春宵尼の屋敷に女ばかりを残して、清津へ出掛けて行くのも心配なのであった。

近藤小太郎が柾平の春宵尼の屋敷へやって来たのは、睦月も二十日を過ぎた頃であった。

「進之助は、どうしていますか？」

小太郎は挨拶もそこそこに、桃代にこう尋ねた。

「進之助様は、藍河のお国へ行かれたまま、未だにお戻りになってはおりませぬ。もう一月近くにもなりました程に、嘉平殿と案じておりました」

桃代は心配そうな面持《おもも》ちでこの様に答えた。

「一体どうしたというのであろうか……。すぐにも連絡を取りたいのだが……」

小太郎は難しい顔をしていた。

「おお、近藤殿か……」

そこへ嘉平が顔を見せて、彼を自らの部屋へと連れて行った。桃代は二人の話を聞きたいと思った。

——進之助様の御身に、何か起こったのであろうか……。

桃代は嘉平の部屋の外に立って、そこにいて良いものかどうか……、と迷っていた。

「桃代どの、その様な所に居られずに、中へお入りなされ」

そこへ、嘉平がこう声を掛けてきた。桃代がそこにいたことは、先刻承知の様であった。

「申し訳ござりませぬ。進之助様のことが、気掛かりでござりました」

桃代は正直に胸の内を話した。

「桃代どのは、言わば我らの身内でござる。近藤殿、桃代どのにも、是非話をお聞かせくだされ。決して、軽々しゅう秘密を漏《も》らす様なお人ではない」

嘉平は執《と》り成《な》す様に言った。

「……」

小太郎は、これから嘉平と大切な話をしようとしていた折に、女に側にいられては迷惑であると思った。しかし……。

「……まあ、良いでしょう。桃代どのは、進之助の代りでござる」

年長の嘉平がその様に言うからには是非《ぜひ》もないと、彼は思った様であった。

「近藤様……」

その言葉に、桃代は微《かす》かに頬を赤らめた。

「……実は、二日前に、光匡様が刺客《しかく》に襲われたのでござる」

小太郎は、最早桃代が同席していようといまいと構わぬと、性急《せいきゅう》にこう話し出した。

「何と……」

流石の嘉平が、それを聞いてさっと顔色を変えた。

「それで、若殿は……?」

「幸い、軽いお怪我で済みましたが、襲《おそ》った刺客が問題でござる」

「それは、誰じゃ?　捕らえたのか……?」

嘉平は膝を乗り出す様にして尋ねた。

「残念ながら、取り逃がしました。しかし刺客の中に、唐沢靖秋様《からさわやすあきさま》の御嫡子《ごちゃくし》、靖影様《やすかげさま》の近習に似た者を見掛けた……、と申す者がござる。曲者《くせもの》は三人。温《あたた》かな日和《ひより》に誘われて、若殿が御方様（桐乃）と庭をそぞろ歩きなされていた折に襲って参った。覆面《ふくめん》をしておりました故に、その面体《めんてい》は分からなかったのでござるが、某《それがし》の刀が一人の男の顔を切り付けた際に覆面が破《やぶ》れ、光匡様の近習衆の中に、その男を確かに見知っていると申した者があったのでござる」

――唐沢靖秋様とは、確か……、靖匡様の御正室桐乃様の叔父君に当たられるお方の筈……。清津の、勝山《かつやま》の国境《くにざかい》に近い鶴掛城《つるかけじょう》とかいう所に住んで居られると伺ったことがあった……。

と、桃代は黙って二人のやり取りを聞いていた。

「しかし、松ヶ枝城は、至って警戒が厳重な筈じゃ。何故《なにゆえ》に三人もの者たちが入り込むことが出来たのか……」

嘉平は首を捻《ひね》った。自らは生前の靖匡に報告したいことがあった時には、こっそり城へ忍び込んでいたが、普通の侍には到底出来る筈はない……、と思っていた。

「それでは嘉平殿は、誰か手引《てび》きをした者があるとでも……？」

小太郎はぎくりとした様子であった。

「……」

嘉平は黙って頷いた。

「桐乃様には従姉弟に当たられる靖影様が若殿を狙《ねら》ったとしたら、それこそ一大事なのでござる。おまけに、もし城内にその息の掛かった者がいたとしたら……」

　小太郎は徒《ただ》ならぬ面持ちとなり、尚も言った。

「それでなくとも靖秋様は、本来なれば先々代の靖光《やすみつ》様のお跡目《あとめ》は、弟君であられる御自分が継いで然《しか》るべきである……、と申されていたことがあったとか、なかったとか……。とかくの風聞《ふうぶん》のあるお方でござる」

「姪御の桐乃様の婿君靖匡公が優れたお方であらせられた故に、これ迄はおとなしゅうしてはおられたが、心の中は不満で一杯。そこへ靖匡様が亡くなられた。尤《もっと》も、表向きは御病でご療養中……、と申すことになってはいるが……」

　嘉平もこう言って表情を曇らせた。

「靖匡公がお亡くなりになったということまでは、鶴掛城の方々も未だにご存知ではあるまいと思われます。御方様が奥向きの方へは滅多な者は決してお近付けにはならず、今年の正月の年賀の折にも、御簾《みす》を垂《た》らして影の者を上手にお使いになられました。某が拝見致しましても、御簾の奥の影の者は、あたかも靖匡公が今もご存命のごとく、見受けられたものじゃ」

　小太郎は確信を持って言った。

「さりながら靖匡公の御病は、既に知れ渡っておりますからのう……。光匡様が少しでもご若年《じゃくねん》の内に……、と思われたとしても、不思議ではない。靖秋様はご高齢。最後の好機とも思うておられよう程に……。それに……」

嘉平は更に続けた。

「御方様が、光臣様の御縁組を叔父君にお頼みなされたことがあったが、若殿はそれをきっぱりと断られ、靖秋様は面目を無くされたことがござったな……」

「若殿は、藤姫様の他には妻に迎えるつもりはないと、日頃から仰せでござりました故に、始めから無理な話だったのでござるよ」

小太郎は、不快そうに言った。余計なお世話であった……、と言わぬばかりの表情であった。

「とにかく、是非とも進之助の知恵を借りたいのでござる。某はこれより、藍河まで足を延《の》ばそうと存じます」

小太郎はこう言って、早くも立ち上がろうとした。

「待たれよ。その様な仕事は、拙者の方が向いておる。藍河へは拙者が参りましょう」

嘉平は慌《あわ》ててこう言った。

「そう言って頂ければ、何とも有り難い。某はこうしておりましても、若殿の御身が気掛かりでなりませぬ。又、進之助のことも心配でござる。藍河へ参ったまま、何の連絡もないと申すが、あの几帳面な男にしてはおかしゅうござりまする程に……」

「何事も無ければ良いがのう」

嘉平はこう言いながら、光臣の身も不安であり、進之助の安否《あんぴ》も気になり、そして自分が出掛けた後の、この春宵尼の屋敷のことも気掛かりなのであった。一刻も速く光臣の許へ帰りたいと思っている小太郎に、まさかこの屋敷の留守居を頼む訳にはゆかぬのであった。

「桃代どの。お聞きの通りでござる。拙者はこれより、藍河へ参ろうと思う。結城殿がどうして何の連絡も寄越されぬのか、甚《はなは》だしく気になります故に……」

「宜しゅうお願い申し上げます」

桃代はこう言って頭を下げた。

「この屋敷のことも、気掛かりでござるが……」

結城進之助のことを、律義過《りちぎす》ぎて身がもたぬであろう……、と案じた嘉平ではあったが、彼自身もやはり同じ様な考え方をする男の様であった。

「柾平川の東側とは異なりまして、この辺りは比較的落ち着いた所と伺《うかご》うております。どうぞご案じくださりますな。それよりも嘉平殿、近藤様も、呉々もお気を付けくださりませ」

しかしこの様には言ったが、進之助が姿を消し、嘉平も遠くへ出掛けて行くと聞いて、桃代は内心非常に心細かった。

「玄斎殿に留守のことをお頼みして参りましょう。左様に、思い詰めたお顔をなさるな。大丈夫でござるよ」

嘉平は優しく桃代を慰《なぐさ》める様に言った。

嘉平から留守を頼まれた玄斎は、誰を春宵尼の屋敷へやったら良いものかと、しばし考えた。自らが出向いて行きたいのは山々ではあったが、まさかその様な訳にも行かず、さりとて竹緒は、まだ子供である。若い弟子の誰かを、女ばかりの家に泊まらせるのも気掛かりではあり、柾平の領主で甥の三田村尚家《みたむらなおいえ》から与えられた侍の内の一人を行かせるのも心配であった。それで結局は、古くから奉公していた爺やの、例の久作《きゅうさく》を留守番として赴《おもむ》かせることにした。彼は実直この上もない男であると、玄斎は信用していた。

「何事かありし時には、直《ただ》ちにこちらの館へ知らせるのじゃぞ」

玄斎は、呉々も油断するな……、と久作には命じた。それは年老いた彼には、何とも負担の重い仕事である……、と思われぬこともなかった。

嘉平が藍河へと出掛けて三日目の夕方、その久作が息急《いきせ》き切《き》って桃代に知らせに来た。

「嘉平様のお姿が、遠くに見えます。その後ろには、お侍もおられる様でござります」

「進之助様が……」

桃代はそれを聞いて、目を輝かせた。

「桃代どの。ただ今、戻り申した」

こう言った薬売りに身をやつした嘉平の後ろにいた侍は、しかし進之助ではなかった。

「嘉平殿。こちらのお方は……？」

桃代は不思議そうな顔をしたが、嘉平はそれに対して何も答えようとはしなかった。

「拙者は、羽村栄三郎《はむらえいざぶろう》と申す」

代わりに嘉平の後ろにいた侍が、こう名乗《なの》った。

「……羽村、栄三郎……、様……」

桃代は、はっとした。

「拙者の名を、そなたは知っている様じゃな？」

羽村栄三郎と名乗った男は、桃代の顔をじろりと見てこう言った。

「桃代どのは、結城殿から何か聞いておられたのか？」

嘉平は鋭い目をして尋ねた。

「はい、その……」

進之助は、確か……、『俺の大嫌いな男だ』と言った。しかしそれをそのまま口にする訳にもゆくまいと、桃代は返事に困っていた。

「進之助は俺のことを、大嫌いじゃ……、と申したのであろうが……」

「……」

桃代は驚いて彼の顔を見た。

「どうやら、図星《ずぼし》だった様じゃのう」

栄三郎の口元には、皮肉な笑いが浮かんでいた。

「案ずるな。俺も、あいつが大嫌いだ」

彼の言葉に、桃代は困った様な顔をして、思わず目をそらせてしまった。

「そうでござったか……。結城殿は、羽村殿のことを桃代どのには話しておられたのか……」

嘉平は思案顔《しあんがお》で言った。

「嘉平殿……。一体進之助様は、如何なされたのでござりますか……？」

桃代は心配そうに尋ねた。

「進之助は、用があって遠くへ出掛けておる」

こう答えたのは、嘉平ではなく羽村栄三郎であった。

「何処《いずこ》へ、でござりますか……？」

桃代は厳しい顔をして尋ねた。

「それは、申せぬ」

「……」

桃代は美しい瞳で、じっと栄三郎を見つめた。

「そなたは……。何とも良い目をしておるのう」

栄三郎はこう言って桃代の目を見返した。

「羽村殿。立ち話もなるまい。中へお入りくだされ」

嘉平がこの様に声を掛けて、やがて二人の間でどの様に話の決着《けっちゃく》がついたのか、羽村栄三郎と称する男は、その日から春宵尼の屋敷の嘉平の部屋に泊まることとなった。

翌々日の昼前に、清津から近藤小太郎が訪れた。

「嘉平殿……。進之助は、どうしましたか……？」

小太郎は性急に尋ねた。嘉平の部屋には、桃代も呼ばれていた。栄三郎は小太郎が姿を見せる少し前に、柾平川を西の側からじっくり見たいと言って出掛け、留守であった。

「藍河の林田実幸様《はやしださねゆきさま》の鷹月城《たかつきじょう》へ参り、伏見春元様とお会いして参った……」

嘉平はこの様に話し始めた。

「どの様にして、城へは入られたのでござるか……?」

「面倒なことは苦手じゃ。こっそり……、とな」

嘉平は、にやりと笑った。

「嘉平殿が羨ましゅうござる。某では、到底、そうは参りませぬ」

小太郎は感心した様に言った。

「拙者は、春元様にはお会いしたものの、結城殿が果たして現在のご自分のことを、どの様にご主君にはお話ししておられるやら分からぬ故に、実のところ困り申した。結局は、薬売りの姿をこれ幸いに、『結城様からご依頼のありましたお知り合いの女性《にょしょう》の癪《しゃく》のお薬を、お届けに上がりました』と申し上げた……」

嘉平はちらと、桃代の方へ目をやった。桃代は驚いて彼の顔を見た。

「春元様は大層興味を示されて、『進之助に、その様に親しい女子がおるのか……?』と、お尋ねになった」

「………」

桃代は黙って俯《うつむ》いてしまった。

——どうして私が、癪持《しゃくも》ちなのじゃ……。

と、大いに不満であった。

「春元様は、『その女子《おなご》は、いかなる者であろうか……。是非、会うて見たいものじゃ。進之助の気に入る様な女子があろうとは……』と、仰せになった」

嘉平の言葉に、今度は桃代の頬が、みるみる赤らむのが分かった。

「……それで進之助は、一体どうなったのでござるか？」

小太郎がここで、いらいらした様子で尋ねた。

「春元様は、『進之助は、昨年の暮れにはわしの許へ顔を見せたが、生憎《あいにく》今は清津へ戻っている。済まぬが、その薬は松ヶ枝城の方へ届けてはくれぬか……』と、申された。結城殿が今は唐沢光匡様の御許から離れて、既に柾平に住んで居られることも、その消息が知れぬ様になられしことも、ご存知ではない様であった……」

「やはり進之助は、光匡様のお側から離れたことを、春元様にはまだ言い出せずにいたのでござるな……」

小太郎は気の毒そうに言った。それを聞いて、桃代は何とも辛い気持ちになった。

「誰だ……」

この時小太郎が、こう叫んで立ち上がった。やがて羽村栄三郎が姿を現した。

「拙者でござる。今、散策《さんさく》から戻ったところだ。内密の話と申すは、もそっと小さな声でするものではないのか……」

栄三郎はふてぶてしい態度で言った。

「何の……。お主は最初から、そこに居られたではないか……」

嘉平が涼しい顔をして答えたので、栄三郎は驚いて彼の顔を見た。

「そなたは、やはり唯の薬売りではない様だな……」

「近藤殿。こちらは、羽村栄三郎殿……、と申されるそうな……」

嘉平は、栄三郎の様子には委細構《いさいかま》わず、小太郎にはこの様に曖昧《あいまい》な紹介をした。

「話を続けよう。さて、どこまで話しましたかな……」

嘉平は平然として言った。

「そうじゃ……。春元様とお別れ申した後、城を出た拙者の後から、この御仁《ごじん》が追い掛けて来たのだ。羽村殿、とやら……。丁度良い。お主から、この続きを話してくだされ」

嘉平は顎《あご》で、栄三郎に座るようにと促した。

「近藤殿も、座られよ」

やがて小太郎と栄三郎と名乗った男は、互いに顔を背《そむ》ける様にして隣り合って座った。

「羽村殿は、城から出た拙者の後を追って来られた。『進之助は、大切な用件で出掛けている。拙者が、あの男の代わりに話を聞こう』と申された。そう、でありましたな……？」

嘉平はこう言って栄三郎を見た。

「……春元様は拙者に、『この警戒の厳しい鷹月城《たかつきじょう》に、あの様に見慣《みな》れぬ薬売りが入って来られる筈はない。しかし彼《か》の男は、何処から見ても薬売りの様に見受けられた。もし他国の間者《かんじゃ》が身をやつして忍び込んで参ったのであれば、余程優れた者であろう。いかなる素性の者か、すぐに調べて参れ』と命じられた」

「ほぉ……」

今度は嘉平が舌を巻いた。

「拙者を疑っておられる様な素振りを、あのお方は毛筋程《けすじほど》もお見せにはならなかったがのう」

「春元様は、進之助は清津に戻っている……、と仰せになったと聞いたが、それも嘘か……？」

ここで小太郎は、気色《けしき》ばんで尋ねた。

「嘘ではない。進之助が姿を消したことを、春元様は些《いささ》かもご存知ではないのだ」

栄三郎は慌ててこう言った。

「嘘を申すな。進之助は、春元様には何も申し上げず、又、光国様にも何の断りもなく、姿を消す様な男では、決してない」

小太郎は確信を持って言った。

「そこ許は進之助と知り合《お》うて、一体何年になると申すのか……？　拙者の方が、あいつとの付き合いは長い。左様に、知った風なことを言って欲しゅうはないな」

栄三郎はうそぶいた。

「されど、貴方と進之助様は、『大嫌いな男同士』、なのでしょう……？」

ここで桃代が、思わずそう口を挟《はさ》んだ。栄三郎は桃代をじろりと見たが、その時彼の頭の中に、ある考えが浮かんだ。

「俺には、どうしても聞かせて欲しいことがあるのだ」

こう叫んで栄三郎は、桃代に飛び掛かった。桃代を人質に取って、何事かを嘉平から聞き出そうとした様であった。しかし桃代は、それよりも一瞬速く身を躱《ひるがえ》すと、嘉平の後ろへと逃れた。

「こいつ……。よくも、桃代どのを……」

小太郎は栄三郎に掴《つか》み掛《か》かった。二人は暫《しばら》く縺《もつ》れ合っていたが、やがて小太郎が栄三郎を捩《ね》じ伏せてしまった。

「畜生……。油断のならぬ薬売りと、小娘だ……」

栄三郎は口惜しそうに言った。

「こやつを、どうしますか……？」

栄三郎に馬乗りになる様な形で、小太郎は嘉平に尋ねた。

「桃代どの。羽村栄三郎と申す男について、結城殿は他に何か申されませんでしたかな……？」

嘉平が尋ねた。

「私は、何も伺ってはおりませせぬ」

桃代は偽りを言った。あの時、進之助は羽村栄三郎の話をした後で、将来妻になってはくれぬかと思いを告白した。進之助との内密の思い出にも繋《つな》がることを、他の者には話したくなかったのである。

「私を質《しち》（人質）に取って、一体、何を聞きたいと思われたのですか？」

桃代は、険しい表情で栄三郎に尋ねた。

「………」

しかし栄三郎は、その様な彼女から顔を背《そむ》けた。

「こんな男に、関わり合っている暇はない。しかし真に春元様のご家来とあらば、切って捨てる訳にもゆくまい。一体、どうしたものか……」

嘉平は、困惑気味の表情を見せていた。

「このまま藍河へ、お帰しになられましたが宜しゅうございましょう」

桃代は即座にこう言った。

「それは、どうしてでござるか……？」

小太郎が訝《いぶか》しげに尋ねた。

「このお方は、伏見春元様のご家来、羽村栄三郎様に相違ない、と思われます」

「何故にござるか？」

今度は嘉平が尋ねた。

「その様な気が、致しました……」

桃代はこれ以上のことは、進之助の為にも、また自分自身の為にも言いたくはないと思っていた。

「桃代どの。それでは、困るのだ……」

小太郎が困惑した表情で桃代を見た。

「近藤殿。放してやりなされ。桃代どのには、何か感じるところがおありなのであろう」

嘉平はこう言って桃代の顔を見て、口元に微かな笑みを浮かべた。

「………」

それに対して桃代は、気まずそうに俯《うつむ》いてしまった。

「宜《よろ》しいのですか……」

小太郎は、尚も納得がゆかぬ、といった顔をしていた。

「拙者も気が急《せ》いていたので、鷹月城へ忍び込んで、春元様の前にいきなり出て行く様な無謀《むぼう》なことをした。その春元様は、少しも拙者を疑った様な素振りはお見せにならなかった故に、つい油断してしまった。しかしこの男に、拙者の素性を調べて来るように……、と春元様が命じられたということは、まんざら嘘でもあるまいと思われる。結城殿のことは、依然として分からぬままだが、羽村殿にも口には出来ぬ様なご事情があるのであろう」

「……」

嘉平の言葉に、小太郎が加えていた力をやや抜いたすきに、栄三郎は彼の身体を払《はら》い除《の》けた。それを見た桃代は、慌てて再び嘉平の後ろへと逃れた。

「桃代どの……。拙者は、腹がへった。飯を食わせてくだされ」

栄三郎はこう言った。何処までも人をくった男の様であった。

「近藤殿。済まぬが、この男を厨《くりや》へ連れて行ってはくださらぬか……」

栄三郎を厨へと桃代に案内させて、再び何事かあっては一大事であると、嘉平は小太郎にこの様に頼んだ。

「飯まで食わせてやるのですか…？」

小太郎は、不服そうに聞き返した。彼は、栄三郎がもう二日もこの屋敷に居座っている等とは、夢にも思わなかったのである。

「腹拵《はらごしら》えが済んだら、早々にお帰り願いたい」

嘉平は厳しい口調で言ったが、

――この男……、このまま、おとなしくは引き下がるまいな……。

と思っていた。羽村栄三郎が、進之助の主伏見春元の家来であるとしたら、このまま捕らえておく訳にも、ましてその命を絶ってしまうことも出来なかった。しかしこの屋敷には、春宵尼、藤香、百合香……、と狼藉《ろうぜき》をはたらかれては困る女が多いのである。

――結城殿……。一体お主は、何処へ行ってしまわれたのか……。

嘉平は、桃代や小太郎には漏らさなかったが、内心困り果てていたのであった。

第三章　末ぞゆかしき

羽村栄三郎は、嘉平の思った通りに春宵尼《しゅんしょうに》の屋敷から立ち去ろうとはしなかった。

「嘉平殿だけで、果たして大丈夫でござろうか……」

近藤小太郎は清津の唐沢光匡の許へ一刻も早く帰りたいとは思いながらも、自分がいなくなった後の屋敷のことが気になってならなかった。

「あの男を縛り上げて荷車《にぐるま》に乗せ、藍河《あいかわ》の鷹月城《たかつきじょう》の門の外にでも置いてきては如何《いかが》であろう」

遂《つい》には、小太郎はこの様に物騒《ぶっそう》なことまで言い出す始末であった。

「拙者《せっしゃ》は、荷駄《にだ》ではないぞ」

そこへ栄三郎が突然姿を現して、せせら笑う様に言った。

――油断のならぬ男だ。

益々小太郎は、清津へは帰るに帰れなくなるのであった。

「松ヶ枝城《まつがえじょう》の方々の御様子によって、又こちらへも力をお貸しくだされ」

嘉平は小太郎を無理にも清津へ帰そうとした。

「久作もおります故……」

嘉平の言葉に、あの老爺《ろうや》が何の役に……、とは思いながらも、小太郎は後ろ髪を引かれる様な思いで清津へ帰って行った。彼にはやはり光臣の身辺が気掛かりなのであった。

百合香は、その様な事情は一切知らずに、竹緒の許へ行こうと屋敷から出て来た。

「姫さま。お部屋へお戻りくださりませ」

桃代が慌ててそれを止めようとした。

「何故じゃ？」

百合香は無邪気な顔をして桃代を見た。

「そなたは、菘がまた悪さをするとでも、思うているの？」

「姫さま……」

しかし今の桃代は、菘のことなど考えるゆとりはないのであった。

「姫様、じゃと……？　おお……、可愛い娘よのう」

この時、栄三郎の声がした。桃代ははっとして、百合香を後ろに庇《かば》った。

「何も、取って食おうという訳ではない」

栄三郎は言った。

「そなたは、誰じゃ？」

百合香が不思議そうに尋ねた。

「こんな別嬪《べっぴん》は見たことがない」

栄三郎は百合香をまじまじと見た。

「下品なことを、言わないでください」

桃代はこう言って栄三郎を睨《にら》んだが、彼は桃代を完全に無視した。

「姫様は、お幾つになられまするか……？」

「九つ……」

百合香は、桃代の後ろからちょこんと顔を出して、円《つぶ》らな瞳で不思議そうに栄三郎を見た。

「……八つ違いか。悪く、ないのう……」

「何を申すのですか。貴方などに、どうして姫さまが……」

桃代は彼の言葉に、何という図々しい男なのであろうか……、と呆《あき》れていた。

「拙者……、ではない……」

栄三郎は幾分慌てた様子であった。

「それでは、一体何が申されたいのですか…？」

桃代は厳しい口調で尋《たず》ねた。

「幼い女の子を屋敷へ引き取って、男の理想の女に育てる……、という様な話が、確かあったではないか……」

「……」

源氏物語の、若紫のことを言っているのであろうか……、と一瞬桃代は思った。しかしすぐに、

——この様な男が、源氏物語を知っている筈はない。

と思い直した。

「源氏の君の様なお方は、そうはおられるものではありませぬ」

桃代は、少女を自分の理想の女性に育て上げようと思う様な男には、それ相応《そうおう》の力量《りきりょう》がなくてはならぬであろう……、と思っていた。

「げんじ……。何じゃ、それは……？」

「……」

栄三郎の言葉に、やはり、そうではなかった……と、桃代は思った。

「げんじ……。源氏……。ああ、そうじゃ。光源氏だ」

「何ですと……？」

桃代は、この上もなく嫌な顔をした。

「源氏物語を、ご存知なのですか……？」

彼女の大好きな物語も、この様な男の口《くち》の端《は》に上っては、何となく汚《けが》されてしまう様な気がしていた。

「拙者は、苦手じゃ。書物などは少し読み始めただけで、すぐに眠くなってしまうのだ。源氏とやらは、春元様の御母堂紫苑《しおん》様がお好きであった。彼《か》のお方は、何時も何かしらの書物を読んでおられ、春元様の近習達にその内容を話されるのが、日課の様であった。進之助は物好きにも、それを熱心に聞いていたものだ。気に入った話があると、紫苑様からその書物をお借りしてもいた様じゃ。俺は奴の、そんなところが大嫌いであった」

——単に刀を振り回すだけのお侍ではなく、そこが進之助様の良いところではありませぬか……。

桃代は心の内でそう思いながらも、『確かにこの方は、羽村栄三郎様に相違無い』と、おかしなところで納得した。そこへ竹緒が姿を見せた。

「竹緒さま……」

百合香はこう言って、嬉《うれ》しそうに駆け寄って行った。

「お前は、誰じゃ……?」

栄三郎は厳しい表情で竹緒を見た。竹緒は、反射的に百合香を後ろに庇《かば》った。

「ご自分から、まずは名乗られるべきではありませぬのか……」

「生意気なことを申す餓鬼《がき》じゃのう……」

竹緒の言葉に、栄三郎は呆れた様に彼を見た。

「こちらのお方は、百合香姫様の許嫁《いいなずけ》であらせられます」

ここで桃代は、凛《りん》として言った。

「桃代どの……」

竹緒は何とも驚いた様子であった。しかし桃代は、栄三郎の後ろから目配《めくば》せをした。

「許嫁、じゃと……?」

栄三郎は竹緒の顔をしげしげと見た。

「桃代どの。久作が、母上のお屋敷にならず者が住み着いて困っている……、と申しておりましたが、この者のことでございますか？」

竹緒が尋ねた。

「母上のお屋敷、と申したな……？」

栄三郎は聞きとがめた。

「百合香の母上は、わたしの母でございます故に……」

竹緒は涼しい顔をして答えた。

「百合香。母上が心配なされる。こちらへ来なさい」

竹緒は百合香の手を引いてさっさと屋敷内へと入って行ったので、桃代はほっとした表情を浮かべた。

「女も餓鬼も、小生意気なのばかりが住んで居る所じゃな……」

栄三郎は苦々しげに言った。

かつて進之助は桃代のことを、

『百合香姫様のこととなると、見えるものも見えなくなる……』

と感じたことがあった。羽村栄三郎もまた、伏見春元の為にと思い込んだら、居ても立ってもいられぬ様になる男であった。

「百合香姫か……。将来、どの様に美しい女性《にょしょう》になられるであろう……。春元様には、お似合いではないか……。あの様に愛らしい姫がお側にいたら、春元様とて、そろそろご自身のお立ち場を固めよう、と思われる様になるのではないか……」

結城進之助も以前桃代に嘆《なげ》いていたが、春元が勝山《かつやま》の国の領主になる機会を二度迄もみすみす見送ってしまったことを、栄三郎もまた残念に思っているのであった。

翌日の昼下がり、桃代がちょっと目を離したすきに、百合香は庭に出て水仙の花を摘《つ》んでいた。折《おり》悪《あ》しく栄三郎がそれを見付けた。彼は早速、百合香に近付いて行った。

「拙者が摘んで進ぜましょう」

栄三郎はこう声を掛けた。

「ありがとう」

百合香はそれに対して、にっこりと笑った。

——竹緒さまも桃代も、この人は悪い人だから近付いてはならぬ……、と言っていたけれど、その様に悪い人でもなさそうじゃ。

百合香は、そう思った。

——本当に、愛らしい。将来どの様に美しゅうなられるであろうか……。ここは柾平の国とはいえ、清津の唐沢家に身を寄せている進之助と繋《つな》がりのあるらしい嘉平殿が住んでいる屋敷じゃ。さすれば、唐沢家に所縁《ゆかり》のある姫君なのやも知れぬが、この様な姫には滅多にお目に掛かれるものではない。

栄三郎は、まじまじと百合香の顔を見つめた。

——このまま藍河の春元様の所へ、お連れしてしまおうか……。あの竹緒とか申す小生意気な餓鬼が、許嫁じゃ……、等と申していたが、そうであれば尚更のこと……。

彼は本気で、その様に考えていた。現在、林田実幸《はやしださねゆき》の掛《か》かり人に過《う》ぎぬ伏見春元の許へ、将来の室《しつ》の候補として百合香を伴ったところで、春元が困惑するだけであろう…、等ということを、この男は考えてみようともしないのであった。ただひたすらに、栄三郎は百合香の愛らしさに魅《み》せられていた。

その彼の後ろに、すきが生じていた。

「うわぁー」

右の肩口に激しい痛みを覚えて、栄三郎は倒れた。それが頭部に受けた一撃であったとしたら、彼は紛《まぎ》れもなく命を落としていたであろうと思われた。

「桃代……」

百合香はこう叫んで、彼女に駆け寄って行った。

「姫さまに、何をされていたのですか？」

木太刀《きだち》を構えたまま、桃代は厳しい表情で尋ねた。

「花を摘んで……、痛……」

「姫さまには、二度と近付かないでください」

桃代はこの上もなく険《けわ》しい顔をして言った。

「桃代どの……。無茶なことをされる。もし、俺が避《よ》けたらそなたの大切な姫様を、そなた自身の手で、叩《たた》いてしまうところであった……、のだぞ」

栄三郎は、男子としての面目を取り繕うかの様に言った。

「大丈夫です。今、あなたの後ろ姿は、すきだらけでしたから……」

桃代は自信たっぷりに答えた。

「嘉平殿の様に油断のないお人であっても、そなたは果たして木刀を打ち込んだのであろうか……?」

栄三郎は更に尋ねた。

「嘉平殿でしたなら……」

桃代は、微笑みを持って答えた。

「姫さまをも抱き抱えて、お避けになった……、と思われます」

「……」

その言葉に、栄三郎の誇りはひどく傷付けられた様であった。

「姫さま……。参りましょう」

桃代は百合香の手を引いて、その場から立ち去ろうとした。そこへ栄三郎が声を掛けた。

「百合姫様」

「何じゃ……?」

百合香はこう言って振り返った。

「姫様も冷たいお方じゃ。せっかく花を摘んで差し上げました拙者に、何故、木太刀を持った桃代どのが後ろから近付いて来たことを、教えてはくださらなかった……？」

「だって、そなたは、とても怖い目をしてわたしを見ていた。竜巻寺で桃代が言っていた人さらいとは、そなたのことであろう」

「姫さま……」

桃代は、大切そうに百合香を抱え込む様にし、栄三郎を残してさっさと歩み去った。

「怖い女子だ……」

栄三郎は呟いた。

「間違っても、敵に回したくはない女だな」

それは果たして、どちらの女のことだったのであろうか……。

春宵尼は、菘の琴の稽古の為に五日に一度、玄斎の館へと通って行った。そしてこの頃では、菘の手習いも見るようになっていた。余り琴は好まぬ菘ではあったが、書は好きな様であった。彼女は素直でおおらかな文字を書いた。

――菘どのの心は、決して捻《ねじ》れてなどいない。

春宵尼は確信を持った。彼女は何時しか、菘を愛しいと思う様になっていた。

かつて唐沢靖匡《からさわやすまさ》は、五日に一度程の間隔を持って、竜巻寺の彼女の許へと通って来た。

「お忙しいお身体で、よくぞお殿様は……」

それは、七年間であった。彼女は今更の様に、靖匡の自分への愛情の深さに気付いた。靖匡のお陰で今日の自分がある、とさえ思う様になっていた。

——私は、お殿様のお陰で救われた。都から清津へと辿《たど》り着《つ》いた時の私は、最早死んだも同然の女であった。今度は私の力で、菘どのを健《すこ》やかに育ててあげたい。

春宵尼は、松ヶ枝城の桐乃《きりの》に託した我が子於次丸《おつぎまる》のことを思わぬ日はなかった。彼女は於次丸にも、真っ直ぐな明るい男子に育って欲しいと切に願っていたが、それは我が身の力の遠く及ばぬところであった。せめて菘を、於次丸を思う心で見守って行こう。春宵尼はその様に思っていた。

やがて菘の周囲には、微妙な変化が生じてきた。それは、春宵尼故であった。今まで決して菘を玄斎の娘とは認めずに、陰日向《かげひなた》のある扱いをしてきた女中たちの菘を見る目が、多少なりとも変わってきた様である。

「春宵尼様は、都に近い由緒ある領主様の御後室であられるそうな。そのお方が、何やら難しい御病で、旦那様の治療を受ける為にわざわざこの地へ参られた。玄斎様のお力で、尼君のご容体もこの頃では大分良うなってこられ、お一人でお拾い《ひろ》（散歩）もなされる迄に回復された」

「その春宵尼様が、わざわざ五日に一度、菘さまの琴の稽古にお出でくださる。菘さまも、大したものじゃこと……」

「旦那様の、お力故でありましょうが……」

「けれど、その旦那様が、菘さまの為に御自ら出向かれて、春宵尼様に出稽古をご依頼なされた、と聞きましたよ」

「春宵尼様は、他家へ稽古にお出掛けになる様なご身分のお方ではない、とのことじゃが……」

お陰で玄斎の館の者達は、内面はともかく、表向きは玄斎や竹緒が留守であっても、決して菘を以前の様に粗略《そりゃく》には扱《あつか》わぬ様になっていた。

そんな菘の表情が、今一つ冴《さ》えぬのである。

「どうした……？　元気がないな。百合姫様と、又やり合《お》うたのか？」

玄斎が尋ねた。

「いいえ」

「そなたは、何か不満のありそうな顔をしているぞ」

「竹緒さまは……」

菘は、どの様に可愛がってもらっても、決して玄斎のことを父上、竹緒のことを兄上、とは呼ばなかった。

『あの方たちは、わたしの父親でも、兄でもない。それを、何で白々しくも……』

というのが、彼女の考えであった。しかし心の内では、菘はその二人をこよなく愛していた。形ではない。大切なのは心なのだ……というのが、幼い彼女にしては何とも大人びた信念の様なものになっていた。

春宵尼は彼女の前で、玄斎のことを、『父上様が……』、竹緒のことを、『兄上様が……』と、よく口にした。菘はその響きを、この上もなく心地好く感じた。春宵尼の美しい唇を通したその言葉には、肉親とそうではない者とを頑《かたく》なまでに区別しようとする菘の信念をも砕《くだ》く力が、何故かある様に感じられた。菘は春宵尼を通してのみ、玄斎を父様《ととさま》、竹緒を兄様《あにさま》と、素直に思えるのであった。

「竹緒さまは、この頃よく百合姫さまの所へお出掛けになります」

菘は不服そうに言った。

——菘は、焼き餅を焼いているのか……。

と、玄斎はすぐに気付いた。

「竹緒に、百合姫様の許へは行かぬように……、と言って欲しいのか……？」

「玄斎さま……」

その言葉に、菘は嬉しそうな顔をした。

「しかし、そうなると春宵尼様にも、この館へお出で願う訳にはゆかなくなるぞ」

「どうして……、ですか……？」

菘には、それは何とも意外な言葉であった。

「春宵尼様は、百合姫様のお母上。竹緒は菘の兄じゃ。百合姫様から母上をお借りして、菘は兄を貸すのは嫌じゃ……、と申すのでは、菘は百合姫様に借りが出来てしまうではないか……」

「……」

菘は複雑な表情を見せた。

——春宵尼様が、この館へはお出でくださらぬ様になる……。

それは、菘には到底堪《た》えられないことであった。春宵尼は今の彼女にとって、既に無くてはならぬ人となっていた。そして竹緒も、この上もなく大切な存在なのであった。そのどちらも、菘は失いたくはないと思った。

竹緒は百合香と親しくなったからといって、決して菘に冷たくなった訳ではなく、相変わらず彼女を本当の妹の様に大切にしていた。

——でも、わたしは……、竹緒さまの妹ではない。

竹緒が菘を妹として優しく接すればする程、何故かこの頃では、それが彼女には辛いと感じられる様になって来ていたのであった。

——まずいことを、言ってしまった……、かな。

玄斎にも、菘の微妙な心の動きが伝わってきた。

——もしや菘は、竹緒を兄として見ることが出来ぬ様になってきているのでは……。

玄斎は、竹緒と同じ様に菘も自分の真の娘として、先ほどの様なことを口にした。しかしそれが、菘の心には負担になったとしたら……。

——女の子の扱いは、難しいのう。

玄斎はふと、溜め息をついた。

しかし玄斎は、間もなく思い直した。竹緒と菘、それに百合香も、一人前の男女として考えるにはまだ幼な過ぎるのではないであろうか……、と。それ故に彼は、三人がお互いの屋敷へと出入りし合うのに、その後も何等干渉《かんしょう》しようとはせず、春宵尼が自らの館へ五日に一度姿を見せることを、今までの様に心待ちにしていたのであった。

第四章　死に場所

近藤小太郎が思い詰めた様な顔をして柾平の春宵尼の屋敷を訪れたのは、睦月（陰暦一月）も末に近くなった日のことであった。

「どうも状況は芳《かんば》しゅうござらぬ」

小太郎は暗い表情で言った。

「ここではまずかろう。柾平川へでも参ろうか……」

嘉平は小太郎と、自らの部屋から出て行こうとした。そこで内密の話をするのは、『壁に耳あり。障子に目あり』であろうと思われた。しかしそこへ、

「拙者にも、話に加わらせては頂けませぬか……？」

羽村栄三郎がこう言って、二人を部屋へ戻そうとした。

「お主には、何か打ち明けたいと思うことでもおありか？」

嘉平が厳しい表情で尋ねると、栄三郎は無言で頷《うなず》いた。

「どうしても話せぬこともあるが、話して良いこともお互いにあるのでは……」

栄三郎はこう言った。そしてそのまま三人は嘉平の部屋へと戻り、緊張した表情で、それぞれ敷物を設《しつら》えて座った。

「進之助は、昨年の師走《しわす》（陰暦十二月）も半ばを過ぎた頃に、林田実幸様《はやしださねゆきさま》の鷹月城《たかつきじょう》へ春元様を訪ねて姿を見せた……」

まずは栄三郎から、この様に話し始めた。その時、桃代がそっと部屋へ入って来たが、誰も何も言おうとはしなかった。

「進之助が春元様にお会いしたのは、本当に久し振りであった。さぞや話も弾《はず》むであろう、と思われた。ところが瞬《またた》く間《ま》に、二人は大喧嘩となってしまった」

「春元様と進之助が……。まさか……」

小太郎は、信じられぬ……、といった顔をしていた。

「ところが、顔を合わせて間もなくであった……。最初に手を出したのは……」

栄三郎は、やや躊躇《ちゅうちょ》した後で言った。

「……進之助の方であった」

「手を出した、と申しますのは……?」

桃代が、思わずそう尋ねた。

「つまり……、殴《なぐ》った、と申すことじゃ」

「まさか……」

それは、桃代には信じられぬことであった。

「その、まさか……、だな」

栄三郎はここで、にやりと笑った。

「それで、春元様はどうなされた?」

今度は小太郎が尋ねた。

「春元様は、何時も至って冷静なお方なのじゃ。進之助や拙者《せっしゃ》が、かっとしてしまう様な折にも、常に落ち着いておられた。拙者は、このお方はどうしてこの様におっとり構えていることがお出来になるのか……、と不思議に思うたことも度々《たびたび》でな。だからその時も、何事もなかったかの様に済まされるのか、と思うたのだが……」

栄三郎は複雑な表情を浮かべていた。

「……ところが、此度《こたび》ばかりは、春元様は今までに拙者も見たこともない様な怖《こわ》い顔をされて、進之助を殴り返した。それから後は、まるで餓鬼《がき》の喧嘩の様であった」

「餓鬼の、喧嘩……？」

桃代は、信じられない……、といった顔をしていた。

「どちらも、良い勝負であったな……。殴って、殴り返して。挙げ句の果ては、掴《つか》み合《あ》いの大喧嘩となってしまった……」

「そこ許《もと》は、それを黙って見ておられたのか？」

小太郎が呆れた様な顔をして尋ねた。

「どちらかが飛び抜けて弱ければ、こちらも気の毒にも思うたであろうが……」

「ひどい方です。あなたは……」

桃代は非難の眼差しを栄三郎へ向けていた。

「……暫《しばら》くして、拙者も見てはいられぬ様になった。と言うよりは……、喧嘩というものは見ているものではなく、己がするものであろうが……」

栄三郎は、同意を求めるかの様に小太郎の顔を見た。しかし小太郎は故意に横を向いてしまったので、栄三郎はそのまま話し続けた。

「拙者は、廊下へと出た。そこへ、何事か……と、春元様の近習衆が駆《か》け付《つ》けて来た。拙者はそいつらを押し留めるのに、一苦労であった。一対一の喧嘩など、放って置けばそう長く続くものではない。他の者が口を挟《はさ》む故に、却《かえ》ってこじれるのだと、拙者は思っていた」

栄三郎は確信を持って言った。

「その内に、林田家の侍達までがやって来た。春元様と林田実幸様の御仲は、至って良好なのじゃ。やつらは一体何が起きたのかと、心配して来てくれたのだが、まあ、こちらとしては、絶対に中を見られたくはない。『いや、何でもござらぬ』、『左様な筈はあるまい……』と、今まで中に入れろ、入れぬと拙者と押し問答していた春元様の近習たちも、今度は実幸様のご家来衆を止める方に回って、とやこうしている内に、部屋の中も静かになった……と、まあ、こういう訳でのう」

「貴方が、もそっと早うに、お二人の間に入ってくださりましたなら、その様な大事にはならなかったのではありませぬのか……？　貴方が、お悪いのでしょう」

桃代は不満そうに言った。

「しかし、桃代どの。腹の中に言いたきことも言わずに溜《た》めて置くと申すは、良くないことでござるぞ。現に拙者も、この度春元様が藍河へ移られしことには大いに不満で、進之助が怒るのも無理はない、と思うているのじゃ」

「それにしてもあの進之助が、春元様にこちらから手を揚《あ》げるなどとは……」

小太郎は、到底信じられぬ……、といった顔をしていた。

「近藤殿。そこ許の様にまともな城勤めをされている方には分かるまいが、まあ、部屋住みの次男坊とその家来の、気安さ……、とでも申そうか……。恐らく進之助が唐沢光国様にお仕えしていた姿とは、大分違っていた、と思われる」

「その後、進之助様はどうなされたのでござりますか……？」

桃代が先を促した。

「それから後は、もう……」

栄三郎はここで多少言い淀《よど》み、やがて再び口を開いた。

「……春元様も進之助も、ひどい顔になってしまったのだが……。まあ、左様なことは、どうでも良いか……。とにかくその翌日は、前の日とは打って変わった様に和《なご》やかに、幼馴染《おさななじ》みの近習たちもすべて交《まじ》えて、進之助がいなくなりし後の勝山の話、清津での奴の暮らし振りなど、積もる話に花が咲いて、終日を過ごした」

「靖匡公の、お噂《うわさ》などは……？」

こう言った小太郎の顔には、やや緊張したものが感じられた。

「清津の国を、この乱世においても見事に治めておられる大した殿様だそうだな。ご子息光匡様のお側にいる進之助にも、大層良くしてくださっている……と、奴は感謝していたが、それが何か……？」

栄三郎は不思議そうな顔をした。

「いや……、進之助は、左様に喜んでいたのか……」

小太郎は、慌《あわ》ててそう言った。彼は進之助を信じてはいたが、主や昔馴染みの男たちを前にして、もしや、靖匡の逝去のことを……、と考えたのであった。

――この羽村とか申す男が、御屋形様のことを耳にして、知らぬ振りをしているとも思われぬが……。

嘉平も内心、それを警戒していたのであった。

「……それから、どこまで話したか……。そうそう進之助は、鷹月城へ参って三日目には、早くも清津へ戻る、と言い出した。春元様は、『久し振りに参ったのであるから、正月を一緒に過ごしてゆかぬか……』と勧められたが、進之助は『年末とは何かと気忙《きぜわ》しきものでござりますれば……』等と何やら訳の分からぬことを申して城から去った。……あいつは、何時までも春元様のお側にいて、離難《がた》くなるのを恐れたのだと、拙者は思った。兄上春員様《はるかずさま》の家来を切って勝山の国にはいられぬ様になった進之助である故に、藍河の国であれば春元様のお側にいたとて大丈夫なのだが、そこは唐沢家への義理もあり、そうもゆかなかったのであろう」

栄三郎には、別に小太郎の様子に不審を抱《いだ》いた様子もなかった。

――進之助様は、『春元様は、今や林田家の掛《かか》り人《うど》じゃ。家来の数が増えれば、それだけ肩身の狭い思いをおさせ申すこととなろう。それ故に俺が、藍河に留まる訳にもゆかぬ』と申されていた。

と桃代は辛い気持ちになった。

――それにしても、一体この方は何を話そうとされているのであろう…。要するに進之助様は、ご主君の春元様と大喧嘩され、その後仲直りなされて、この屋敷から立たれた翌々日には藍河から離れて行かれた。私たちの知りたいのは、その後の進之助様のお行方なのに……。

桃代はもどかしくもあった。

「……その後、城を出た進之助を追いかけて、拙者がある頼み事をした。春元様に深く関わりのあることではあるが、ご本人は何もご存知ではない。進之助が、まさかひょっこり藍河へやって来るとは思ってもいなかったので、拙者がやらねばならぬと思うていたことを、これ幸いに代わってもらった……、と申す訳でござるよ」

そして栄三郎は、尚も話し続けた。

「詳しくは申せぬが、ある事を探り出して欲しい、と拙者は進之助に頼んだ。拙者がやるよりはあいつに任せた方が遥かに上手く行くであろうと、その時拙者は、天の助けか……、と思うたものであった」

この時桃代は、

『俺は、常に損な役回りばかりを引き受けて来た。この後も、きっとそうなるであろう』

と、進之助様は申されていた……と、杉の木の下で語り合った時の、彼の言葉を思い浮かべた。

「それでは結局、進之助はそこ許の依頼で春元様と関わりのある事で出掛けているが、行った先もその仕事の内容も、話すことは出来ぬ……、と申されるのだな?」

小太郎がこう念を押した。こちらは気が急《せ》いているのに、くどくどと長い話をしおって……、と内心忌々《いまいま》しく思っていた。

「左様でござる」

しかし栄三郎は、その様な小太郎に対して、別に悪びれた様子も見せずに答えた。

「それでそこ許は、この後どうしたい……、と申されるのか……？」

小太郎は性急に尋ねた。

「お手前方が進之助に頼もうとしていた仕事を、拙者にさせてもらうという訳には参るまいか……？拙者がなそうとしていたことを、進之助に代ってもらった。だから進之助の代わりを、拙者が務めるのは当然でござろうが……」

その言葉に、嘉平と小太郎は思わず顔を見合わせた。

——昨日、私を人質に取ってまで羽村様が知りたいと思われたのは、小太郎様が進之助様に頼もうとされた仕事の内容だったのであろうか……。

男たちの話を黙って聞きながら、桃代は朧気《おぼろげ》にそう感じていた。

「それ故にお主は、拙者が断っても断っても、何やかやと申されて、とうとう藍河から柾平のこの屋敷まで来てしまわれた……、という訳でござるか……」

嘉平が言った。

「左様。後になって進之助から、お前に頼まれた仕事をしていたので、唐沢家の一大事に間に合わなかった……、などと、言われたくはござらぬでな」

——一大事——という言葉が、何となく気になった。この男は案外、こちらにお家の事情があることに気付いているのやも知れぬ……、と嘉平は思った。

「拙者にも、手伝わせてくだされ。絶対に他言《たごん》は致さぬ」

栄三郎は重ねて頼んだ。

「その代わりに、頼みたいことがござる。正直に申そう」

彼はここで、小太郎の前に手を突いた。

「その仕事が片付いたら、進之助を春元様の御許へ帰してやってくだされ」

「光匡様は既に、春元殿の処へ戻れ……、と進之助には仰せられたのじゃ」

小太郎はこう言ったが、彼は内心それを不満に思っているのであった。

「それは、真であったのでござるか……？」

栄三郎は、一瞬嬉しそうな顔をした。先日嘉平と小太郎の話を立ち聞きした栄三郎ではあったが、この時まで半信半疑でいたのである。しかし彼は、すぐに表情を曇らせた。

「……そこ許は、それを聞いた進之助が、『はい、左様でござりますか…』と、唐沢家から離れる様な男じゃと、思うておられるのか……？」

「いや……」

そう言いながら、この時小太郎は、

——この男は、案外信頼しても良いのやも知れぬ。

と、ふと感じた。勿論それは、あくまでも彼の直感である。栄三郎は、その様な小太郎の心の内など知る由もなく、更に続けた。

「拙者は進之助とは違って、始めから春元様の家来であった訳ではない。七歳の時に戦で父を亡くし、二人の兄にも死なれ、母と当ても無く故郷を後にして、春元様のお父上伏見春定公《ふしみはるさだ》が治めておられた勝山の国へ辿《たど》り着きし折には、母は最早衰弱しきっていた……」

「……勝山の国は、貴女方が賊に襲《おそ》われて、拙者と初めて出会うた所じゃ」

嘉平は、桃代の方を見てこの様に言った。その言葉に、彼女はかつて母の小槙と梅子母子の供をして、嘉平に助けられた日の事を遠く思い出したのである。

「……とある社《やしろ》の前で、拙者も母ももう一歩も動けなくなってしまった時に、当時は福寿丸《ふくじゅまる》様と申し上げていた春元様が、野掛けに出られたそのお帰りにお会いしたのじゃ。供はまだ前髪姿の進之助一人であった。福寿丸様は、母の様子を徒《ただ》ならぬと見て取られ、進之助に馬に乗せるようにと命じられて、東雲城《しののめじょう》へとお連れくださった」

——この気忙《きぜわ》しい時に、またもやこの男は……。

と、内心小太郎は思ったが、話の内容には興味があった。

「城の門番が、『若君様。その汚《きたな》らしき女は、一体何でござりますか。左様な者を、こちらより入れる訳には参りませぬ』と止めようとした。それを聞いて、拙者は何とも驚いた。主従と思しき二人連れではあったが、そのお方が勝山のご領主の子息であられたなどとは、思いも寄らぬことであった。その時、福寿丸様は、『長い間行き方知れずになっていたわしの乳母《めのと》の姉が、ようよう見付かったのじゃ』と、涼しい顔で仰せられた。拙者も母もみすぼらしき姿で、とてもその様には見えなかったが、『病なのだ。急いでおる』と、無理に母と拙者を城の中へと入れてくださった。やがて城中では、福寿丸様の乳母殿、すなわち進之助の母上が、拙者の母の世話を何くれとなくしてくれた。間もなく母は死んだが、薬師《くすし》に見とられて、人間らしい最期を遂《と》げることが出来た……」

流石に栄三郎は、しんみりとした口調となっていた。

「拙者は、そのまま東雲城に住み着いてしまった。しかし春元様の正式な家来になった訳ではない故に、自由に動くことが出来る。よって進之助の代わりに、お手前方の手助けをさせて頂きたいのじゃ」

栄三郎の言葉に、嘉平と小太郎は又もや顔を見合わせていた。その申し出は、余りにも唐突《とうとつ》に思われた故である。しかし……。

「……我らは、手不足でござる。たとえ唐沢家の家臣と言えども、誰が信じられて誰が疑わしいのか、しかとは分かり申さぬ。羽村氏《はむらうじ》にご助勢願えれば、誠に有り難い」

ややあって、嘉平はこう言った。小太郎も同意見の様であった。

「近藤殿。先程、状況は余り芳《かんば》しゅうはない……、と申されたな?」

嘉平はこう言って、小太郎に清津からの報告を求めた。半時（一時間）程前に、小太郎が春宵尼の屋敷へ来た時、嘉平は小太郎を連れて柾平の河原へ行こうとした。それを栄三郎が止めて、長い話になったのである。

「確たる証拠は未だに掴《つか》めてはおりませぬが、唐沢靖影様は近い内に再び事を起こそうとされるに相違無い……、との報告が鶴掛城《つるかけじょう》へ放った間者《かんじゃ》より届いたのでござる」

鶴掛城とは、唐沢靖秋、靖影父子の居城で、清津の光匡が住んでいる松ヶ枝城の、西方に位置していた。春元の故郷《ふるさと》勝山の国にも近い所である。

「光匡様を再び襲おうとしている、と申すことか……」

嘉平は難しい顔をして言った。

「父君靖秋様は、どちらかと申せば慎重な態度をとっておられる様でござるが、靖影様は一気に事を運ぼうと、何やらしきりに画策《かくさく》しておられる様子で……」

「お若い故に、無理もない。機会さえあらば、と思われたとしても……」

こう言って嘉平は、伏見春元が領主になる機会を二度までも見送って、果ては進之助と大喧嘩になった……、という話を思い出して、何となくおかしくなった。

「お主や結城殿が、兄君に取って代われる好機をみすみす逃してしまったと、怒るのも無理はない。春元様とは、其《そ》も（一体）、どういったお方なのでござろうか……？」

「拙者にも、とんと分かり申さぬ」

栄三郎が困った様な顔をしてこう答え、三人の男たちは大笑いになった。

「靖影様が、春元様の様なお方であれば、良かったのじゃが……」

小太郎は思わず溜め息をついた。

「そうじゃ。その靖影様とやらを殺《あや》めてしまえば、簡単に片が付くではないか……」

栄三郎は、ここで誠に物騒なことを言い出した。

「すぐにこちらの仕業《しわざ》、松ヶ枝城からの差し金であると分かってしまうでござろう」

小太郎が呆れ顔で言った。その様なことで解決出来るのであれば、別に苦労はしないと思っていた。

「刺客とは、大抵の場合、自らの顔を隠そうとするものじゃ。切り捨てた後で覆面を剥《は》いで見て、初めて、この男であったのか……、と分かる場合が多い」

栄三郎は確信を持って言った。

「当たり前でござる。光国様を襲うた者たちも、顔をあからさまには見せぬ様にしていた。どうして左様な折に、自分の顔をわざわざ晒《さら》そうとする奴があろうか……」

小太郎はうんざりした表情を見せていた。

「拙者の顔を見知っている者は、清津には誰一人おらぬ。拙者が皆の見ている前で、名の知れぬ浪人として、靖秋様、靖影様とやらを切れば良いであろうが……」

その栄三郎の言葉に、小太郎は嘉平へと目をやった。

「左様に申せば、拙者も寺男または薬売りとして見られてはいるが、侍の姿で見られたことは一度としてござらぬ。若殿の御寵臣近藤小太郎殿とは、立場が違う」

嘉平も、突如この様に言い出した。

「よし。二人で、やろうではないか……」

栄三郎は、得たり……、といった表情を見せていた。

「二人きりで、何が出来るものか……」

小太郎は危ぶんだ。嘉平はともかく、栄三郎の腕が立つとは、到底思われなかった。

──羽村様のお腕前は、確かに頼りない……。

桃代は自らが木刀で打ち掛かった時のことを思い出して、つい笑いが込み上げてきてしまった。口を押さえて俯《うつむ》いて、ふと顔を上げると、栄三郎と目が合った。栄三郎は桃代を不快そうに見ていた。

「後ろから切り掛かるは、卑怯《ひきょう》でござるよ」

栄三郎が呟く様に言った。桃代は申し訳なさそうに、慌てて小さく頭を下げた。小太郎は不思議そうに、その様な二人を交互に見ていた。

「とにかく各々《おのおの》が、一晩じっくりと考えてみようではござらぬか……」

嘉平の言葉に、小太郎も栄三郎も深く頷いた。しかしその場の雰囲気から、最早三人の男たちは何事かを起こさずにはいられないのではないか、と桃代には思われてならなかった。

若い小太郎と栄三郎は、つい今し方まで警戒し合っていたことなど忘れたかの様に、今宵は進之助の使っていた部屋で更に語り合おうと、そこから連れ立って出て行った。しかし桃代は、一人嘉平の部屋に残った。

「嘉平殿……」

やがて彼女は、思い詰めた様な表情で口を開いた。

「我孫子《あびこ》峠《とうげ》では、嘉平殿、進之助様や近藤様のお働きにより、一滴の血も流さずに済みました」

「桃代どの……」

嘉平は、複雑なる面持《おもも》ちで桃代の目をじっと見た。

「世の中とは、綺麗事《きれいごと》ばかりでは済まされぬ場合が多いのでござる。何時もいつも、我孫子峠の様に上手く参るとは、限りませぬよ」

嘉平は苦しげに答えた。それは年長者として、年端《としは》もゆかぬ娘に言ってやれる教訓であるとも、彼は思っていた。

「お命は、大切になされてくださりませ。嘉平殿の御身にもしものことがござりましては、春宵尼様も、藤姫様、百合姫様も、いかばかりかお嘆きになることでしょう。勿論、楓どのも私も……」

桃代は必死でそう言った。

「桃代どの……」

嘉平はじっと桃代を見つめた。

「ありがとうござる」

「貴方は……」

桃代はこの時、慄然《りつぜん》としていた。

――嘉平殿は、何という、寂《さみ》しい目をしておられるのであろうか……。

やがて、その後《のち》は目を閉じて黙って座り、じっと腕組みをしたままの嘉平の姿に、桃代は為す術《すべ》もなく彼の部屋から出たが、その身が案じられてならなかった。

――嘉平殿は、もしや……、ご自分の死に場所を求めておられるのでは……。

桃代には、何故かその様に思われてならぬのである。唐沢靖匡亡き後、その隠れた腹心《ふくしん》であった原田嘉平が、生甲斐《いきがい》を失ってしまった……、とは、決して考えられぬことではなかった。

——血気盛んな若いお二方とは違い、嘉平殿には分別《ふんべつ》というものがおありの筈。

この度のことは、鶴掛城の者達が唐沢光匡の命を狙《ねら》って刺客を送ったことが始まりであった。しかし、やられたからやり返す、気に入らぬ存在だから消す、というのでは、相手方と何ら変わりはない。その様な考え方は、余りにも無謀であり、許されざることであると思われた。

第五章　清津へ

翌朝、楓が普段起きてくる時刻よりかなり前に、嘉平は朝餉《あさげ》の支度《したく》を始めた。厨《くりや》の外はまだ暗かった。昨夜小太郎は、栄三郎と進之助の使っていた部屋で共に休んだので、嘉平はそっと彼を起こしに行った。

「近藤殿。我々もすぐに出立致すが、お主と一緒にいるところを誰かに見られてはまずい。どうぞ先に立ってくだされ」

嘉平は小太郎に朝餉を取らせながらこう言った。屋敷の厨には炉端《ろばた》があり、そこで簡単な腹拵《はらごしら》えは出来る様な造りになっていた。

「して、連絡はどの様に……？」

小太郎が尋ねた。

「竜巻寺《りょうけんじ》を使うたのでは、松ヶ枝城《まつがえじょう》との関わりがすぐにも敵方に知られてしまうであろう。我々が唐沢靖秋様の鶴掛城《つるかけじょう》の近くに隠れ家《かくが》を見付け次第、拙者の方から連絡致す故に、拙者が松ヶ枝城へ参るまでは、近藤殿は動かずにいてくだされ」

「承知致しました。それでは、嘉平殿。呉々も気を付けられよ」

こう言って小太郎は、まだ薄暗い中を清津へと帰って行った。

「……嘉平殿。何故、この様に馬鹿っ早く、出立致さねばならぬのでござるか……？」

それから間もなく、嘉平から起きるようにと言われた栄三郎は、まだ眠そうな顔をしてこう尋ねた。

「早う、顔を洗っておいでなされ。朝餉の支度は出来ておる」

嘉平はこう言うと、自分はさっさと先に飯を食べ始めた。

やがて炉端《ろばた》に座った栄三郎に、嘉平はこう言った。

「出来れば、桃代どのには会わずに立ちたいでのう」

「成程……。拙者も、あの女子は苦手でござる。進之助とはどうやらかなり親しくしていた様だが、あいつも物好きな……。あの様な女子を女房にしたら……、と考えただけでも、怖《こわ》いことでござる。

始終《しじゅう》、己は尻を叩かれ、その女房の尻に敷かれるは、目に見えておる」

……もっとも、木刀で殴られるよりは良いが……、と栄三郎は先日のことを思い出して苦笑した。

「何を申されるか……。桃代どのは、優しい女子でござるよ」

しかし嘉平は、栄三郎の言葉を聞き捨てには出来なかった。

「優しい……？　あの女子が、でござるか……」

栄三郎は目を丸くした。

――物好きなのは、どうやら進之助だけではないらしい。嘉平殿も、相当変わっておられる様じゃな。それにしてもこの辺りに住まっていると、女子も子供もみな生意気になる様な、何か特別な訳でもあるのであろうか……。

栄三郎は首を傾《かし》げた。

「羽村殿。そろそろ出掛けましょうか。怖い桃代どのに、見付からぬ内に……、のう」

嘉平は栄三郎を急《せ》かせた。それは決して冗談ではなかった。彼は、桃代には会わずに出立したい、と思っていたのである。

「嘉平殿。一つ、お願いがござります」

栄三郎はこの時、しごく真面目な顔をしてこう言い出した。

「何でござるか……？」

嘉平はそろそろ楓が起きてくる時刻であると、気が気ではなかった。

「拙者は、こと成就《じょうじゅ》の暁《あかつき》には、嘉平殿より褒美《ほうび》を頂戴致したい」

「褒美……？　……金、でござるか……」

「とんでもない。拙者は嘉平殿の、弟子にして頂きたいのでござる」

栄三郎は、嘉平の思いも寄らぬことを言い出した。

「弟子に……。拙者の、どの様な弟子でござるか……？」

嘉平は訝《いぶか》しそうに聞き返した。

「昨日もお話し申した通り、拙者は春元様の正式な家来ではござらぬし、これからも左様にして頂こうとは思うておりませぬ」

「ほう、それは、何故に……？」

嘉平は栄三郎の言葉が何となく気になった。

「春元様のお側には、進之助を始めとして、若くて良い家来が揃《そろ》うております。進之助が勝山から離れている間に、兄上春員様《はるかずさま》の許を離れて藍河へと向かわれた春元様に、損は承知で従った者が、拙者の他に七名ござった。進之助を加えれば、八名。まともな役目は、その者たちに任せておけば良い。拙者は他の形で、春元様のお役に立ちたいと思うております」

「他の形で……？」

嘉平は更に興味を覚えた。

「春元様さえ感心された程の見事な薬売りに身をやつし、警戒の厳重なる鷹月城へこっそりと忍び込み、又、春元様と拙者以外の者には悟られることもなく、城から出て行かれた。その技を、拙者にも是非ご伝授願いたいのでござります」

「羽村殿……」

嘉平は栄三郎の目をじっと見たが、彼の瞳はどこまでも澄んでいた。嘉平はふと、目を反《そ》らせた。

──俺《おれ》は、何か間違っているのではないか……。

嘉平の心は落ち着かなかった。昨日桃代に、

『お命は、大切になされてくださりませ』

と言われてから、嘉平は何故か平静ではいられないのであった。だからこそ今日も、桃代には会わずに出立したい……、と思ったのである。これから見《まみ》えるであろう敵よりも、桃代の美しい瞳に再び見つめられることの方が、実は怖かったのではないのか……。己自身の心が、分からぬ様になっているのやも知れぬ……、と嘉平は朧気に感じていた。

昨夜、近藤小太郎は唐沢光匡の為に、羽村栄三郎は伏見春元の為にと、一生懸命に生きている姿を見て、嘉平は羨《うらや》ましいと思った。唐沢靖匡を失って三ヵ月余り……。彼は、この上もない空《むな》しさを覚えていたのである。

唐沢靖匡《からさわやすまさ》は原田嘉平《はらだかへい》にとって、ある意味では実の父親よりも大切な存在であった。靖匡の守役《もりやく》であった嘉平の父が亡くなった時、靖匡は嘉平を正式な家臣として松ヶ枝城へ迎えようとした。しかし若き日の嘉平は、窮屈《きゅうくつ》な暮らしを嫌った。堅苦しい城勤めをする家来としてではなく、自由な形で靖

匡の力になりたい、と思ったのである。丁度今の、羽村栄三郎の様に……。それ故に嘉平は、先程の彼の言葉にある種の同感を覚えてもいた。

竜巻寺《りょうけんじ》に住み着いて十余年。嘉平は、自分は中々面白い生き方をしてきた…、と何等後悔してはいない。しかし靖匡との二十歳余りの年の開きは、如何《いかん》ともし難《がた》かった。靖匡は逝き、嘉平は取り残されてしまった。息子の唐沢光匡の回りには、近藤小太郎を始めとする若い家来達が控《ひか》えていた。靖匡の忠臣山崎仁右衛門の様に、残りの人生を子息光匡の為に生きるという道を選ぶにしては、嘉平は若かった。それに先代の靖匡の思い出が、余りにも強烈に印象に残っていて、今まで通りに生甲斐を持ってその子息に仕えてゆける……、という自信は持てなかった。

又、先代の懐刀《ふところがたな》として活躍した嘉平は、色々と唐沢家の重臣達の弱点をも握《にぎ》っていて、それらの中には彼等が決して平静ではいられぬ様なものも多かった。嘉平がそれを利用して、重臣達を相手に上手く立ち回って生きて行こうと思ったとしたら、面白い生き方も出来たやも知れぬ。しかし彼は、その様な考え方をする男ではなかった。

「嘉平殿。どうかされましたか……?」

栄三郎はここで、不思議そうに彼の顔を覗《のぞ》き込《こ》むようにした。

——俺は、この男を道ずれに、死にたいと思うていたのではないのか……。

嘉平には栄三郎が眩《まぶ》しかった。

『二人で、唐沢靖秋、靖影を狙おう』

等と無謀《むぼう》なことを言い出しておきながら、この男には生きるということ以外には、全く念頭《ねんとう》に無い様であった。昨晩、桃代は、

『我孫子峠では、嘉平殿、進之助様や近藤様のお働きにより、一滴の血も流さずに済みました』

と口にしたが、厳密に言えばあの様に我孫子峠で首尾良く事が運ぶようにと考え出したのは、結城進之助であった。嘉平はその重要なる手助けをしたに過ぎない。あの時も進之助は、

『首尾良うことが運びました暁には、原田殿は何処《いずこ》にお住まいになるお積もりでござるか……？』

等と、呑気《のんき》なことを尋ねたものであった。彼にはその後、山崎《やまさき》仁右衛門《じんえもん》との大勝負が控《ひか》えていたにも関《かか》わらず……、である。

――結城殿も、羽村殿も、死ぬと申すことを、全く考えぬのであろうか……。

若く、向こう見ずであり、それが嘉平から見ては何とも危うい。しかしそれが又、この上もなく羨ましくも思われた。

――羽村殿には、とても結城殿の様な良き思案は浮かぶまい。

となれば……、何とか嘉平が知恵をめぐらす以外には、羽村栄三郎が嘉平の弟子になるという望みを適《かな》えてやることは出来ぬのであった。

「お早うございます。嘉平殿……。今朝はまあ、何とお早いことで……」

この時、こう言って楓が起きてきた。

「清津に、ちと、用事がありましてな」

嘉平は栄三郎を連れて、早々に屋敷を後にした。

「お気を付けて……」

その楓の声を背中に聞きながら、嘉平は何故か嫌な予感がした。

——俺が出掛けてしまえば、またもやこの屋敷は女ばかりになってしまう。盗賊等に、襲われねば良いが……。

嘉平には、それが気掛かりであった。要するに嘉平は、既に春宵尼の屋敷の女たちにとっては、無くてはならぬ存在となっていたのである。しかしはっきりと、それを認識する迄には至っていない。屋敷を留守にする理由《わけ》が理由である故に、この度は三田村玄斎にも事情を話して留守を託すことも憚《はばか》られたのであった。

その日の、巳《み》の下刻《げこく》(午前十一時)を過ぎた頃であった。桃代は屋敷の庭で、一人で木太刀《きだち》を振っていた。彼女は心がいらいらする時、よくそうしたものであった。

——嘉平殿が、あの様に悲壮《ひそう》なお顔をされていたというのに、私には何のお手助けも出来ぬ。ほんに、女子は情けない。

桃代は、何とも己自身が歯がゆかった。

「桃代さま、大変でござります」

この時、楓の声がした。

「藤姫様のお姿が、何処《いずこ》にも見えぬ様になりました……」

こう言うと彼女は、へなへなと庭に座り込んでしまった。

「一体、どうしたというのですか……？」

桃代の顔に、さっと緊張の色が走った。

「わたしが、いけなかったのでござります。藤姫様が半時（一時間）程前に、

『桃代は、この頃しきりに嘉平たちと何やら話をしている様じゃが、一体、どうしたのであろうか……？』

と、仰せになりましたので、つい、

『清津で、何か良くないことが起こったのではござりますまいか。今朝も嘉平殿が、羽村様とか申されるお侍と、早うに難しいお顔をして出て行かれました』

と申し上げてしまったのでござります。そう致しましたら、

『きっと光匡様の御身に、何事かあったに相違ない……』

と藤姫様は、思い詰めたご様子で仰せになりました。わたしが慌てて、

『桃代さまにお聞きになられましては、如何でござりましょうか……？』

と申し上げましたところ、

『恐らく桃代は、何も話してはくれまい。良い。そなたもこの事に付いては、もう触れてはなりませぬ』

と申されました。私は何となく、藤姫様のご様子が気に掛かりましたので、桃代さまにお話ししよ

うとは思いながらも、掃除などについ気をとられておりました。ただ今お部屋へ参りましたところ、姫様のお姿が見えませぬ。もしや……、と屋敷内をくまなく探しましたが、何処にもおいでにはなりませんでした。誠に、申し訳ございませぬ」

それを聞いて、桃代は直ちに藤香の部屋へ向かい、楓も慌ててその後を追った。

「桃代。一体どうしたら良いのであろうか……」

春宵尼は呆然《ぼうぜん》とした様子で、藤香の部屋に座り込んでいた。

「姉上は、何処へ行かれたのであろう……？」

百合香も傍らから、心配そうに尋ねた。

「多分、竜巻寺であろうと思われます。藤姫様は光匡様のお身の上を案じられて、安然和尚《あんねんおしょう》様を頼って行かれたのでございましょう」

「桃代……」

春宵尼は縋《すが》る様な眼差しを向けた。

「私が、すぐにお後を追ってみます。幸いまだ日も高うございます程に、どうぞご案じくださりますな」

桃代はこう言って自分の部屋へ急ぎ、あるものを取り出した。それは……。

昨年の長月《ながつき》（陰暦九月）に、桃代は仲良くしていた近所の百姓の娘つたに誘われて、村の鎮守様《ちんじゅさま》の祭りに出かけることになった。つたは桃代より一歳年下で、桃代のことを『姉《あね》さま』と呼んで慕っていた。そのつたが桃代の萩の模様の小袖を羨《うらや》んだので、桃代はつたの晴れ着と交換して祭りに出かけた。翌日、つたの母親が桃代の小袖を返しに来たが、小槙は『娘同士のしたこと故……』と、受け取ろうとはしなかった。小袖に袖を通した時のつたの嬉しそうな顔を、小槙も目にしていたのであった。神無月《かんなづき》（陰暦十月）の末に唐沢靖匡が亡くなり、竜巻寺の離れは火事になって桃代は死んだと、つたは思っているのであろう。着替えながら桃代は、別れを告げることも適《かな》わなかったつたの顔を、ふと思い出した。彼女は今頃どうしているであろう……。しかし今は、それどころではないのである。

「桃代さま。わたしも、ご一緒に……」

菅笠《すげがさ》を被《かぶ》り草鞋《わらじ》を履《は》いていた桃代に、楓がこう声を掛けた。

「春宵尼様と百合姫様がお召し上がりになるものは、久作どのにお頼みすることにします。お屋敷のことは、玄斎様が何とかしてくださりますでしょう。それよりもわたしには、桃代さまの御身が気掛かりです。藤姫様がお屋敷から御姿を消されましたのは、わたしの責任でござります」

楓は必死の面持ちであった。

「楓どの。私は大丈夫です。それよりも春宵尼様と百合姫さまを、呉々も宜しゅうお願い致します」

桃代は楓の手を堅く握り締めると、走り出した。

「桃代……」

振り返ると、百合香が追い掛けて来るのが見えた。その後から、慌てて楓も追って来るようである。後ろに気を取られて、桃代は誰かに突き当たりそうになった。竹緒であった。

「桃代どの。如何なされました。そのお姿は……？」

竹緒は大層驚いた様子であった。

「竹緒様。百合姫さまを、宜しゅうお願い申し上げます。訳は、楓どのからお聞きくださりませ」

桃代はこう言うと、再び駆け出して行った。すぐに百合香が桃代を追い掛けて来た。

「姫さま……。なりませぬ」

こう言って竹緒は、百合香の前に立ち塞《ふさ》がった。

「通して……。竹緒さま、ここを通して……」

百合香は、何とか桃代を追おうと必死の様であった。

「聞き分けのない妹など、わたしは嫌いでございます」

竹緒は珍しく厳しい口調で言った。

「竹緒さま……」

百合香はそれを聞いて、ぴたりとおとなしくなってしまった。

竹緒は百合香を春宵尼の許へ伴い、楓から事情を聞くと、すぐに父に知らせる為に我が館へ取って返した。玄斎は息子の報告を受けて、すぐさま春宵尼の屋敷へ駆け付けて来た。

「桃代さまが、せっかく何も申されずにおりましたものを、わたしがつい、余計なことを申し上げてしまいました」

楓はこの様に、非常に悔やんでいた。

「一体、いかなる事が起こったのでござりましょうか……？　竹緒の話によりますと、藤姫様の御姿が見えぬ様になられた……。何やら清津で、良くない事が起こった模様である。桃代どのは、藤姫様は竜巻寺の安然和尚様の許へ行かれたに相違ないと、百姓娘の姿となられて、急ぎ清津へ向かわれた。嘉平殿も、やはり今朝方、清津へ立たれた。確か、この様なことでしたが、もそっと詳《くわ》しいご事情をお話し頂けませんでしょうか……」

玄斎はもどかしそうに尋ねた。

「私が知っておりますのも、その様なことでござりますが……」

春宵尼は面目《めんぼく》なさそうに答えた。

「何と……」

玄斎は、拍子抜けした様な表情を浮かべた。しかし彼は、すぐにその視線を楓の方へと移した。

「わたしも、それ以上のことは何も存じませぬ。本当でござります」

「………」

その言葉に、玄斎は失望を覚えた。

「それでは結城進之助殿は、如何《いかが》なされたのでしょうか…？『誠に申し訳ござりませぬが、少々事情がありまして、竹緒殿の剣術の稽古を暫くの間、嘉平殿に代わらせて頂きますことをご承知頂きとう存じます』とのご挨拶がありましてから、最早一月《ひとつき》以上にもなりますが……」

玄斎は違った角度からの質問を試みようとした。

「師走《しわす》（陰暦十二月）の二十日過ぎに、このお屋敷から出て行かれましたきり、未だにそのお行方は知れませせぬ」

　楓がこう答えた。

「桃代どのは、それに付いて何かご存知だったのでしょうか…？」

　玄斎は、段々難しい表情になってきていた。彼は苛立《いらだ》ちを覚えていたのである。

「桃代は、進之助様は、一体何処へ行かれたのでしょう…、と、とても心配していました」

　彼の問いに、この様に答えたのは百合香であった。玄斎はそんな百合香の顔を見て、思わず口元を綻《ほころ》ばせた。しかし彼は、何も幼い百合香から事情を聞く為に、この屋敷へやって来た訳ではないのであった。

「この間から、見慣れぬお侍が滞在《たいざい》しておられた……、と久作が申しておりましたが……」

　玄斎は再び楓に尋ねた。

「あのお方は……。進之助様か、近藤小太郎様のお知り合いで、確か……、羽村……」

　楓はこう言って考え込んだ。

「羽村栄三郎殿。嘉平殿が、何処からか連れて来たの。あの人は悪い人じゃと、竹緒さまも桃代も言っていました」

　再び百合香が答えた。

「左様で、ござりますか……」

玄斎は途方に暮れた。要するに春宵尼も楓も、肝心な事は何も知らぬのであった。百合香が桃代を通して知った断片的なこと以外には、何ら得るものは期待出来そうになかった。

「楓どのは確か、『わたしが余計なことを申し上げた…』と申されましたが、一体藤姫様に、何を言われたのでしょうか……?」

このままでは善後策《ぜんごさく》の立て様もないと、玄斎は再び質問を変えた。

「清津で、何か良くない事が起こったのではないでしょうか……。今朝方も、嘉平殿が羽村様とか申されるお侍と、早うに出て行かれました。…しかとは覚えておりませぬが、確か、この様なことを申し上げた様な気が致します。すると藤姫様は、『きっと光匡様の御身に、何事かあったのじゃ』と、即座に申されました……」

「光匡様の、御身……?」

玄斎はふと、この様に聞き返した。

「光匡様は、清津の若殿様であらせられます」

楓が答えた。

「姉上は、兄上のことを、『光匡さま』とお呼びしていました。わたしが、『竹緒さま』とお呼びしているのと、同じじゃ」

百合香が無邪気な顔で言った。それを聞いて、春宵尼は一瞬困った様な顔をし、楓は、はっとして口を押さえて、非常に狼狽《ろうばい》した様子を見せた。

玄斎は勿論、清津の領主唐沢靖匡の跡継ぎが光匡であることは知っていた。しかし彼が興味を覚えたのは、藤香が兄を『光匡さま』と呼んだことの方であった。勿論妹が兄を名前で呼ぶことも、珍しいことではない。だが、楓のふと漏らした言葉の後の、百合香の無邪気な口出しに対する春宵尼と楓の困惑した様《さま》から、玄斎は尋ねてはならぬことを聞いてしまったのではないか……、と朧気に感じた。

「とにかく、清津へ誰か人をやりましょう。決して、心配なされませぬように」

玄斎はこう言って、そうそうに引き上げて行った。

「重ね重ね、申し訳ないことを口に致してしまいました。取り返しの付かぬことを……」

玄斎が帰った後で、楓はこう言って額を床にすり付ける様にして詫《わ》びを言った。

「楓……。どうしたの？」

百合香はそれを見て、目を丸くして尋ねた。

「楓は藤香のことを、心配してくれているのですよ。百合香も母と一緒に、亡くなられた父上に、姉上と桃代の無事をお願いしましょうね」

春宵尼はこう言って、百合香をひしと抱き締めた。彼女には藤香も、桃代の身も、案じられてならない。今は幼い百合香だけが、せめてもの心の支えなのであった。しかし百合香は、不思議そうに尚も楓を見ていたので、彼女はそそくさと下がって行ってしまった。

第六章　刺客

玄斎《げんさい》は館へ戻ると、自室に籠《こも》って一人考え込んでいた。藤香が姿を消して、桃代がその後を追って行った。行き先は、清津の竜巻寺《りょうけんじ》ではないか、とのことであった。

間もなく、羊《ひつじ》の上刻《じょうこく》（午後二時）になろうとしていた。藤香の姿が見えぬことに楓が気付いたのは、巳《み》の下刻《げこく》（午前十一時）を過ぎた頃であったというから、何事か起こらぬ限りは日暮れまでには竜巻寺へ着くことが出来る筈である。その後を追って行った桃代とて、そう大差はないであろうと思われた。この柾平の国における柾平川《まさひらがわ》の西側、すなわち玄斎の館のある辺りは比較的治安も良く、それに接する清津は唐沢靖匡の威光《いこう》の下《もと》、よく治まった国であった。昼日中《ひるひなか》は女が一人で歩いていたとしても、それ程の危険はないであろうと思われた。又、藤香、桃代のどちらかの身に、万が一何事か起こってしまったとしても、今から追いかけたところで手遅れであろう。

玄斎は竹緒からの知らせで、急ぎ春宵尼の屋敷へ駆け付けて事情を尋ねてみたが、何等得るものはなかった。要するにあの屋敷は、桃代という若い女が何も彼も取り仕切っていて、彼女がいなくなってしまえば、何事も分からなくなってしまう様であった。

——はっきりとした事情もつかめずに、適切な処置を取るというは極めて困難だ。

玄斎はこう思って考え込んだ。

「弟子の誰かを、竜巻寺へすぐに走らせようか。しかし……」

事情は、案外込み入っているのではないか……、と彼には思われた。

昨年の神無月《かんなづき》（陰暦十月）に、玄斎は清津の領主唐沢靖匡から直々《じきじき》に『側妻と二人の姫と、その侍女たち』を託された。その費用として、清津からは亀山左門《かめやまさもん》という武士が、毎月決まったものを玄斎の許へと届けて来た。左門は、唐沢靖匡から信頼されて財政面でのことを任されているという男で、第一の腹心山崎仁右衛門《やまさきじんえもん》より一回りほど若かった。彼は月に一度春宵尼の屋敷を羊《ひつじ》の下刻（午後三時）頃に訪れ、早めの夕餉《ゆうげ》を馳走《ちそう》になって後、玄斎の館を訪れた。女ばかりの屋敷に泊まるというのは憚《はばか》られるのであろうが、そうであれば自らの住居《すまい》を早朝に立てば、春宵尼と玄斎の館で用を足しても夕刻には十分に清津へ帰り着ける筈、と玄斎には思われる。

『算盤《そろばん》の方には自信はあるが、剣の腕前は今一つでしてな。道中は、日が高い時が一番でござるよ』

左門は臆面《おくめん》もなくこう言うが、松ヶ枝城でも宿老《しゅくろう》の一人として重きを成している男であるから、家来を二、三人伴えば良いのである。しかし彼は、柾平へはいつも一人で姿を見せるのであった。春宵尼の屋敷で馳走《ちそう》になるのが、彼には満更《まんざら》でもない様子である。春宵尼も藤香も、桃代までそこには同席するらしい。

――亀山殿もよう、亡き靖匡公のお側妻に何時までも尽くされることよ。正室桐乃様や他のご家来衆の目もあろうに、どの様にして金子を……。

玄斎はこの様に感心していたのである。しかし……。

「靖匡公も安然和尚も、わしに嘘をついておられた……」

その事に、計らずも玄斎は今日気付いたのである。

——藤姫様は、靖匡公のご息女ではあられぬのではないか……。

考えてみれば、奇妙なことが多かった。清津では、靖匡の側妻が住んでいた竜巻寺の離れが賊に襲われ、火が放《はな》たれて五人の女と寺男が焼死した。その葬儀は盛大に行われ、領主の正室と嫡男、次男がそこに姿を見せた。……これが、世間の風聞《ふうぶん》として、玄斎の許へも聞こえて来ている事であった。

しかし実際は、どうなのであろうか……。側妻の梅子は髪を降ろして春宵尼となり、二人の姫と侍女二人と共に玄斎の庇護《ひご》の下《もと》、隣の屋敷に住んでいるのである。

唐沢靖匡は現在、松ヶ枝城の奥深く病気療養中……、ということになっている。しかしそれならば何故、側妻の梅子は髪を下ろさねばならなかったのか……。主の病気快癒を願っての出家《しゅっけ》であると、この柾平へ女性たちを送って来た唐沢家の老臣山崎仁右衛門はくどくどと説明していたが、玄斎は腕の良い薬師《くすし》である。四ヵ月程前に唐沢靖匡に拝謁《はいえつ》した時から、既に彼の病状がどの程度であり、その行く末に見込みが有りや否やの察しはついていた。

——藤姫様は、光匡様の妹君ではなく、お側妻なのか……。父君の側妻の息女が、子息の側妻になる、等とは……。安然和尚は、何故わしに偽りを申されたのであろうか……。

玄斎の頭の中には、様々な思いが渦《うず》を巻いていた。

「……いや。この際、その様なことはどうでも良いではないか……」

やがて玄斎は、こう思い直した。

「わしは、五人の女性方《にょしょうがた》を託された。要するに、その庇護を任されたのじゃ。安然和尚様程のお方が嘘を申されたからには、それ相応の深い理由があるのであろう。つまりは、方便《ほうべん》と申すことじゃ」

清津の領主唐沢靖匡の側妻と息女たちの世話を引き受けることになった時、玄斎は、

『都に近い、さる御領主の御後室がご息女お二方をお連れになり、病のご療養にお出でになる』

と周囲には話していた。安然和尚から、唐沢家と女たちとの関わりは必ずや伏せて欲しい……、と頼まれた故であった。それでも玄斎は、息子の竹緒にだけは本当のことを話した。彼はわが子を信じていたし、竹緒がその信頼を裏切った様子は、今のところない様であった。

——だが、竹緒にも藤姫様のことは伏せておかねばなるまい。

玄斎はそう思った。

『父もそなたも約束を守ったが、実はその相手が偽りを言っていた』

等とは、竹緒がもう少し大人になるまで話したくはなかった。

——やはり清津へは、わしが出掛けて様子を見てこよう。他人任《ひとまか》せには出来ぬ。

玄斎は、清津では何か良くない事が起きている様な気がした。自分が出向いて、藤香と桃代の安否を確かめるのが、ここは最善の方法である様に思われてきた。

「父上。お一人で大丈夫でしょうか……。この間から春宵尼様のお屋敷にはしきりとお侍が出入り

して、何か悪いことが起こらねば良いが、とわたしは嫌な気がしていました」

竹緒は父の身を案じてこの様に言った。

「わしの留守は宗二《そうじ》に任せ、下男の五郎蔵《ごろぞう》を伴って行く故に案ずることはない」

五郎蔵とは、玄斎の屋敷の下男であるが、例の久作とは異なり、用心棒をも兼ねている様な腕《うで》っ節《ぷし》の強い三十半ばの男であった。

「しかし、竹緒。そなたは、どの様に嫌な気がしていたのじゃ……？」

玄斎は、何となく気になった。春宵尼の屋敷で幼い百合香が一番事情を知っていた様に、案外子供は何かを感じているのやも知れぬ……、と彼は思ったのである。

「結城進之助様は、藍河《あいかわ》の国へご主人様に会いに行かれたのです」

「何じゃと……？」

竹緒の言葉に、玄斎は意外そうな顔をした。

「進之助殿は、唐沢様のご家臣ではなかったのか……？」

「あのお方には、伏見春元様と申される大好きなご主人様がおられるのだそうです」

「藍河の国は、林田実幸《はやしださねゆき》様のご領地だぞ」

玄斎には納得がいかなかった。

「そこの領主様が、春元様というお方の従兄弟に当たられると聞きました」

「そなたは進之助殿のことを、よく知っているのだな」

玄斎は感心した様に言った。

「進之助様は、わたしの兄上になってくださる、と申されましたから……」

竹緒は嬉しそうな顔をしていた。

「それでは、どうして進之助殿は藍河から帰っては参られぬのであろうか……？」

「だからわたしは、嫌な気がしていたと先程も申し上げたのです。進之助様はわたしには、すぐにこちらへ帰って参る……、と申されました。男同士の約束をしたのです。進之助様は、決して嘘をつかれる様な方ではありません。きっとあの羽村栄三郎という人の所為《せい》です。あの男は、悪い奴なのです」

竹緒は確信を持って言った。

「百合姫様も、羽村栄三郎は悪い人だ、と話しておられたな……。いや、そなたと桃代どのが、そう言った……、と申されたのであったか……」

玄斎は首を傾《かし》げた。

「あの男は、悪い奴です。百合姫様をさらって行こうとしたのですから……」

竹緒は、何とも憎らしそうであった。

「百合姫様を、さらって行こうとした、だと……？」

玄斎は、又もや首を捻《ひね》った。確かに子供は、大人より遥《はる》かに多くのことを知っている様である。しかしそれによって、玄斎の頭は益々混乱するばかりであった。

「羽村栄三郎殿、か……。ちらりと、その姿を見掛けた様な……。多分、あの男が……」

玄斎は、おそらくは栄三郎であろうと思われる侍の顔を思い浮かべていた。

「あの御仁と、少しでも話をしておくべきであったな……」

玄斎は呟く様に言った。子供はとかく人間を、白と黒とに分けたがるものである。その子供たちが話した通りを、そのまま受け取ってしまう訳にもゆくまい、と彼は思った。

その頃桃代は、我孫子峠で藤香に追い着くことが出来た。

「藤姫様。どうぞお屋敷へお戻りなされてくださりませ。春宵尼様が、大層お心を痛めておいででございます」

桃代は懸命に頼んだ。

「桃代。光匡様の御身に、一体何があったのですか?」

こう言って、藤香は桃代の瞳を射る様に見た。それに対して桃代は、一瞬その視線を避けてしまった。

「光匡様がご無事じゃと申すのであれば、私は何も言わぬ。このままおとなしゅう、柾平の屋敷へ帰ります」

桃代はここで、何と答えたものか……、と躊躇《ちゅうちょ》した。

「やはり、光匡様の御身に、何事かあったのか…。桃代。お願いじゃ。どうか、本当の事を話して……」

藤香は、今度はすがる様に桃代を見た。

「………」

桃代はこの期に及んで、最早嘘は言えぬ…、と思った。もし、結城進之助の身に何事か起きたとしたら……。自らが藤香の様に見境《みさかい》もなく屋敷から飛び出さなかった……と、どうして言えるであろうか。

「……刺客に襲われて、お怪我をなされたそうにございます」

桃代は小太郎から聞いていたことを、そのまま藤香に話した。

「して、ご容体は……?」

藤香は何とも心配そうな顔をして尋ねた
「ご案じなされますな。幸い、軽いお怪我であられたそうにございます」

「されど、それは何時のことじゃ?」

藤香は尚も気掛かりな表情を見せていた。

「確か、睦月《むつき》（陰暦一月）の半ば頃……、でありましたとか……」

「現在のご様子は……?」

「私にも分かりませぬ」

桃代は正直に答えた。

「安然和尚様にお聞きすれば、何かわかる筈……」

藤香はこう言うと、再び歩き出した。

――最早、是非も無い。

桃代は、自分も藤香に従う以外にはないであろう、と覚悟を決めた。

――さりながら、どうやって柾平の春宵尼様のお屋敷へ、藤姫様をお連れして戻ったら良いものか……。ひばりも、田の中の巣に戻る時には、一端《いったん》は離れた所に降りて辺りの様子を窺《うかが》って後、その巣へ戻るという。私たちもこのまま帰ったのでは、春宵尼様のお行方も誰ぞに悟られてしまうやも知れぬ。進之助様や嘉平殿の、ご努力を無駄にしとうはない。

桃代には、帰りのことも案じられた。流石に、藤香は地味な小袖を身に付けていた。おそらくは楓のものを、黙って借りて来たのであろうと思われた。局笠《つぼねかさ》を目深《まぶか》に被《かぶ》ってもいた。しかし天性の美しさは覆《おお》い様もない。桃代が百姓娘の形《なり》で側にいるのも、奇妙な取り合わせであると思われた。おまけに彼女も、一度会ったら忘れ得ぬ顔立ちであると、幾度《いくたび》も言われたことがあった。行き違う人々が振り返る度に、桃代は気が気ではなかった。こちらは知らずとも、誰に顔を覚えられているやら知れたものではない。早く竜巻寺へ辿《たど》り着きたい。桃代はひたすらそう思いながら俯《うつむ》いて歩いていた。

辺りに夕闇が迫る頃、藤香と桃代は何とか無事に竜巻寺へ着くことが出来た。しかし安然和尚は、そんな二人をこの上もなく厳しい表情で迎えた。

「桃代どのが付いておられながら、一体これは何としたことじゃ？」

和尚は急いで二人を奥まった部屋へと連れて行った。二人とも昨年の竜巻寺の離れの火事で、既に亡くなったことになっているのであった。唐沢靖匡の葬儀の折にも、桃代は進之助に伴われて姿を見せた。死んだ筈の者にそう度々清津へやって来られては、困った事態も生じるであろう。

「誠に申し訳もございませぬ」

桃代は和尚の前に手を突いて懸命に詫《わ》びた。だが、藤香は宣言する様に言った。

「光匡様のご無事なお姿を拝見する迄は、私は絶対に柾平へは戻りませぬ」

「藤姫様……」

桃代は慌てて彼女の袖を引いた。こうなった以上は、和尚に縋《すが》るより他はないであろう、と思われた。

「松ヶ枝城にお住いになっておられる唐沢家の若殿様に、素性《すじょう》も知れぬ娘がお会いできる訳もない」

和尚は故意に突き放した様な言い方をした。

「出来まする」

ここで藤香は、和尚にキッと強い眼差しを向けた。

「如月《きさらぎ》（陰暦二月）の十九日は、光匡様の母上桐乃様のお母君のご命日でございます。その日、光匡様は桐乃様と我孫子山の麓にある御墓所にご参詣《さんけい》の後、この竜巻寺へお越しになるのが恒例《こうれい》でございました」

「左様に申しますれば……」

藤香の言葉に、桃代ははっとした。確かに毎年如月十九日には、光匡は桐乃と共にこの竜巻寺を訪れたものであった。桃代が既に忘れてしまっていたその日を、藤香はよくも覚えていたもの……、と彼女は感心した。

「和尚様。光匡様のお達者なお顔を拝見致しましたなら、私はすぐにも柾平へ戻ります。どうぞ和尚様のお力で、一目なりとも光匡様に会わせてくださりませ。お願いでござります」

藤香は一転して、安然和尚の前に深く頭を下げた。その姿に、桃代の胸は痛んだ。

「実は、のう……」

ここで安然和尚は、複雑な表情を見せた。

「これも、御仏のお導きか……。御方様（桐乃）と若殿様のご墓参は、明後日に早まったのじゃ」

「何と申されました……？」

桃代は不思議そうに聞き返した。自分たちが竜巻寺の離れに住んでいた七年の間、一度といえども、その様なことはなかったのである。

かつて梅子一族が竜巻寺に住んでいた頃、毎年如月十九日には、梅子とその回りの者たちはひっそりと離れに籠《こも》り、まるで息を殺す様にして何時《なんどき》かを過ごした。桐乃と光匡が帰って行くまで、幼い百合香と於次丸《おつぎまる》を宥《なだ》めるのに、桃代も母の小槙《こまき》も大層気を遣《つか》ったものである。桃代もその日ばかりは、日陰の身の自分たちを悲しく思ったものであった。

「最早、藤姫殿に隠しても詮無《せんな》きこと故お話しするが、光匡様は刺客《しかく》に襲われた。しかとは分からぬ様じゃが、相手は御分家の唐沢靖影様の手の者であった…、と申す者がある。靖影様の居城《きょじょう》である鶴《つる》掛城《かけじょう》へ放った間者《かんじゃ》が申すには、十九日の御方様と若殿様のご墓参を狙《ねら》ってそれを襲《おそ》うとの計画が立てられているとやら……。それならば、十九日を待たずにご墓参を済ませてしまおうと、急遽《きゅうきょ》明後日にその日が繰《く》り上《あ》がったと申す次第なのじゃが……」

和尚は意外なことを打ち明けた。

「嬉《うれ》しや……。それでは、明後日には光匡様にお目にかかれます様に、和尚様のお力にて何卒《なにとぞ》……」

藤香はこう言って目を輝かせたが、桃代は複雑な顔をして彼女を見ていた。

翌日、玄斎が竜巻寺を訪れた。

「ご迷惑をお掛けしましたな」

安然和尚は気の毒そうに玄斎を迎えた。

「誠に、申し訳もないことを致してしまいました」

桃代は藤香に代って手を突いて詫びを言ったが、玄斎は黙って頷《うなず》いた。ここへ来てとやこう言っても、致し方ないことである、と彼は思っていた。

「こちらへ参ります途中、思い掛けず菖庵殿《しょうあんどの》にお会い致しました」

玄斎は和尚との世間話の中で、この様な名前を上げた。それは例の、竜巻寺で今は亡き唐沢靖匡の看護をした薬師であり、かつて清津へ来て間もない藤香も世話になったことがあった。彼は現在では、清津一の薬師であるとの評判が高かった。

「菖庵殿には、お変わりものう……?」

藤香は懐《なつ》かしそうに尋ねた。

「柾平の国のご親戚の方の祝言《しゅうげん》に参られる途中、と申されていました」

玄斎は彼から聞いたことを話した。

「それは、玄斎様のお館のお近くでござりましょうか……？」

桃代は、ふとそう尋ねた。

「いや、柾平川を越えて、かなり遠くまで行かれるらしゅうござります。川を越えてしまえば柾平の国とは申しても、近頃は林田実幸様の軍勢がしきりに藍河より押し寄せております故に、菖庵殿も難《なん》儀《ぎ》なことじゃ……、と申されていました」

「林田実幸様のなされ様には、この頃目に余るものがありますのう」

玄斎の言葉に、安然和尚は苦々《にがにが》しげにこう言った。

——進之助様のお主様《しゅうさま》の伏見春元様が身を寄せておられるという、その従兄弟に当たられるお殿様は、左様に悪いお方なのか……。

桃代は、何となく憂鬱《ゆううつ》な気持ちになった。結城進之助の慕っている主が、その様な所に身を寄せているのかと思うと、気も滅入るのであった。

「その御祝言が何時行われるかと申しますことは、大分以前から決まっていたのでござりましょうねえ……？」

彼女は、何故かこう口にしていた。

「桃代。婚礼のお日取りが以前から決まっていなくて、どうするのですか？」

藤香が笑った。桃代らしくもない。何と間の抜けたことを言うのか……、と思ったのである。

翌日、光匡と桐乃の我孫子山麓への墓参の日、藤香は朝から何とも落ち着かなかった。

「和尚様……。必ず、必ず、光匡様に会わせてくださりませ」

「藤姫殿。落ち着きなされ。愚僧が、何とか致します故……」

安然和尚は、困ったものだとは思いながらも、彼女を落ち着かせるのに懸命であった。

「桃代どの。ちと、お話ししたいが……」

この時玄斎は、自らが宿所として与えられた一室へ彼女を呼んだ。

「羽村栄三郎殿というお侍のことを、お話し頂きたいのですが……」

「それは、どの様なことでござりましょう……？」

桃代はぎくりとした。

「その方は、進之助殿とは、いかなるお知り合いなのでしょうか？」

「………」

彼女は返答に困った。玄斎は、一体何処までを知っていて、何が知りたいのであろうか……、と思った。

「羽村殿というお侍のことを、竹緒は、悪い奴じゃ、と申していたのですが……」

玄斎は桃代の様子を見て、自分からこの様に尋ねてきた。

「決して悪いお方ではない、と思われます」

桃代は即座に答えた。

「この度嘉平殿とは、何か行動を共にされているのでしょうか……？」

「……」

桃代は玄斎を信頼していた。しかし栄三郎と嘉平が唐沢靖秋や靖影を襲う計画を立てていたという
こと迄を、果たして口にして良いものであろうか……、と彼女は戸惑《とまど》っていた。そこへ安然和尚が、
何とも慌てた様子で障子を開けた。

「玄斎殿。すぐに来てくだされ。光国様が大怪我をされた、との知らせが入りましたのじゃ」

「何と……」

玄斎は和尚の言葉に顔色を変えて、いつもは五郎蔵たち下男に持たせる薬籠《やくろう》を自ら手にし、慌ただ
しく飛び出して行った。その時桃代は、

――やはり何となく嫌なものを感じた通りに、敵によって計られていた、ということなのか……。

と、暫《しば》くの間は立ち上がることも出来なかった。

第七章　陰謀

「和尚様……、どう致しましょう。光国様は、光国様は……」

藤香は、最早半狂乱《はんきょうらん》であった。

「藤姫殿。しっかりされよ。まだ、若殿様が落命なされたという訳ではない。幸いなことに、玄斎殿が柾平よりお出でになっているではありませぬか……」

安然和尚は藤香をなだめるのに一苦労であったが、この間桃代が一言も口を開こうとはせずに、ただ空《くう》を見つめて思い詰めた様な表情を見せていたことが、更に気になった。

「桃代どの。どうなされた……？　しっかり者のそなたが、藤姫殿と同じでは困りますぞ」

暫くして和尚は、桃代を別室へ呼んでこう言った。

「誠に、口惜《くちお》しゅうござります」

しかし桃代はいきなりこう言うと、両手で顔を覆《おお》ってしまった。

「桃代どの……」

和尚は驚いて桃代の肩に手をやった。

「一体如何《いかが》されたのじゃ？」

「光匡様のお命を狙《ねら》って、もし失敗したと致しましても、清津一とお名の高い薬師《くすし》の菖庵様《しょうあんさま》のおられぬ日を、敵は狙《ねら》って参ったのでござりましょう」

「何と申される……？」

和尚は、信じられぬ……、といった顔をした。

「先日、光匡様が刺客《しかく》に襲われました折には、当然菖庵様がご介抱《かいほう》申し上げたことと思われます。それ故にこの度は、菖庵様のお留守に光匡様を襲う計画を立てたのではないでしょうか……。敵方は、よもや柾平から玄斎様がお出でになっているとは、思わなかったのでござりましょう」

「まさか、その様な……」

和尚には、到底信じられることではなかった。

「菖庵様が、柾平の国のご親戚の祝言に出向かれる日に合わせて、御墓参の日を変えたのではありますまいか……。本当に、卑怯《ひきょう》でござります。綿密に計画を立て、もし光匡様に止《とど》めを刺すに至らなかった場合でも、菖庵様さえおられねばと……」

桃代は何とも悔しそうな顔をしていた。

「それは、そなたの妄想《もうそう》であろう」

和尚は、強い口調で否定しようとした。

「私がかつてこのお寺に住まわせて頂いておりました七年の間、御方様の母君のご廟所へのお参りの日取りが変更されたと申します様なことは、一度としてござりませんでした。それが、どうして今年に限って……。おかしいではござりませぬか……。誰ぞ敵方の間者《かんじゃ》が、入り込んでいるとしか思われませぬ」

「ご墓参の日時の変更など、軽輩《けいはい》の者には到底できる筈はない。じゃからと申して、光圀様のお近くに、まさかそのお命を狙う者がおるとは思われぬ」

和尚には桃代の口にしたことが、どうしても信じられなかった。

「桃代どののご意見は、一概《いちがい》に間違っているとは申せぬ、と思われる」

この時、こう言って突然障子を明けた者があった。

「小太郎殿。何を申されるのじゃ？　そこ許までが……」

和尚は呆《あき》れた様に彼の顔を見たが、小太郎は辺りを窺《うかが》う様に部屋へ入ると、障子をぴしゃりと閉めた。

「ご墓参の日取りの変更を言い出されましたは、若殿のお守役石川安敏殿《いしかわやすとしどの》にござる」

小太郎は立ったまま、座ろうともせずにこう言った。

「どうして若殿様のお守役《もりやく》石川殿が、光圀様のお命を狙うのじゃ？　おかしいではないか……」

安然和尚は、依然として合点がゆかぬという顔をしていた。

「その石川殿に取り入って、近頃若殿の近習達にも大きな顔をする様になって参った男がござる。田《た》中智行《なかともゆき》と申す者……。先日、こともあろうに若殿が松ヶ枝城のお庭で刺客に襲われしこと等、確かに手引きした者がいなければ出来よう筈もないことでござった。然《しか》るに、それを敢《あ》えて申し上げた某《それがし》の言を一笑に付されし石川殿の責任は大きゅうござる。この度のことも、あの田中の仕業《しわざ》に相違無い」

こう言い残して、小太郎は乱暴に障子を開けると、ものすごい勢いで部屋から飛び出して行った。

「小太郎殿……」

和尚は、小太郎が開け放して行った障子を暫くは呆然として見つめていたが、やがてぽつりと呟《つぶや》く様に言った。

「靖匡公がお亡くなりになってまだ四月足《よつきた》らずじゃと申すに、こうも清津は変わってしまったのか……。ご領主が刺客に襲われるなどと申すは、これ迄はまず考えられぬ国であったに……」

桃代は、尚《なお》も啜《すす》り泣いていた。竜巻寺に藤香と桃代を追って姿を見せた玄斎と和尚が世間話をしている中に、菖庵が柾平へ縁戚の者の婚礼に出掛けて行ったと聞いて、彼女は何とも言えぬ不安を覚えたものであった。どうしてその時、和尚や玄斎にそれを話してみようとはしなかったのであろうかと悔やまれたが、もし打ち明けていたとしても、果たして信じてもらえたであろうか……。すべては彼女が漠然《ばくぜん》と危惧《きぐ》したことであって、確たる証拠があった訳ではないのである。自らの無力さが、桃代には唯ただ悲しかった。

「桃代どの。ものは考え様ですぞ。菖庵殿の留守に若殿が襲われしことは、確かに口惜しい事じゃ。しかし、藤香殿の後を追って玄斎殿がこの清津へ参られていたことを、御仏のご加護であるとお考えなされよ」

和尚は優しく桃代の目を見た。

「和尚様……」

桃代には、しかし更に不安なことがあった。嘉平は、羽村栄三郎は……。今頃、何処でどうしているのであろうか……。

——何卒《なにとぞ》、ご無事でいてくださりませ。

桃代は切に願っていた。

その頃玄斎は、松ヶ枝城の奥まった部屋で難しい顔をしていた。光匡の傷は、右肩口からかなり深く切り付けられていた。

「この二、三日が、何よりもお大切であると拝察《はいさつ》仕《つかまつ》ります。傷口に膿《うみ》を持たねば宜しいのですが……。お熱も、大分高い様でござります」

玄斎は内心、これは難しいのではないか……、と思っていた。今は、光匡の若さと体力だけが頼りなのであった。相変わらず、光匡の意識は戻っていなかった。

従者の五郎蔵は、常の様にごく一般的な薬一式の入った薬籠《やくろう》をこの度も清津へ持参していたが、玄斎は柾平の留守を託した一番弟子の宗二の許へと彼を走らせ、新たに様々な薬を持って来させた。しかしそれでも尚、玄斎には光匡を救えるとの確信は持てぬのであった。

「わらわを庇《かば》うてくれたのじゃ。わらわこそ、光匡に代わってやりたかったに……」

傍《かたわ》らでは母の桐乃が、こう言って袖口で涙を押さえていた。

「石川殿……」

この時、近藤小太郎が、光国の守役石川安敏に隣室から小さく声を掛けてきた。

「どう致した……?」

石川は座を立って、小太郎に近付いて行った。

「若殿が襲われまして後、田中智行殿の姿が何処にも見えぬ様になりましたが……」

「……」

石川は訝《いぶか》しそうに小太郎を見た。

「何処《いずこ》へか、姿をくらませたものと思われます」

小太郎は確信を持って言った。

「それは、一体いかなる事じゃ……?」

石川はこの期《ご》に及んで、尚も不思議そうな顔をしていた。

「貴殿《きでん》にこの度の御墓参の日取りの変更を進言致しましたは、田中殿にござりました筈……」

小太郎は厳しい表情で石川を見やった。

「それでは……。探せ。田中を、探すのじゃ。あの者は、己の進言により御墓参の日時を変えておきながら、その責任の重さに恐ろしゅうなって逃げ出したのであろう」

石川は急に激昂《げっこう》した様子を見せた。

——さても、目出度《めでた》きお方よ。ご自分が田中に上手く操《あやつ》られていたことに、未だにお気付きになってはおられぬ様な…。

小太郎は石川を侮蔑《ぶべつてき》的な目で見ていた。

「……小太郎、待て」

石川は、下がって行こうとする小太郎をこう呼び止めた。

「羽村栄三郎とか申す男と、まだ連絡は取れぬのか？」

「はい」

「急がねばならぬ。至急に伝えたいことがあるのじゃ」

石川の瞳の奥は怒りに燃えていた。

――拙者の大切な若殿に、ようもこの様な真似をしてくれたな……。田中も許せぬが、鶴掛城《つるかけじょう》の奴らは、絶対に徒《ただ》では置かぬぞ。

石川もまた、彼なりに光国を大切に考えている様ではあった……。

この時玄斎は、何げなく振り返って隣室を見た。

――あれは、近藤小太郎殿ではないか……。今、確かに石川殿が、羽村栄三郎……、と口にされた様であったが……。

よくも耳にする名前であることよ……、と玄斎は思った。

「それに致しましても、玄斎殿。柾平の三田村尚家様のお脈を取っておられる御手前《おてまえ》が、この清津へお出でになっておられたとは……。正に天の助けでござる。菖庵《しょうあん》め、この大切なる時に、呑気《のんき》にも祝言等に出掛けおって……」

石川安敏は玄斎に感謝すると共に、菖庵の不在に腹を立てていた。

――菖庵殿は、光匡様がご災難に遭われる日を選んで、わざわざ婚礼に出掛けられた訳でもあるまいに……。

玄斎は心密かに菖庵に同情した。

――……いや、もしやして、菖庵殿のお留守の日が狙われたとしたら……。

玄斎もふと、桃代が考えたのと同じ様なことを思った。

その頃竜巻寺の本堂では、藤香が光匡の回復を願って、一心に薬師如来《やくしにょらい》に手を合わせていた。桃代も隣で光匡の身を案じてはいたが、彼女にはもう一つ気掛かりでならぬことがあった。

――この様子では、当分柾平へは戻れまい。百合姫さまは、果たして如何なされているであろうか……。

桃代が進之助と亡き唐沢靖匡の葬儀の為に清津へと出掛けて屋敷を一晩留守にした時には、百合香は桃代を慕って何時までも泣き続け、困った姉の藤香が一緒の褥《しとね》に休んだ…、と桃代は屋敷に帰ってから聞かされた。しかしこの度は、その藤香も百合香の側にはいないのであった。

「姫さまは、何時までも寝んねであられるから……」

桃代は、何とも愛しそうに、呟く様に言った。

柾平の屋敷では、桃代を慕って泣く百合香に、春宵尼と楓が手を焼いていた。桃代が屋敷を留守にして早くも三日が経った。これまでは春宵尼が何とか宥《なだ》めてきたのだが、この日ばかりは、百合香が何としても泣きやまぬのであった。

「百合姫……。そなたは、もう九歳になったのですよ。その様なことでどうするのですか……」

春宵尼は、自らも決して二人の娘に厳しい母親ではなかったが、百合香の場合、桃代が更に甘やかしてしまったのだ…、と困惑していた。

「桃代……。わたしをおいて、何処へ行ってしまったの……」

百合香は褥《しとね》の中で、我を忘れたかの様に泣きじゃくっていた。そこへ菘が姿を見せた。

「泣き虫……」

菘はこう言って、百合香の顔を覗き込んだ。

「菘どの。良いところへ来てくれました。百合香が桃代を慕うて泣きやまぬ故に、私も楓もほとほと困り果てていたのです。どうか貴女《あなた》が、慰《なぐさ》めてやってください」

「春宵尼様……」

彼女の言葉に、その様なことを仰せになって、果たして宜しいのでございますか……、と、楓は非常に心配そうな面持ちであった。

「子供は、子供同士が良いのじゃ……。ここは、菘どのに任せましょう」

こう言って春宵尼は、気掛かりな表情を見せている楓を連れて部屋から出て行ってしまった。春宵尼は桃代とは違い、菘を決して敵視してはいない。いや、それればかりか、桃代を愛するのと同じ様に、菘をも愛《いと》おしいと思っていたのである。程なく菘は、百合香の褥に身体を滑《すべ》り込《こ》ませた。

「こら、泣き虫……」

菘は挑発的《ちょうはつてき》に言った。

「桃代、桃代……」

百合香は、それでもまだ泣きじゃくっていた。

「姫さまは、幾つじゃ？」

「……菘と、同じではないか。そなたは、馬鹿か……」

「馬鹿は、どっちじゃ」

こちらは、喧嘩《けんか》を売っているのに……、と菘は拍子抜けしてしまった。

「桃代を、呼んで来て……」

百合香は何とも悲しそうに言った。

——あの様な女子《おなご》の、一体どこが良いのじゃ？

菘は、むっとした。

「わたしは、帰る」

こう言って彼女は、褥から出ようとした。百合香はそんな菘の左の手を掴《つか》んだ。

「一人にしないで……」

「姫さまは、幾つじゃ……」

菘は再び同じことを口にした。

「九つ……」

「お前は、馬鹿か……」

菘は百合香の顔を覗き込んだ。それは涙で濡れて、目は真っ赤になっていた。

「お願い、一緒にいて……」

百合香は懸命に頼んだ。

「姫さまは、いつも桃代と一緒に寝ていたの……？」

菘はふと、興味を覚えた。何という寝んねの姫であろうか……、と思っていた。

「ううん……」

百合香は首を振った。

「いつも、ではないの。……二日に、一度くらい……」

「……………」

それでは、一日置きではないか……、と菘は呆れて言葉もなかった。竹緒が先程、

「百合姫さまは、どうしておられようか……」

と、心配そうに言ったのを聞いて、

「春宵尼さまにご用があるから、わたしが見てきます」

と嘘をついて、館から出て来た彼女であった。

——竹緒さまを寄越さなくて、本当に良かった。

菘は、しみじみとそう思った。百合香は竹緒に対しても、きっと同じことを言ったに相違無い、と思われた。

やがて何時の間にか、百合香はおとなしくなった。泣き寝入りしてしまったのである。

――姫さまは、一体自分が幾つじゃと思うているのか……。

菘は更に腹が立ってきた。皆に散々世話を焼かせておきながら、何ということであろうか……、と許せない気持ちであった。

菘は、百合香のふっくらとした桃の様な頬に、爪を立てようとした。

――引《ひ》っ掻《か》いてやる。

「あっ……」

しかし何故か、百合香の顔は春宵尼に代わってしまっていた。

「春宵尼さま……」

菘はぎくりとした。だがそれは一瞬のことで、やがて元通りの百合香の寝顔がそこにはあった。

「気のせいか……」

菘は呟いた。

「まあ、良い……。引っ掻くのは、何時でもできるから……」

菘はこう言って百合香に背中を向けた。その彼女も、程無く眠りに落ちて行った。もし、桃代がこの有様を目にしたなら、到底我慢の出来るものではなかったであろう、と思われた。掌中《しょうちゅう》の玉とも彼女が大切に思っている百合香が、自分の仇敵《きゅうてき》と褥《しとね》を共にしていたのであるから……。しかし桃代は、現在清津の竜巻寺にいて、これを知る由もないのであった。

「菘の帰りが遅いので、迎えに来ました」

それから暫《しばら》くして、竹緒が心配そうな顔をして春宵尼の屋敷を訪《おとず》れた。

「それが……。百合姫様とご一緒に、眠ってしまわれたのですよ」

楓が困惑した様子でこう答えた。

「そうですか……。それでは、妹を宜しくお願いします」

竹緒はそう言って優しい笑顔を残し、玄斎の館へと帰って行った。

第八章　誇り

それから三日が過ぎた。松ヶ枝城の奥向きの一室では、唐沢光匡の意識が漸《ようや》く戻り、熱も幾分下がってきていた。

「ふと目を明けて、玄斎殿のお顔を見た時には、わしは一体何処《いずこ》にいるのか……、と思うたものじゃ」

光匡はそう言った。

「本当に、感謝しています。玄斎殿がこの清津にお出でになっていなかったとしたら、光匡は今頃どうなっていたことか……」

桐乃の瞳は潤《うる》んでいた。彼女は玄斎に対して、どの様に謝意を述べたとしても言い尽くせるものではない、とまで思っているのであった。

「菖庵殿《しょうあんどの》が、ただ今柾平より戻りました」

この時、年老いた桐乃の侍女がこう知らせて来た。

「何を、今更……。菖庵には、屋敷へ下がって謹慎《きんしん》しているように……、と申せ」

桐乃は、語気も荒く命じた。

「御方様……」

玄斎はここで、手を突いて言った。

「それは、丁度宜しゅうござりました。身共は今朝方から頭が痛く、どうやら風邪の気味《きみ》の様に思われます。若殿様はただ今が一番お大切なる時にござりますれば、風邪をお移し致しましては、それこそ一大事にござります。それ故に、これにて身共は菖庵殿と代わらせて頂きとう存じます」

「玄斎殿……」

桐乃は、別れ難《がた》そうに彼を見た。

「そこ許《もと》には、大層世話になりましたな」

光匡も心から感謝していた。

「玄斎殿」

その時、光匡の守役の石川安敏が、下がって行こうとした玄斎にそっと声を掛けた。

「若殿のご回復は、今暫《いましばら》くは伏せておきたいと存ずる。宜しゅうござりますな」

「それは又、何故にござりますか……？」

玄斎は不思議そうに聞き返した。……光匡は刺客に襲われて深手《ふかで》を負《お》ったが、何とか快方へと向かうことが出来た。その様な状況は、今の唐沢家にとって望ましいものである筈と、彼には訝《いぶか》しく思われた。

「御手前《おてまえ》が、その様なことを考える必要はない」

しかし石川は、迷惑げにそう答えただけであった。

玄斎は、釈然《しゃくぜん》とせぬ思いで光匡の部屋から退出《たいしゅつ》した。彼は廊下へと出て暫《しばら》く行った所で、侍女の後から悄然《しょうぜん》と歩いて来る菖庵と擦《す》れ違《ち》った。菖庵は玄斎の顔を見て深々と頭を下げると、何やら物言いたげな表情を見せ、やがて通り過ぎて行った。

「……玄斎殿。お陰様にて、若殿は命拾いなされました」

それから間もなく、この様に声を掛けて来た者があった。山崎仁右衛門《やまさきじんえもん》である。

「皆様には、お変わりもありませぬか……？」

仁右衛門は辺りの様子を気遣《きづか》いながら、小声で尋ねた。

「はい」

玄斎も小さくこう答えた。この場で春宵尼を始めとする女たちの現在の近況を、詳しく話す訳にもゆかぬのであった。

「それは、何よりでござる」

仁右衛門は、衷心《ちゅうしん》より喜んでいる様子であった。

「この度のことは、代わりの薬師殿がそこ許で本当に宜しゅうござった。しかし菖庵も気の毒じゃ。若殿もご災難であられたが、菖庵とて光匡様の一大事を知っていながら清津を留守にした訳でもあるまいに……」

「山崎様……」

その仁右衛門が、三ヵ月程前とはうって変った様に、めっきり老け込《ふこ》んで見えるのに、玄斎は驚いていた。

――靖匡公のご逝去の後、この御仁はずっと張り詰めた思いで過ごして来られた。しかし人たるもの、その様な状態が限りなく続けられるものではない。若殿も序々にご領主としての日々に慣れて来られ、仁右衛門殿もほっとされた矢先だったのであろう。そこへ……。

彼にはふと、仁右衛門が気の毒に思われた。

「山崎様。若殿様は貴方のお力を、まだまだ必要とされておられます」

玄斎は、そう言わずにはいられなかった。何時の間にやら仁右衛門は、光匡の守役石川安敏にその補佐役の座を、取って代わられてしまった様にさえ感じられるのである。だが彼からは、菖庵を思いやるという、石川には無い心の暖かさが感じられた。

——確かに、菖庵殿とて難儀《なんぎ》なことじゃ。柾平から戻られて、取るものも取り敢《と》えず駆《あ》け付《か》けて来られたに相違ない。さぞや、お疲れであろう。居眠りなどされねば良いが……。

その様に案じる玄斎自身も、まる三日に及ぶ光匡の枕辺《まくらべ》に侍《はべ》っての介抱《かいほう》の結果、その疲労の色も濃いのであった。しかし竜巻寺《りょうけんじ》では……。

「光匡様のご容体は、如何でしょうか……。光匡様は、今……」

玄斎の顔を見るや、藤香はそう尋ねた。その目は血走って、頬がげっそりと扱《こ》けてしまった様に見受けられるのが何とも哀れであった。恐らくはほとんど休んでいないのであろう、と思われた。

「ご安心なされませ。もう大丈夫でございります」

玄斎は彼女を安心させようと、優しい口調で言った。

「それは、真か……。ほんに、良かった、こと……」

藤香は、言葉にもならぬことを口にした途端《とたん》に、その場にくず折れてしまった。

「藤姫様。しっかりなされませ。お気を確かに……」

玄斎は驚いて藤香を抱き起こした。彼は竜巻寺へ戻ってても尚、暫くは休ませてもらえそうにはなかった。

翌日の夜更《よふ》けのことである。竜巻寺には嘉平が忍んで来た。彼は厠《かわや》へ立った桃代の前に、こっそり姿を現したのであった。

「こちらへは近付かぬ積もりでござったが、藤姫様、桃代どのがお見えじゃと、近藤殿よりお聞きしたので……」

彼は多少、言い訳をする様な口振りであった。

「よう、お越しくださりました……」

しかし桃代は、嘉平の顔を見てほっとした様な表情を浮かべた。

「して、羽村様は、如何なされていますか……？」

桃代には、嘉平も、栄三郎の身も案じられてならぬのである。

「鶴掛城《つるかけじょう》からはほど遠からぬ古い社《やしろ》に、拙者と共に潜《ひそ》んでいます。近藤殿との繋《つな》ぎは……」

嘉平はこの時、急に口を閉ざした。

「……嘉平殿、桃代どの。お二方に、お話ししたきことがございます」

そこへ玄斎がこう言って姿を見せ、二人を自らの宿所としている部屋へと伴《ともな》った。

「昨日、その羽村栄三郎殿とか申されるお方のお名を耳に致しましたが……」

桃代と嘉平が座るのももどかしげに。玄斎は単刀直入にこう切り出した。

「それは、何処《いずこ》で、どなたから……、でござりますか？」

玄斎の言葉に、桃代は驚いて聞き返した。

「松ヶ枝城の、光匡様が休んでおられる部屋にて、若殿のお守役石川安敏殿が、近藤殿と話されているのを、ふと聞いてしまいました。詳《くわ》しい内容までは分かりませんでしたが……」

「……」

桃代と嘉平は、顔を見合わせた。

「……嘉平殿。玄斎様には、何も彼《か》もお打ち明け申し上げた方が宜しいのでは、と思われますが……。亡き靖匡公が、梅御前様と姫君方を託《たく》されたお方にござりますれば……」

桃代はここで、遠慮勝ちに言った。

「左様でござるな……」

嘉平も同意し、この度のことについて玄斎に詳《くわ》しい話をした。

「近藤殿が申されるには、『最早、唐沢靖秋、靖影様親子は、断じて許せぬ。討つべし』との意見が、松ヶ枝城の若い方々、特に若殿のご近習衆の大勢《たいせい》をしめているそうにござる」

「許せぬ……、と言われても……。鶴掛城の奥深く居られるお方に、そう簡単に手出しは出来ぬ、と思われますが……」

玄斎は、何事も口に出して言うは容易《たやす》い、と考えていた。

「……本日、松ヶ枝城では於次丸様が、急なるご発熱。そして、ご重体に陥《おちい》られた……」

嘉平はこの時、突如として表情のない顔でこう言った。

「ええっ……。何でござりますと……？」

桃代は驚いて嘉平の顔を見た。しかし彼は構わずに続けた。

「光匡様は、傷口が膿《うみ》を持って、再びお熱が高くなられた……」

「その様なことは、断じてありませぬ筈」

嘉平の言葉を、玄斎は自信たっぷりに否定した。

「勿論、嘘……、でござりますよ」

ここで嘉平は、口元に笑いを浮かべた。

「嘉平殿も、お人の悪いこと……」

桃代は、余りにも冗談が過ぎる……、と思った。

「……この様な噂《うわさ》を、明日にも鶴掛城の辺《あた》りに広く流そうと考えているのでござるよ」

しかし嘉平は桃代の様子には委細《いさい》構《かま》わず、至極《しごく》真面目な顔をして言った。

「それで……？」

玄斎が先を促した。

「勿論、唐沢靖秋、靖影様御父子を、おびき寄せて討ち取ろうとの計略《けいりゃく》にござる」

「お二方を……、でござりますか……」

玄斎は、ふと考え込んだ。

「……何も、御父子を揃《そろ》って討ち取らずとも、そのどちらかだけでも宜しいのではないでしょうか……」

やがて玄斎はこう言い、更に続けた。

「昔、皇極帝《こうぎょくてい》の御代に、権勢《けんせい》を誇りし蘇我蝦夷《そがのえみし》、入鹿《いるか》親子は、息子の入鹿が宮中の大黒殿《だいごくでん》にて討たれし後、父親の蝦夷は屋敷に火を放って自ら死んだと聞く……。まあ、同じ様には参らずとも、過激なご子息さえ除《のぞ》いてしまえば、年老いた靖秋様は案外おとなしゅうなられるのではありますまいか……。とにかくお二人を一度に倒そうとするよりは、遥《はる》かに事は容易《たやす》く運ぶのではないかと思われるが……」

「確かに……。お一人を討ち取る方が、お二人を同時に狙《ねら》うよりは上首尾《じょうしゅび》となる可能性も高いでしょうな」

嘉平も頷《うなず》いた。

「しかし、靖影様、もしくは父君靖秋様を、果たして上手くおびき出せるものでしょうか……」

玄斎は危《あや》ぶんでいた。

「それは、石川安敏殿が引き受けてくださるそうでござる。場所と日時が決まり次第、近藤殿が拙者と羽村殿に知らせて来ることになっております」

「石川殿か……」

玄斎はふと、城で見《まみ》えた石川安敏の顔を思い浮かべた。

「実直な山崎様と比べて、どこか狡猾《こうかつ》そうなお方であったが……」

あれは、到底信用の置ける人物とは思われぬ……、と玄斎は感じていた。

「……それで、嘉平殿と羽村様は、どの様なお役目を……？」

桃代が心配そうに尋ねた。

「羽村殿も拙者も覆面はせず、名乗りを上げて敵討《かたきう》ちじゃと、唐沢靖秋様御父子に切り掛かる……、と申すことになっていたのだが……」

しかし玄斎の意見を聞いて、嘉平は小太郎とはもう一度打ち合わせをし直そう、との考えに傾いていた。

「嘉平殿はこの清津では、お顔を知られてしまっているのではありませぬのか……？」

彼の心の内を知る由もない桃代は、不安な眼差しで彼を見た。

「それはあくまでも、寺男、又は薬売りの拙者であって、もともとの侍の姿を見た者は、亡き靖匡公と安然和尚殿の他にはおられぬ」

嘉平はきっぱりと言った。

――そう申せば……、私も見たことはない。

と、桃代は思った。つい最近までは嘉平が侍だということすら、彼女は知らなかったのである。今も春宵尼と藤香、百合香、楓は、嘉平が実は侍である……、等ということは露知らぬのであった。敏感な桃代だけが、気付いたに過ぎぬのである。それ故に彼女も、未だに表立っては知らぬ振りを通しているのであった。

「それは、一体どの様な敵討ちなのでしょうか……？」

今度は玄斎が、気掛かりな様子で尋ねた。

「唐沢靖秋、靖影様御父子に恨みを持って死んだ者の、一人や二人は必ずやありましょう。羽村殿と拙者は、その仇《あだ》を討《う》つという形を考えているのでござる。鶴掛城《つるかけじょう》の辺《あた》りを探って、実際にあった話を探す所存《しょぞん》にござる」

「これから、でござりますか…？」

嘉平たちの計画は、未だに固まってはいない様だ……、と桃代は不安なものを覚えた。

「唐沢靖秋様、若《も》しくは御子息の靖影様は、見知らぬ男たちによって討ち取られる。その段取《だんど》りは、松ヶ枝城内《まつがえじょうない》にて考えられしものであったとしても、表面上は下手人《げしゅにん》とは無関係。松ヶ枝城の方々にとりましては、願ってもなき結果となりますのう……」

玄斎が呟く様に言った。彼には、何か話が旨すぎる……、という気がしていた。桃代はそれを聞いて、はっと感ずるものがあった。

「嘉平殿も羽村様も、松ヶ枝城の方々によって、その直後に殺《あや》められてしまうのではないでしょうか……」

彼女は突然、この様に言い出した。

「桃代どの。何を申されるのじゃ。我らには、近藤殿が付いておられるではないか……」

嘉平は笑った。

「失礼ながら、近藤殿には果たしてどれ程のお力がありましょうや。あの方は、まだ若輩《じゃくはい》であられる。

いや、近藤殿とて、利用されているのやも知れませぬぞ」

玄斎が強い口調で言った。

「それは、誰に……、でござるか？」

嘉平は、幾分不安を覚えた様子で玄斎の顔を見た。

「例えば、石川安敏殿……」

その時玄斎の脳裏には、

『若殿のご回復は、今暫くは伏せておきたいと存ずる』

と言った石川の陰険《いんけん》な表情が、鮮やかに蘇《よみがえ》っていた。

「もしもの時の為に、逃げ道を作っておかねば危のうござりましょう」

桃代も不安そうに言った。

「それは、どの様に……？」

玄斎はこう言って彼女の顔を見た。

「嘉平殿と羽村様が、首尾《しゅび》良う靖秋様か靖影様を、討ち果たすことが出来た……、と致しましょう。ところが、それを松ヶ枝城の方々が、白々《しらじら》しくも、『曲者《くせもの》め。よくも御分家の方々を……。断《だん》じて許さぬぞ』等と申して、嘉平殿と羽村様の始末に掛かったとしたら、如何致しましょうか……。されど、もしその様なことが起こりました時に、こちらの助勢《じょせい》を繰《く》り出《だ》すことが出来ましたなら……」

「しかし、何処からその様な人数を持って来るのか……？　鶴掛城は、勿論敵。もしもの事が起こりし時には、松ヶ枝城の方々とて敵なのですよ」

玄斎が悲観的に言った。

「そう……、進之助様にお願いして……」

桃代は呟く様に言った。

「しかし進之助殿は、一体どちらに居られるのですか？」

「羽村様なら、知っておられましょう」

桃代はこう言って嘉平の顔を見た。

「それは、無理でござろう」

嘉平はきっぱりと言った。

「羽村殿は、結城殿の助勢など、受けたくはない筈でござるよ」

「進之助様と羽村様が、大嫌いな間柄だから……、でござりますか？　さりながら、お命が危険に晒《さら》されていても……、でしょうか……？」

桃代には、嘉平の言葉は到底承服《しょうふく》出来なかった。

「これは、あくまでも拙者が、隠れ家《かくが》にて羽村殿と他愛《たあい》も無《な》い話をする内に推察《すいさつ》したことではござるが……」

嘉平はこう前置きして話し始めた。

「結城殿は、春元様からのご信頼が、他のご家臣のどなたよりも厚い様でござる。それに比べて羽村殿は、途中から春元様のお側に仕えるようになられた。しかし心をこめてお仕えする内に、ご主君に認めて頂ける様になってこられた。それでも結城殿が姿を見せられるや、春元様のご寵愛がいかに深いかを、認めざるをえなかった……」

「……」

桃代は、合点が行かぬ……、といった顔をしていた。

「春元様と殴り合いの大喧嘩をして、その後何事もなかったかの様に打ち解けて話をするなど、並の家来には到底許されることではない。それを羽村殿は、たまらなく羨《うらや》ましい、と感じた。『俺は、もっと春元様から認めて頂きたい』と思うておられた。そこへ年が改たまって、拙者が鷹月城へ春元様をお尋ねした。春元様は薬売りの拙者を怪しまれて、羽村殿に探って来るようにと命じられた。『絶好の機会』とばかりに羽村殿は、しつこく拙者について来られて、とうとう『進之助殿の代わりを務める』こととなり申した」

「そんな羽村殿を、進之助殿が助けたのでは、羽村殿の面目《めんぼく》は丸潰《まるつぶ》れでござりますな」

玄斎も嘉平の意見を、あながち否定しようとはしなかった。

「その様なものなのでござりましょうか……。『殿方の誇り』とは……」

桃代は、今一つ釈然《しゃくぜん》とせぬ様子であった。すべては、嘉平と玄斎の想像ではないのか……。命の瀬《せ》戸際《とぎわ》において、命と誇りとどちらが大切なのか……、と思ったが、二人の男性を前にして敢《あ》えてそう尋ねてみようとはしなかった。

「その様な次第であります程に……。桃代どの、結城殿の行方を、たとえ羽村殿が知っておられたとしても、絶対にお話しにはなりませぬ筈」

嘉平は諦《あきら》めた様に言った。

「しかし、羽村殿からは聞き出せぬとしても、何とか進之助殿のお行方を探ることはできぬものでしょうか……？」

玄斎も、ここのところは進之助を捜し出すのが一番であろう、と思った様である。

「竹緒は、進之助様は藍河《あいかわ》の国へ行かれた…、と申しておりましたが……」

「拙者が藍河へ参りし折、結城殿は既《すで》に鷹月城《たかつきじょう》にはおられませんでした」

嘉平が答えた。

「進之助様は、何かを探り出す目的で、何処《いずこ》へか行かれた……と、確か、羽村様は申されていましたね……」

桃代が、先日の栄三郎の話したことを思い出しながら言った。

「それも、春元様に関することであったそうな……。やはり結城殿は、春元様の故郷《ふるさと》である勝山《かつやま》の国におられるのであろうか……」

嘉平は首を捻《ひね》った。

「嘉平殿、お願いです。進之助様を、どうぞ探し出してくださりませ」

桃代は懸命に頼んだ。

「しかし拙者も、勝山の国は不案内《ふあんない》でござる。それには時がかかりましょう。とても間に合うとは思われぬ」

　嘉平は悲観的であった。

「……三日程で、もし宜しければ、身共が時間稼ぎを致しますが……」

　ここで玄斎は、勝算ありげに言った。

「それは又、どの様にして…?」

　嘉平が訝《いぶか》しそうに尋ねた。

「それは、ここでは詳しく申し上げる訳には参りませぬが……」

　玄斎はこう言って桃代の顔を見た。

「桃代どの。『男の誇り』と申しますものは、誠に厄介《やっかい》な代物《しろもの》ではありますが、上手くそれを利用することも出来るやも知れぬ……、のでござりますよ」

　彼はそう言って微笑んだ。

第九章　一服

光匡の容体が急変したのは、その翌日の夕刻であった。幾分熱が高くなり、再び意識が朦朧《もうろう》としてきた。

「菖庵《しょうあん》。これは、一体如何したことじゃ？　今朝はあの様に、お元気であらせられたではないか……」

守役の石川安敏《いしかわやすとし》は、こう言って菖庵に迫った。

「大怪我をなされました後には、この様なことも別に珍しいことではないのでございます」

菖庵は涼しい顔をして答えた。

「そなたは、馬鹿に落ち着いているではないか……」

石川はいらいらして、菖庵に険悪な眼差しを向けた。

「若殿がお怪我をなされし折にはこの清津に不在で、代わりの薬師より引き継いだ後にご容体が急にお悪うなったでは、その方とて徒《ただ》では済まされぬぞ」

「これは、この様な怪我にはつきものの、良くあることですのじゃ。大丈夫。ご回復は、順調でござりますよ」

菖庵《しょうあん》は相変わらず、顔色一つ変えずに答えた。

――今朝方、あの玄斎という柾平の薬師《くすし》がご容体を拝見に参った折には、若殿はお元気であられた。あのまま、あの薬師を留めて置くべきであったのか……。

石川は悔やんでいた。

「とにかく御方様に、至急ご報告申し上げねばなるまい」

こう言って石川は立ち上がった。

「石川様……」

そこへ菖庵が徐《おもむろ》に声を掛けた。

「思慮深い貴方様のこと故、ご注意申し上げるまでもございますまいが、若殿様のご容体が落ち着かれるまでは、殺生《せっしょう》は厳禁でございますよ」

「……そなたは、一体、何が申したいのじゃ？」

石川はぎくりとして振り返った。

「魚釣り、狩猟《しゅりょう》の類《たぐ》いでございますな。これらを、お控《ひか》えくださりませ」

「馬鹿々しい……」

石川は吐き捨てる様に言った。

「そうそう……。召し上がるものも魚肉は避け、女子も当分の間は遠避けられたが宜しゅうございりましょう。いわゆる精進潔斎《しょうじんけっさい》をお心掛けくださりませ」

「薬師ごときに、とやこう指図される覚えはない」

石川は腹立たしげにこう言って、部屋から出て行こうとした。

「貴方様には既にご存知のこととは思われますが、昨年靖匡公《やすまさこう》が竜巻寺《りょうけんじ》にてお倒れになられました前日に、我孫子山《あびこやま》の麓《ふもと》の池で大量に鴨《かも》を殺した者がおりましたそうで……。どうやらあれが宜しゅうなかった……と、とかくの噂になっております」

「薬師が、何とも面妖《めんよう》な事を申すものじゃ」

石川は不快そうな顔をした。

「私ども薬師は、ご病人のご回復に全力を尽くしますが、何と申しましても神仏のご加護を軽んずることは出来ませぬ。それには患《わずら》われしお方に近しい方々の、潔斎が肝要《かんよう》にございます」

菖庵はとり澄《す》ました様子で答え、石川は嫌な顔をして部屋から出て行った。

――石川様は、小心《しょうしん》なお方じゃ。あれくらい嫌なことを並べておけば、暫《しばら》くは大丈夫であろう。石川様のご権勢《けんせい》も、若殿様あってこそのもの。その若殿光匡様にもしものことがおありになっては、それこそ何にもならぬからのう。……それにしても、あの様に優しいお顔をしておられるに、玄斎殿は怖《こわ》いお方じゃな。

菖庵は今朝方三田村玄斎が、『お見舞い』と称して伺候《しこう》した時のことを思い返した。

『玄斎殿、この度は、誠にありがとうございました。いや、私の他出中に、よもやこの様な事態になっておりましたとは、夢にも思うておりませんでした。ほんに玄斎殿には、何とお礼を申し上げたら宜しいのやら……』

菖庵が伺候するや、風邪の気味と称してさっと下がって行った玄斎の引き際の良さにも、菖庵は感じ入っていた。

『若殿様のお顔の色も、殊《こと》の外《ほか》お宜しゅうございます。やはり見慣れぬ薬師よりは、菖庵殿のお顔を見ておられる方が、光国様もご安心なのでしょう』

『私がこの松ヶ枝城にお召し頂く様になります以前から、竜巻寺では安然和尚様《あんねんおしょうさま》のお計らいにて、お脈を取らせて頂いたことも多々《たた》ありましたからのう』

菖庵は良い気分であった。

『昨夜来、ずっと若殿のお側におられましては、さぞやお疲れでございましょう。少しは、外の空気を吸われましては如何でございますか……』

『……………』

菖庵は、幾分眠気を催《もよお》して来ていた時でもあり、二人は連れ立って庭へ出た。大層良い天気であった。

『昨年の竜巻寺の離れの火事で亡くなられし方々のお脈も、貴方が取っておられたのでございましょうな……?』

玄斎は探《さぐ》る様に菖庵の顔を見た。その様なことは先刻承知のことであったが、今一つ確かめたいことがあった。彼がどの程度、信頼できるや否かである。

『春宵尼様を始め、皆様方はお達者であらせられますか……？』

菖庵は辺りを憚《はばか》る様な低い声で尋ねた。

『一体何のことでございましょうか……？』

玄斎は惚《とぼ》けた。

『ご案じなされますな。あの方々が実はご無事で、貴方のお館の近くに暮らしておられることは、安然和尚様より伺ごうておりますよ』

『菖庵殿は、和尚様からのご信頼もお厚い様な……』

玄斎は菖庵をおだてながら、内心これなら大丈夫であろう、と頷いていた。

『もう七、八年も前のことになりますか……。藤姫様がお風邪をめされ、相当長い間快方には向かわれずに大層お心を痛められた、と春宵尼様が話しておられたことがございましたが……』

玄斎は突然、菖庵の思いも寄らぬ事を言い出した。

『貴方は……』

今まで穏《おだ》やかであった菖庵の顔が、それを聞いて急に引き締《ひし》まった。

『何を、何を申されたいのでしょうか……？』

『他意はありませぬ。唯の、昔話にございますよ』

やがて玄斎は東屋《あずまや》に腰を降ろし、菖庵も不承不承《ふしょうぶしょう》それに従った。

『しかし並の薬師には、到底真似《まね》の出来ることではございませぬなあ。流石《さすが》に菖庵殿は、当代一流の薬師であられる』

『………』

『殺してしまっても構わぬ…、というのでありましたなら、然程《さほど》困難なことではありませぬ。しかし少しの間だけ具合を悪《あしゅ》うさせて、しかも後に症状を残してはならぬ。これは、難しゅうございます。これぞ正しく、「さじ加減《かげん》」と申すもの。身共《みども》にも自信はない』

『………』

菖庵は、何となく複雑な気持ちであった。

『靖匡公も、さぞや感謝なされたことでしょう。あの様にお美しい女性《にょしょう》を、貴方のお陰にてお手に入れることが適われたのですから……』

『……安然和尚様に頼まれまして、仕方なく……』

菖庵は、辺りを憚《はばか》る様に小声で言った。同業の玄斎を相手に、不知《しら》を切っても致し方ない、と観念《かんねん》した様であった。

『あのお方は、狸《たぬき》でござりますよ』

玄斎は同情する様に言った。

『私も左様なことは致したくなかったのじゃが、靖匡公のご意向と伺いましては、お断りすることも出来ませんでした。しかしお殿様も、その後梅子様を強引に我が者とされた訳ではない。時間を掛けてじっくりと、あの女性《にょしょう》のなびいて来られるのを待っておられたのでござりますよ。並のお方には、到底出来ることではない……と、私は今でも感じ入っております』

『左様でござりましたか……』

玄斎は呟く様に言った。そこまでは、彼の知らぬことであった。ただ、現在の春宵尼、藤香、百合香姉妹の様子を見ていれば、清津で決して不幸な日々を送って来た訳ではあるまい…、ということだけは、十分に察せられるのであった。

――姫君お二方を、多少甘やかせ過ぎたきらいも、無きにしも非ず……、だが……。

玄斎はそう思った。藤香のお陰で忙しい身体であるにもかかわらず、彼は遥々《はるばる》清津の国まで、やって来なければならぬ羽目になってしまったのであった。

『菖庵殿は、結びの神。……と申すところでござりましょう』

玄斎の言葉に菖庵は苦笑したが、次の言葉で腰を抜かすほどに驚いた。

『もう一度、貴方のそのお力を、お借りすることは出来ぬものでしょうか……？』

『何と申される……』

菖庵は、厳しい眼差しで玄斎を見た。

『……若殿のご容体が気に掛かりますので、これにて失礼致します』

菖庵は慌てて立ち上がった。これ以上玄斎に関わっているのは危険である、と判断した様子であった。

『二人の男の、命が掛かっております。お願いでござります』

この時玄斎は、こう言って菖庵の前に土下座《どげざ》した。

『玄斎殿……。貴方は、何をなされますか……？』

菖庵は困惑した。

『滅多な薬師には、お願い出来ることではござりませぬ。菖庵殿の御力量《ごりきりょう》を見込んで、お願い申し上げております』

『……』

菖庵は考え込んだ。この男は、何か良からぬ事を企《たくら》んでいるのであろうか……。しかし安然和尚が信頼を寄せ、亡き靖匡も寵愛《ちょうあい》していた側妻と二人の姫を託した程の男である。よもや光匡に、危害《きがい》を及《およ》ぼそうと思っている…、とも考えられぬのであった。

この何日かの間に、菖庵は玄斎には大きな借りが出来てしまった。桐乃の激しい気性からすれば、この度のことでは菖庵も徒《ただ》では済まされなかったやも知れぬし、玄斎が上手く立ち回ろうとしていたなら、菖庵に取って代わり光匡の脈を取る地位を手に入れることも、不可能ではなかったと思われた。

『菖庵殿。お願いでござります。殺したくない男が、二人ござります。貴方程のお腕前の薬師殿でおられねば、身共もこの様なことは決してお頼み致しませぬ。貴方をこの近辺一の薬師と見込みまして、お願い申し上げております』

『……』

その腕前は当代一である……、との名声を欲しいままにしている玄斎の言葉は、菖庵の誇りを心地好くくすぐっていた。

「玄斎殿に、すっかり乗せられてしもうた……」

光匡の病床に侍《はべ》りながら、菖庵はぽつりと言った。

――石川殿が良からぬことを企《たくら》んでおられると聞けば、わしも知らぬ振りは出来なかった。亡き靖匡公も、彼《か》の御仁を嫌っておられた。しかし唐沢家歴代《れきだい》の名家とあって、やむをえず若君の御守役とされた……、と申す経緯《いきさつ》もあった。優れた御領主であられたお方の最大の失策《しっさく》は、あの様に無能な方を大切なるご嫡男の守役に選んでしまわれたことやも知れぬ。

石川安敏を唐沢家の御為に何とか除《のぞ》かねばならぬ……、との動きのあることを、菖庵も耳にしていた。彼も唐沢家とは深い繋《つな》がりを持つ身となって、御家の行く末を密かに憂《うれ》えぬ訳ではなかったのである。

――しかし玄斎殿。貴方もご承知とは存ずるが、三日、せいぜい三日が、限度でござりますぞ。現在何よりも大切に考えねばならぬのは、光匡の身体のことなのである。

『若殿。貴方様は藤姫様を、この上もなく可愛い女子よ……、と思うておられます筈。その藤姫様を、梅子様共々この地にお留め致すのに力をお貸ししましたのは、この菖庵であったのでござりますよ』

菖庵は安らかな光匡の寝顔を見ながら、心の中でこう語り掛けていた。彼は多分に後ろめたさを感じているのであった。

第十章　有明橋の襲撃

それから四日が過ぎた日、近藤小太郎が竜巻寺《りょうけんじ》に姿を見せた。

「光匡様のお加減は、如何でござりますか……？」

藤香は小太郎の顔を見るなり、思い詰めた様な表情でこう尋ねた。

「ご安心くださりませ。昨日の夕刻よりご意識がはっきりとしてこられました」

「又もや光匡様は、ご意識が無くなられていたのですか……？」

藤香は驚いてこう聞き返した。松ヶ枝城の奥にいる光匡の病状は中々彼女の許までは届かず、藤香はたまらない焦燥感《しょうそうかん》を覚えていたのであった。

「……実は、玄斎殿が若殿のお側から離れられた日の翌日の夕べより……」

小太郎は、これはまずいことを口にしてしまったと悔やんだが、やむなく光匡の様子を藤香に詳しく話し、現在は順調に回復なされている……、と彼女を安心させるように努めた。

――はや、これが限界だな……。

しかしそれを傍《かたわ》らで耳にして、玄斎はその様に悟った。

「それに致しましても玄斎様。どうして一旦は良くなられた光匡様が、また急にお悪うなられたのでござりましょうか……？」

藤香は不思議そうに尋ねた。

「某もおかしいと存じます。玄斎殿は、如何お考えでござろうか……？」

小太郎も訝《いぶか》しげな表情を見せていた。

「……あの様な大怪我をなされた後に、そういうことも珍しゅうはない……、と申せましょう……」

玄斎は、よもやここで問い詰められるであろう等とは思ってもいなかった故に、菖庵の名誉にかけても上手く言《い》い繕《つくろ》わねばならぬ……、と少々慌てていた。

「何やら菖庵殿と、同じ様なことを申されるのですな」

小太郎は不満そうに言った。

「同じ薬師殿であられるのですもの……。全く違ったことをお口にされましたなら、却っておかしいでしょう」

桃代はここで、それとなく助け船を出した。彼女には、先日嘉平と三人で話した時の玄斎の言葉と、翌日彼が松ヶ枝城へ登城したこと。そして先程玄斎の見せた、彼にしては珍しく動揺《どうよう》した様《さま》を思い合わせて、朧気《おぼろげ》に感じるものがあったのである。

――母様は、都にて様々な出来事を見聞《みき》きされていた故か、薬師殿とは、その気になられたら、どの様な恐ろしきこともお出来になる……、と申されたことがあった……。

彼女は、この竜巻寺に初めて逗留《とうりゅう》した日の夜更けに熱を出した藤香の病状が、風邪にしては大分長引いた時に、母の小槙がふと漏《も》らした言葉をぼんやりと思い浮かべていた。

「玄斎様の方が、薬師としてのご評判はずっと上であられる。桃代。失礼なことを、申すものではありませぬ」

この時、その藤香が桃代を窘《たしな》める様に言った。

「これは……、失礼なことを申し上げてしまいました」

桃代は慌てて玄斎に詫《わ》びた。

「いや、菖庵殿もご立派な薬師であられます故に……。一向に構いませぬ」

玄斎はこう言いながらも、内心では桃代を気の毒に思っていた。そして敏感な彼女故に、既に何か悟ってしまったのであろう……、と微《かす》かな後ろめたさをも覚えていた。

「……唐沢靖影様のことに付きまして、ちとお話ししたきことが……」

ここで小太郎は、その様なことに何時までも関わってはいられぬと、玄斎に小声で語り掛けた。それを聞いた玄斎の目が、きらりと光った。

「それは、一体何のことでござりましょうか……?」

しかし玄斎は、素知らぬ顔をしてこう尋ねた。

「嘉平殿からは、何も……?」

小太郎は意外そうな表情を見せた。

「近藤様……。どうぞ、こちらへ」

桃代は慌《あわ》てて小太郎を他の部屋へと連れて行った。

「玄斎様。小太郎殿は、唐沢靖影様と申されませんでしたか……？　靖影様とは、確か唐沢家のご分家の若殿……」

藤香は不思議そうに尋ねた。

「唐沢様ご家中のお話は、身共にも分かりかねます」

玄斎は相変わらず、知らぬ振りをしていた。

「桃代は、何か知っているのではないでしょうか……？」

「さあ……。単に小太郎殿を安然和尚様の所へと伴われたのでしょう。桃代どのが、唐沢様のご内情をご存知とも思われませぬ」

玄斎は、あくまでも知らぬ顔を通した。彼はこの事件には藤香を絶対に巻き込んではならぬ、と思っていた。

「嘉平殿は、どうなされましたか……？」

その頃、小太郎を他の部屋へと連れ出して、桃代はこの様に尋ねていた。事態が今やどの様になっているのかと、彼女は何とも気掛かりであった。

「それを伺いたいと思うて、この寺へ参ったのだが……」

「玄斎様に……でござりますか……？」

桃代はそう聞き返した。

「嘉平殿から知らされていた社《やしろ》へ行ってみたところ、彼《か》の御仁はそこにはおられなかった。羽村殿にも、お行方は分からぬとのことでござった。それ故に桃代どのか玄斎殿が、もしや何かをご存知なのでは……、と思うて某はこちらへ参ったのござるよ」

「私は、詳しいことは存じませぬ。嘉平殿は、松ヶ枝城との関わりが敵方に知れるとまずいとか申されまして、こちらへは顔を出さぬと柾平のお屋敷で申されたやに、私は伺うておりましたが……」

「左様でござったな。桃代どのが、ご存知の筈はなかった……。しかし嘉平殿は、何事かあった時には、玄斎殿にご相談するように……、と松ヶ枝城へ忍んで来られし折に言っておられた故に、某は嘉平殿は当然こちらへ参られたものとばかり……」

「……」

小太郎の言葉に、桃代は偽りを言った自らが何とも心苦しかった。しかし一方では、未だに嘉平殿は進之助様にはお会い出来ぬのか……、と大いに落胆《らくたん》もしていた。

「……桃代どの、どうなされた？」

小太郎はそんな彼女に心配そうに尋ねた。

「嘉平殿がおられませんでは、計画もはかどりませぬでしょうねえ……」

桃代は慌ててこう言った。

「いや。桃代どの、喜んでくだされ。石川殿が、明日の申《さる》の下刻《げこく》（午後五時）に、唐沢靖影様を天文寺《てんもんじ》へとおびき出したのでござる」

「天文寺……？」

それは桃代には初めて聞く寺の名前であった。

「唐沢靖秋様の御正室、即《すなわ》ち靖影様の御生母に所縁《ゆかり》の寺で、靖影様もよく足を向けられているとのこと……」

「敵方の良く知っている場所へと、おびき出すのでございますか……？」

桃代は意外そうに尋ねた。

「光匡様が刺客に襲われ、それが鶴掛城からの差し金である……、等との風聞《ふうぶん》の立っている時期に、靖影様がやすやすと松ヶ枝城までお越しになる筈はないでござろう」

「さりながら相手の方《ほう》が、その天文寺とやらの周囲には詳しいのでは……？」

わざわざ不利な場所で……、と桃代は思った。

「靖影様が鶴掛城から天文寺へと参られるには、必ずや有明橋《ありあけばし》と申す橋を渡らねばなりませぬ。そこで……」

「……」

桃代は、成程と思った。

「一体石川様は、相手方にはどの様なことを申されたのでしょうか…？」

桃代は、嘉平の姿が見えぬというのに靖影を討つ積もりなのであろうか、と何となく不安になった。

「光匡様のお怪我のご快癒《かいゆ》ははかばかしゅうない上に、ここへ参って弟君の於次丸様《おつぎまるさま》がお風邪を召されてご発熱。遂にはご重体となってしまわれた。このままでは、唐沢家のお行く末が何とも気掛かりとなった。そこで折り入ってご相談申し上げたき儀がござります故に、恐れながら天文寺までお越し願う訳には参りませぬでしょうか……。某も良くは存じませぬが、多分この様に……」

小太郎は自らの想像をも交えてこう語った。

——この間、玄斎様、嘉平殿とご一緒にお話しした時と、大体話の内容が合っている。光匡様のお怪我のその後が悪うなられて、於次丸様はご発熱。討ち取る相手も玄斎様が申された通りに、ご子息の唐沢靖影様お一人……、となっている様じゃ。確かにあの後、嘉平殿は近藤様とは連絡を取っておられたのだ。それでは嘉平殿は、今は何処《いずこ》に……。果たして進之助様を、捜し出すことが出来たのであろうか……。

小太郎の話を聞いて、桃代はしきりに考えを巡《めぐ》らせていた。

「桃代どの……」

その声に桃代がはっとして小太郎を見ると、彼は険《けわ》しい表情を見せていた。

「於次丸様が、ご発熱なされてご重体……。と某が申しても、そもじは少しも驚きませんでしたな……?」

小太郎は疑わしそうに桃代を見た。確かに彼女の仕えている春宵尼の大切なる子息於次丸が、風邪をひいて重体に陥《おちい》ったと聞かされて、桃代が平然としていられる筈はないのであった。桃代はその言葉にぎくりとした。

「……近藤殿のお話は、勿論嘘でござりましょう」

そこへこう言って、玄斎が障子を開けて部屋へと入って来た。

「身共は、昨日も光国様のご容体についてご相談申し上げます為に、密かに菖庵殿にはお会いしたのでござります。その時には、於次丸様は息災でおられる……、と申されていました」

玄斎は先ほど味方してくれた桃代を助けるかの様に、平然と嘘を言った。

「……左様でござりましたか……。それ故に、桃代どのも……」

小太郎は玄斎の言葉に、早くも納得した様子である。桃代はそれを見て、小太郎に嘘をついた後ろめたさと共に、微《かす》かな心細さをも覚えた。

――近藤様、他の者の言葉を左様に容易《たやす》く信じておしまいになっては……。

これでは、石川様とやらいうお守役にも思う通りに操《あやつ》られてしまわれるのではないか…、と彼女の不安は募《つの》った。

「嘉平殿のお行方が知れぬと申しますのに、計画を進めるのでござりますか……？」

玄斎は桃代に代わって、この様に小太郎に尋ねた。

「羽村殿お一人だけでも、十分なのでござるよ」

小太郎は屈託《くったく》のない表情で答えた。

「嘉平殿がおいでにならぬと申しますのに、羽村様だけで一体何が出来るのでしょうか……？」

桃代が更に不安そうに聞き返した。

「羽村殿は、お顔をお貸しくださるだけで十分でござる。後は某どもの家中で片を付けます。元々は、唐沢家の揉《も》め事《ごと》なのでござります故に……」

小太郎はこう言ったが、玄斎は嫌な予感がした。

――やはり桃代どのの案じていた通りに、羽村殿は利用されているのであろう。

結城進之助の行方は相変わらず分からぬまま、嘉平までが未だに戻っては来ない。これは、まずいことになってしまった……、と玄斎は思った。

――明日は、藤姫様と桃代どのだけでも、身共が守らねばなるまい。

玄斎は、密かにそう思った。彼は常に冷静であった。あれやこれやと手を広げて、収拾《しゅうしゅう》の取れぬ事態に陥《おちい》ってしまう様な男では、決してなかったのである。

翌日、玄斎はそれとなく桃代に気を配っていた。まさかとは思うが、もしも桃代が竜巻寺から抜け出す様なことがあっては……、と考えたのであった。

――桃代どのが大切に思うておられるのは、進之助殿である筈じゃ。この度は彼《か》のお方が、危険な目に遭《あ》おうとしている訳ではない。

玄斎は、無理にもその様に思い込もうとしていた。しかし何故か、心は落ち着かなかった。そこへ玄斎は、和尚の部屋へと呼ばれた。

「玄斎殿。何となく、世の中が騒がしい様じゃのう……」

和尚はこう言ってじっと彼の目を見つめた。

——深く、吸い込まれてしまう様な瞳だ。昔と少しのお変わりもない。このお方は、今年お幾つになられたのであろうか……。

彼は、ふとその様に思った。安然和尚は玄斎の恩人であった。柾平の国の領主の子息として生まれながら、その兄弟が多く脇腹の所生《しょせい》でもあった故に、寺へ修行に出されそうになった折に玄斎を匿《かくま》ってくれたのが、他ならぬ和尚なのであった。

——身共の今日あるは、和尚様のお陰だ。

玄斎は、心から安然和尚に感謝していた。

「もしや、今日、何かが起こるのではあるまいか……？」

和尚は穏やかな口調で尋ねた。

——誰が、その様な事をお話ししたのであろうか……。桃代どのは、女子ながらも口は堅い。藤姫様は、詳《くわ》しい事はご存知ない筈だが……。和尚様は、果たして何処までを知っておられて、何をご存知ではないのであろうか……。

玄斎は頭の中で懸命に考えを整理していた。

「愚か者」

この時、和尚は鋭くこう言った。

「隠し事は宜しゅうない。すべてを話しなされ」

「……」

和尚の静かなる瞳に再び見つめられて、玄斎は少年時代に戻った様な気がした。

桃代は、玄斎がそれとなく自分を監視していることに気付いていた。しかし彼女は、栄三郎や嘉平のことが気になってならなかった。玄斎は確かに彼等を助けようと、最大限の助力をしてくれた。その結果、菖庵をも動かしたのであろう。しかし五日たっても嘉平より何ら連絡もなく、結城進之助の行方も知れぬ今、玄斎は守りを固めようとしていた。彼は藤香と桃代を亡き唐沢靖匡から託されたとはいえ、嘉平や栄三郎とは何の関わりも無いのである。嘉平が一時、玄斎の子息竹緒に剣の稽古を付けていたというのが、僅《わず》かな繋《つな》がりと言えば言えるに過ぎぬのである。

「玄斎様……。御免なさい」

玄斎が和尚に掴《つか》まったのをこれ幸いに、桃代は竜巻寺から抜け出した。彼女は、例のつたの形見の品を着ていた。そして懐《ふところ》には、亡き唐沢靖匡から託《たく》された伏見春元所縁《ゆかり》の懐剣、『月華丸《げっかまる》』があった。かつて結城進之助が、藤香や桃代が剣の稽古をしているのを見て、『生兵法《なまびょうほう》は大怪我の元』と案じていた通りのことが、今や起こるやも知れぬのであった。桃代に、なまじの剣の心得がなければ、この様な行動には決して出なかったであろうと思われた。

それから半時（一時間）程後、桃代は天文寺《てんもんでら》を尋ねて、有明橋から然程《さほど》離れてはいない所まで来ていた。近藤小太郎から、そこで栄三郎が唐沢靖影を襲《おそ》う手筈《てはず》となっている、と聞かされていた故である。申《さる》の下刻《げこく》（午後五時）までには、更に半時程あった。

——申の下刻に天文寺へ到着されるお約束であるとしたら、それよりも以前に鶴掛城の方々はあの有明橋を渡られる筈じゃ。何事かが起きてしまわぬ内に、何とか羽村様を見付けて思い止まって頂きたい。

桃代に現在出来るであろうことは、それ位のことの様に思われた。切り合いになってしまったのでは、最早彼女の出る幕ではなかった。

有明橋が見える所までやって来て、桃代ははっとして足を止めた。何となく様子のおかしげな者達が、その橋の辺りに見え隠れしているのに気付いたのである。

「これでは、有明橋へ近付こうにも近付けぬ……」

桃代はこう呟いてその辺りから様子を窺うことにし、灌木《かんぼく》の陰に身を隠した。睦月《むつき》（陰暦一月）も末の風が頬に冷たく、朝から曇っていたこの日は、いつもより早く闇がおとずれた様に感じられた。

「もう少し、橋へは近付けぬものか……」

桃代は気ばかりが焦《あせ》って、身体が思うように動かなかった。足元が震えているのが、自分でもよく分かった。

やがて、遠く馬の蹄《ひづめ》の音が聞こえて来た。そして馬が八頭ほど、かなりの早さで走って来るのが見えた。

——唐沢靖影様か……。

桃代はそう思った。

その一団が、有明橋に差し掛かったと思われた、まさにその時であった。馬が三頭、突然に倒れ、続いてもう二頭も倒れた。恐らくは何らかの仕掛《しか》けがしてあったのであろう。橋の上は、今や大混乱に陥《おちい》っていた。やがて刀を抜いた二人の侍の、橋を目指して走って行く姿が見えた。

「嘉平殿も、ご一緒か……」

桃代は、思わず灌木《かんぼく》の陰から立ち上がった。その時、背後から人の気配がして、桃代の身体を強い力で茂みの中へと引き込んだ。遠くに気を取られていた桃代は、誰かが近付いて来たことにさえ、些《いささ》かも気付かなかったのであった。

「離して……」

桃代はこう叫んで、相手の顔を見て、「あっ」と思った。

「進之助様……。どうして、こちらへ……」

桃代には、何とも信じられぬことであった。

「そなたこそ、どうしてこの様な所にいるのじゃ?」

進之助は厳しい口調で尋ねた。

「……嘉平殿のことが、気掛かりでござりまして……」

何故か、『羽村様』と言う名前は口に出来なかった。

「ここは、女子の来る様な所ではない」

進之助は険《けわ》しい表情で桃代を見た。

「貴方こそ、この様に大変な時じゃと申しますに、一体何処《いずこ》へ行っておられたのでござりますか?」

桃代は進之助を睨《にら》み返《かえ》した。

「相変わらず、気の強い女子よな……」

進之助はこう言って口許を微かに綻ばせた。

「そなたは、大した話を作り上げたものじゃ。その行く末を、自ら見届けに参った……、とでも申すのか……？」

「大した話……？」

桃代は、呆気《あっけ》に取られた様に聞き返した。

「栄三郎と嘉平殿が、唐沢靖影様を襲う。靖影様が討ち取られし後、今度は松ヶ枝城の者達が栄三郎たちの始末《しまつ》に掛かるのではないか……、と申すのがそなたの懸念《けねん》であった。しかしそこへ二人を助ける者達が駆け付けて来れば、それで良かったのであろう……。今、その話は、俺が完結させてやったぞ」

進之助はここで、低い声で笑った。桃代は、はっとして有明橋の方へ目をやったが、最早辺りは薄すらと闇に包まれて、何も見ることは出来なかった。

「進之助……」

薄暗い中からの押し殺した様な声にぎょっとして、思わず桃代は進之助に縋《すが》りついた。そこへ一人の長身の男が、むっくりと姿を現した。

「桃代どの……。これなるは、春元様のご近習衆の中では一番の年長者、芦田《あしだ》一滋《かずます》殿じゃ」

進之助は別に臆《おく》する風もなくこう言ったが、桃代は慌《あわ》てて進之助から身体を離した。

「これが、桃代どのか……？」

芦田一滋《あしだかずます》と紹介された男は、不思議そうに桃代を見た。どう見てもそこにいるのは、武家の娘であるとは思われぬのであった。

「身をやつすのが好き、木刀を振り回すのが大好きなじゃじゃ馬で、某《それがし》も困っているのでござるよ。何かそれを治す、良い薬はないものか……」

それは、進之助の偽らざる心境なのであった。

「進之助は年長者と申したが、高が三つでござるよ」

一滋はそう言いながらも、桃代を尚もしげしげと見ていた。

——確かに、良く見れば中々の美形の様じゃ。この顔に化粧を施《ほどこ》したとしたら……。それとも、夜目《よめ》、遠目《とおめ》……、というやつか……。

彼は、進之助を鷹月城に尋ねて来た嘉平という男が、春元にふと漏らした進之助が親しくしているという女に、大層興味を覚えていたのである。

——俺たちの仲間で、よもや進之助が一番にその伴侶《はんりょ》を見付けるであろうとは、思いも寄らなかった。こやつは、あれやこれやと理想ばかり高いことを申して、結局は最後まで独り身でいるものとばかり思うていたに……。

……俺も、のんびりしてはいられぬ……と、彼は密かに思っていたのである。

「高が、三歳。……されど、三歳でござるよ」

一滋の心の内を知る由もない進之助はこう言い、一滋もそれにつられて笑った。

「一滋殿。栄三郎は、どうしましたか？」

進之助はここで、急に真面目な顔になり、心配そうに尋ねた。

「安心しろ。奴は無事だ。嘉平殿という御仁も、な」

一滋は桃代の顔を再びちらりと見ながら言った。

「お二人とも、ご無事で……」

桃代の顔が、ここで思わず綻《ほころ》んだ。

「清津へは、何人で来られた……？」

進之助が尋ねた。

「お前の知らせを受けて、大急ぎで五人……」

「それでは、春元様のお側には二人でござるか……」

進之助は心配そうな表情を見せた。

「案ずるな。近習の七人が皆で出で来たとしても、大事《だいじ》なかろう。現に春元様は、栄三郎の身が危ういのであれば、皆で行くように……、と仰せになったのじゃ」

「馬鹿な……」

進之助は、とんでもない……、といった顔をした。

「ところが春元様は、今や林田家にとっては無くてはならぬ大切なお方となってしまわれたのじゃ。それ故に春元様を、実幸様のご家来衆が必死で守ってくれる……、と申す訳さ。林田家にとって春元様は、戦の折には大切なる城留守居役、といったところか……。何しろ実幸様と申されるお方は、城の外に出て戦うのをこの上も無く好まれる故にな……」

「まさか、左様な……」

「俺たち伏見の者は、実幸様によって勝手に戦に繰《く》り出《だ》されもする。お陰で戦の経験が積めると言えば、言えるが……」

一滋は口惜しそうな表情で更に言った。

「お前も藍河へ参れば、初陣《ういじん》が飾れると申すものじゃ」

「何と……」

進之助もそれを聞いて、悔しそうに顔を歪《ゆが》めた。

「ところで、進之助。昨年の末に栄三郎から聞かされたのだが、お前は勝山の国へ出掛けて行ったそうな。その甲斐《かい》は、あったのか……?」

一滋は急に真面目な顔になってこの様に尋ねた。

「いえ……」

しかし進之助は、無念そうに首を振った。

「左様か……。世の中は、中々思う様にはいかぬものじゃ……。お前も、決して焦《あせ》るなよ」

「……」

彼の慰《なぐさ》める様な言葉に、進之助は更に口惜しそうな表情になっていた。

「春元様は、まだこれからのお方なのじゃ。俺たちも若い。この後、早まったことをして、取り返しの付かぬ様な事態となっては、何にもならぬぞ。……それでは、進之助。お前も達者でな」

一滋はここで、急にその話を打ち切ろうとした。

「俺たちは、これより藍河の国まで戻らねばならぬ。鷹月城へは一刻も早う帰り着きたい故に」

「申し訳ありませぬ。竜巻寺に泊まって頂ければ宜しいのだが……。栄三郎も含めて六人では、目立ち過ぎる」

「分かっておる。唐沢家の者達に悟《さと》られてしまっては、何にもならぬ」

「しかし、柾平の国を越えて、藍河まで参ると申すも難儀なこと……。そうじゃ。我孫子峠を越えて少し行った所に、誰も住んではおらぬ荒《あば》ら屋《や》があった。そこで仮眠を取られては如何でござるか……。六人くらいは、何とか入れるでしょう」

進之助は、幼い頃からの仲間たちの身を案じてそう言った。

「……それも、そうだな。皆、疲れてもいよう」

一滋は頷《うなず》きながらそう言った。彼は春元から大切な家来たちを預かって来たのである。

「それでは、お気を付けて。春元様に、助勢を出して頂いたお礼を、呉々も申し上げてくだされ」

「そのことなら春元様は、先日お前の顔を醜《みにく》く変えてしまった、その詫《わ》びだ……、と仰せになった。

進之助は、余り強うはなっておらぬ様じゃ、とも、な」

一滋はここでにやりと笑った。

「某の顔は、春元様に変えられてしまう程、柔《やわ》ではござりませぬよ。春元様こそ、もそっと日頃の稽古に励《はげ》まれるべきでござりましょう……、と申し上げてくだされ。進之助は、がっかり致しました……、とも」

「左様か……。確かにお前の面《つら》の皮《かわ》は、見掛けに寄らず厚い様だからな……」

「一滋殿……」

進之助はその言葉に苦笑した。

「達者でな。又、近い内に会えると良いが……」

一滋はそう言うと、くるりと踵《きびす》を返《かえ》した。

「栄三郎には、呉々も俺の名を出さぬようにしてくだされよ」

進之助は、一滋の後ろ姿に向かって念を押した。

「分かっておる。黙っている故に、安心しろ。お前も共に暮らせる日を、皆で待っているぞ」

こう言うと、一滋は走り去って行った。桃代は訳も分からず、二人のやり取りを黙って聞いていた。

「帰ろう。竜巻寺の方々が、さぞや心配しておられよう」

進之助はこう言って、桃代の身体を引き寄せた。そして竜巻寺までの道を、二人は何も言わずに歩いた。

――進之助様は、勝山の国の何処で、一体何をなされていたのであろうか……。

桃代は是非とも知りたいと思った。しかし今の進之助からは、それを聞くことが許されぬ様な、厳しさが感じられた。

第十一章　事の裏側

その夜、竜巻寺《りょうけんじ》の玄斎が宿所としている部屋へ、進之助と桃代が揃《そろ》って顔を見せた。

「玄斎殿。この度はご尽力《じんりょく》、誠にありがとう存じました。お陰で嘉平殿も栄三郎も、命拾い致しました」

進之助は手を突いて丁重に礼を述べ、桃代も黙って頭を下げた。

「身共は、何のお力添えをした訳ではありませぬ。松ヶ枝城の方々の企《たくら》みに気付かれましたは、桃代どのでした」

玄斎は淡々と答えた。

「その様なことはござりませぬ。私の考えに貴方もご同意くださりましたればこそ、時が限られておりましたにもかかわらず、嘉平殿も遥々《はるばる》勝山まで進之助様を探す為に出向いてくださったのです」

桃代は、その同意がなかったとしたら、嘉平も栄三郎を残して、勝山の国まで出掛けて行く決心はつきかねたであろう……、と考えていた。

「もし玄斎殿が時を稼いでくださらなかったとしたら、藍河よりの加勢《かせい》は到底間に合いませんでした。本当に、何とお礼を申し上げたら宜しいのか……」

進之助もこう言って、感謝の籠った眼差しで玄斎を見た。

「いや……。身共は、薬師《くすし》として道に悖《もと》ることをしてしまったのです。どうぞ、その様なことはお忘れくだされ」

それは玄斎の、偽らざる心境なのやも知れなかった。

「それより、桃代どの。ご無事で何よりでした。身共が和尚様に掴《つか》まってしまった間に貴女のお姿が見えぬ様になり、ほんに肝《きも》を冷やしましたぞ」

玄斎は急に表情を引き締めるとそう言った。

「誠に、申し訳ございませんでした」

玄斎の言葉に、桃代は再び手を突いて深く頭を下げた。確かに彼には心配を掛けてしまったと、心から詫《わ》びを言いたかった。

「失礼致す」

この時、嘉平が部屋へ入って来た。

「嘉平殿。よくぞ、ご無事で……」

　桃代はこう言って立ち上がり、そのまま嘉平の胸にすがっていった。嘉平が無事で良かったと、彼女は心から思っていた。しかし嘉平は、進之助の視線を気にして、すぐに彼女の身体を自分から離し、それでもその両手をしっかりと握り締めた。

「桃代どののお陰でござる。あの時桃代どのが、松ヶ枝城の古狸共《ふるだぬきども》の計略に気付いてくださらなかったなら、彼《か》の者たちに利用された揚げ句、羽村殿も拙者も闇から闇へと葬《ほうむ》り去られてしまうところでござった」

「……嘉平殿。まあ、お座りくだされ。桃代どのはその場におられたが、身共は生憎、せっかくの貴方々のお働きも見ることは出来ませんでした。どうぞ詳しゅう話してくださりませ」

　何時までも桃代の手を握り締めたままの嘉平を、玄斎も気にしてこう言った。いくら年が離れているとはいえ、嘉平が男性である以上、桃代も誤解を招く様な態度は宜しくないと、彼女にもまだ幼さの残っていることを、玄斎は強く感じた。

「結城殿のお行方《ゆくえ》を求めて、拙者は勝山の国へと参りました。やっとお会いできたのが、勝山に入って二日目のことでござった……」

　嘉平はこの様に話し始めた。

「進之助様は、勝山のどちらにおられたのでござりますか？」

　桃代は膝を乗り出す様にして尋ねた。

「東雲城《しののめじょう》でござる」

「まあ……。勝山の、お城の中に……？」

桃代の意外そうな言葉に、嘉平がふと目をやると、進之助は難しい表情を見せていたので、彼は慌《あわ》てて先程の話の方を続けた。

「結城殿にお会いして、清津の国において唐沢靖秋、靖影様御父子を討つという計画がありしこと。それに伴って拙者どもが利用された揚《あ》げ句《く》、消し去られてしまうのではないか……、との、玄斎殿と桃代どののお考えも、拙者はお話ししたのでござる」

「方々の危惧《きぐ》は、軽視することは出来ぬのではないか……、と某《それがし》も思いました。それ故に、嘉平殿にはすぐに清津へお戻り頂き、某は藍河の春元様の許へと赴《おもむ》いて、芦田《あしだ》一滋殿《かずますどの》に訳を話して助力をお願いし、そのまま一人清津へと足を向けたのでござる」

嘉平に続いて、進之助がこう話した。

――それでは貴方は、何故に私たちのおります竜巻寺へ、一目なりともお顔を見せてはくださらなかったのでございますか……。

桃代は不満であった。

――貴方がこちらへお出でになり、事情を打ち明けてさえくださったなら、何も有明橋まで出掛けて行く必要もありませんでしたのに……。

と彼女は思っていた。

「……某は、予《あらかじ》め有明橋近辺の様子を詳しく探っておきたい、と考えたのでござるよ。それを……、一人でこの寺から抜け出す様な、浅はかな女子がいたとは、思うてもおりませんでした」

桃代の不服そうな表情を感じたものか、ここで進之助は腹立たしげにこう言った。彼も桃代のとった行動を、腹に据《す》えかねていた模様である。

「浅はかでござりますと……？」

桃代は、到底聞き捨てにはは出来なかった。羽村栄三郎と嘉平、そして何よりも進之助の身を案じて、居ても立ってもいられずに有明橋まで出向いた自分の気持ちも知らぬ気に、何という感じの悪い男なのであろうか……、と思っていた。

「まあまあ……、お二人とも。久し振りにお顔を合わせて、仲が宜しい故の喧嘩をされたいのも、分からぬではありませぬが……」

玄斎は、先程から桃代が嘉平に見せた態度を、進之助は面白からず思っているのであろうか……と、ふと思った。

「某には、女子と言い争う趣味はござらぬ」

進之助はその様に言いながらも、何となくきまりの悪そうな顔をしていた。

——二人は既に、何か約束事でも交わしたのであろうか……。

玄斎は、興味深く若い二人を見ていた。遠慮がなくなったというのか、何となく何時もの態度とは、お互いに違っている様に見受けられた故であった。

「……今日の有明橋での嘉平殿のお働きを、是非とも拝見しとうござりましたな」

玄斎はこう言って、彼に話の先を促《うなが》した。

「近藤殿のお話では、『唐沢靖影様は、多分馬でお越しになるであろう。有明橋には、仕掛けをしておく。靖影主従が倒れたところへ、打ち掛かってくれ』とのことであった……」

「成程……」

嘉平の言葉に、玄斎は深く頷いた。

「靖影様ご一行は、八騎で見えた。有明橋に差し掛かった所で、どういった絡繰《からく》りがあったのでござろうか……。馬が次々に倒れて行きました。拙者と羽村殿は、好機とばかりに討ち掛り、首尾良う靖影様を討ち取ることができたのでござる」

「靖影様に討って掛かる口上は、どの様に申されたのでござりますか……？」

桃代が興味深そうに尋ねた。

「栄三郎殿が、『我は過ぐる年、無体にも唐沢靖影殿に妻を奪われ、その揚げ句闇討ちにされし園田《そのだ》長和《ながかず》の腹違いの弟、園田長友である。兄の敵、思い知れ……』、この様に申された。……拙者は、その助太刀《すけだち》、田原平太郎《たはらへいたろう》と名乗り申した」

「園田長和……、様、とは……？」

桃代は不思議そうに尋ねた。

「唐沢靖影様は、二年程前に近習の園田長和と申す男の妻女に横恋慕《よこれんぼ》され、無体にも手ごめにした後、尚もその女を我がものにしたいと亭主の長和殿を闇討ちにした。しかしその妻女は遂《つい》に靖影様にはなびかず、自害して夫の後を追った、と……。これは、実際にあった話でござる。勿論、腹違いの弟園田長友とは、実在の男ではありませぬが……」

嘉平は複雑な表情で語った。

「靖影様も、ひどいことをなされたもの……」

桃代は、見《まみ》えたこともない園田長和の妻女に、心から同情していた。

——世の中には、その様な話は嫌になる程あるものですよ。

玄斎はそう思ったが、口には出さなかった。彼の母の薺《なずな》は、許嫁《いいなずけ》のある身で領主に無理やりに側妻《そばめ》にされて自らを出生したのだと、幸薄くこの世を去った生母を、ふと思い浮かべた。若い桃代も、この後否応無《いやおうな》く様々な経験をするであろうが、その純粋な気持ちだけは失わずにいて欲しい……、と思われた。

「それでは、実際のお名は、名乗られなかったのですね……」

桃代は、玄斎の胸中を知る由もなくこう言った。彼女は松ヶ枝城の者達に利用されたこの度のことに、嘉平も栄三郎も偽名で通して良かった……、と思ったのである。この後、二人に災いが及ぶことを恐れていた。

「靖影様のお顔を、嘉平殿はどうしてご存知だったのでござりますか……？」

彼女は更に尋ねた。

「拙者が予《あらかじ》め鶴掛城へ忍び込み、靖影様のお顔を確かめておきました」

「成程……」

流石は嘉平殿である……、と桃代は感心した。

「ところがその後、桃代どのの案じておられたことが、現実のものとなってしまったのでござる。松ヶ枝城の者達が、『狼藉者《ろうぜきもの》。唐沢靖影様に、何を致すか……』と叫んで、拙者と羽村殿を討ち取ろうとした」

「本当に、卑怯《ひきょう》な人達でございますね」

桃代は怒りを新たにした様子である。

「そこへ、『ご助勢申す』と叫ばれて、五人のお侍が分け入って来られた。しかしその方々は、拙者と羽村殿を包み込む様にするや、あっという間に逃げにかかったのでござる」

嘉平は、今でも合点《がてん》が行かぬ、といった面持ちであった。

「三十六計、逃げるにしかず……。と申すのが、芦田一滋《あしだかずます》殿の常の考えなのでござる。あの御仁は、無益な殺生《せっしょう》を何よりも嫌うている。春元様もその様な一滋殿を、深く信頼しておられるのでござりますよ。この度も、有明橋で騙《だま》し討《う》ちにするということ自体《じたい》に、一滋殿は納得がゆかなかったであろうと思われまする。しかし栄三郎の身に危険がせまっておりました故に、左様なことを言ってもいられなかったのでござろう」

進之助がここで口を挟《はさ》んだ。

「春元様と申されるは、何ともお幸せなお方ですな。良いご家来衆をお持ちじゃ」

……進之助殿、羽村殿を始めとして……、と玄斎は感心していた。

――あの時、羽村様は……。

と桃代は、栄三郎が嘉平と小太郎と話し合った時のことをふと思い浮かべた。

『その仕事が片付いたら、進之助を春元様の御許へ帰してやってくだされ』

と言って栄三郎は、近藤小太郎の前に手を突いたのであった。

――大嫌いだという進之助様の為に、どうしてあの様なことを……。

桃代には解《げ》せなかった。

――誰か、いるのか……。

この時進之助は、障子の外に人の気配を感じて黙って立って行き、いきなり障子を開けた。

「小太郎ではないか……」

進之助は、彼をすぐに部屋へ招じ入れようとした。

「嘉平殿。この度は、誠に申し訳ございませんでした……」

しかし小太郎は、廊下に座わったまま深く頭を下げて、そこから動こうとはしなかった。

「何も、お前の所為《せい》ではない」

こう言って進之助は、無理やり小太郎を部屋の中へと入れた。

「石川殿に、某《それがし》は騙《だま》されていた。まさか靖影様を暗殺した後で、原田殿と羽村殿を始末しようとしていた等とは、不覚にも少しも気がつきませんでした」

小太郎は部屋へ入ってからも、こう言って深く頭を下げ、そのまま面《おもて》を上げようとはしなかった。

「お前一人の力で、一体何が出来たと申すのか……」

進之助には松ヶ枝城内の様子が、何となく分かる気がした。靖匡には頭の上がらなかった老臣達が、段々と幅をきかせる様になって来たであろうことは、容易に察しがついた。小太郎たち若輩《じゃくはい》が口を挟むことは、中々に難しいのではないか……、と思われた。

「嘉平殿、申し訳ない」

小太郎は、尚も嘉平に深々と頭を下げた。しかし嘉平は複雑な表情を浮かべて黙ったままである。暫《しばら》くは誰も口を開こうとはしなかった。

「……光匡様は、お元気になられましたか？」

桃代は突如、この様に尋ねた。

「……最早、すっかり回復なされた。玄斎殿にも本当にお世話になり申した」

小太郎は自らの主の命を救ってくれた玄斎には、心から感謝しているのであった。

「その光匡様に、どうしても藤姫様を会わせて差し上げたいのですが……」

桃代は小太郎にこの様に頼んだ。

「人の弱みに付け込む様な真似は、するものではないぞ」

進之助は桃代を窘《たしな》めるように言った。気まずいこの場の雰囲気を変えようとしたらしいのはありがたいが、その後が宜しくない、と思った。

「別に、弱みに付け込んでなどおりませぬ。……ただ……」

桃代は一瞬《いっしゅん》言《い》い淀《よど》んだが、やがて思い切った様に口を開いた。

「……私は、一日も早く柾平へ戻りとうござります。百合姫さまのお側から離れて、もうかなりの日《ひ》数《かず》が経ってしまいました。けれども光匡様にお会いなさらぬ限り、藤姫様は柾平へはお帰りにはならぬと思われます。藤姫様がお戻りにならなければ、玄斎様も進之助様も、近藤様とて、お困りになりましょう」

「……」

一座の者たちは、しばし黙り込んでしまった。しかし……。

「……身共が、安然和尚様にお願いしてみることにしましょう。和尚様は、松ヶ枝城へも自由にお出入りの適《かな》うお方ですから……」

ここで意外にも、玄斎がこう口を開いた。彼は自分が安然和尚に問い詰められてすべてを白状してしまったことに、多少の後ろめたさを感じていた。しかしものは考え様で、和尚に話してしまった以上は、彼に交渉を任せるのも良い手立《てだ》てやも知れぬ、と考えたのである。

「……何時までも藤姫様がこの寺に留まっておられましては、和尚様とてお困りになりましょう。身共も柾平へは一刻も早く帰りたいのですが、まさか姫のお首に綱《つな》をつけてお連れする訳にも参りませぬ」

とうとう玄斎は、和尚にこの様なことまで言った。

「ほんに、傍迷惑《はためいわく》な姫じゃな……」

和尚は渋い表情であったが、確かに死んだ筈の藤香と桃代に寺にずっと居座られてしまっては、この後更なる不祥事《ふしょうじ》も生じるのではないか……、と思われた。

翌日、玄斎の願いを渋々ながらも聞き入れた安然和尚は、重い足取りで松ヶ枝城へと出掛けて行った。

「靖匡公と梅子様が、ご息女をもそっと厳しゅうご養育されるべきでありましたな……」

和尚はこの様に低い声で言って、ふと、百合香の顔を思い浮かべた。

「あの姫君こそ、竜巻寺にお住いであった頃から、桃代どのがそれは甘やかしていたものじゃが……」

あれでは、何とも始末に負えぬ我がままな姫にお育ちになってしまうのではないか……。しかし玄斎は、相手が男であればたとえどの様に手強《てごわ》くとも巧《たく》みに対抗してゆくであろうが、昔から女性には優しい男であった故に、この度も藤香と桃代には振り回されている様な始末。とても百合香の躾《しつけ》などは出来まいと、和尚は溜め息をついた。

——誰かしっかりとした御守役が、百合姫様には是非とも必要であろうに……。

彼はそう思った。しかし城の奥深く住んでいる訳でもない姫に、守役等とは到底考えられることではなかった。

「本来なれば、然《しか》るべき御守役がお付きして当然のご身分なのじゃが……」

和尚はこうも呟く様に言って、慌《あわ》てて自らの口を押さえた。梅子一族の出自《しゅつじ》を知る、彼は数少ない人物なのであった。

その頃、桃代は嘉平に頼み事をしていた。

「お願いでござります。是非とも小袖を用意してくださりませ。あのままでは、藤姫様がお気の毒です」

彼女は、既《すで》に光匡と藤香の再会が、安然和尚の尽力《じんりょく》によって適《かな》うものとばかり思っている様子である。藤香が楓の地味な小袖姿のままでは……、と桃代は案じたのであった。

「もし仮に、藤姫様が若殿にお会い出来ることになったとしても、光匡様は何も藤姫様のお召し物をご覧になる為にお出でくださる訳ではないのだぞ」

進之助は、馬鹿馬鹿しい……、との表情を見せた。しかし桃代は、

――別に、貴方にお願いしている訳ではありませぬ。嘉平殿に、お願いしているのです。

といった顔をして、進之助を見返した。

「小袖一つ……。お安い御用でござるよ」

嘉平はこう言って早くも立ち上がった。

「嘉平殿。これを……」

桃代はすかさず彼に懐紙《かいし》に包んだ何かを渡した。

「これは……」

嘉平は驚いた様に彼女の顔を見た。

「どうぞ、藤姫様の御為に良き小袖を……。それから、白粉《おしろい》と紅もお忘れなく」

「桃代どの……」

嘉平は感心した様に彼女の顔を見、やがて黙って部屋から出て行った。

――春宵尼様のお屋敷の金銭については、最早桃代どのの思いのままの様だな……。

玄斎はその様子を目にして、朧気《おぼろけ》にそう感じた。おそらくは清津に住んでいた頃から、彼女が金銭的なことは任されていたのであろう。玄斎の館に於いては、すべての面に彼が独裁的な力を有していたが、そうでない場合は、金銭を握った者が力を持つ様になるのは当然なことである。うら若き身で大したものである、と玄斎は思った。

――結局、わしを始めとする男共は、桃代どのの願う通りに動かされてしまったのではないのか……。

彼には、その様にさえ思われてきた。

一方若輩《じゃくはい》の進之助は、不服そうな表情を浮かべていた。

――どうして玄斎殿も、嘉平殿にしても、容易《たやす》く桃代どのの言うことを聞くのだ……。

彼は内心穏やかではなかった。

「……小袖といえば……」

彼には不満に思っていることがあった。

――昨日芦田一滋殿に会った時にも、そなたにはもう少しまともな格好をしていて欲しかったに……。それに化粧も……。

進之助は、あの時のことを思い返していた。

『これが、桃代どのか……？』

こう言って一滋は、桃代をしげしげと見たものである。進之助は、己の言い交わした女人を、普段の魅力ある姿で幼馴染みの一滋には引き合わせたかったのであった。

――俺の面目は、一体どうしてくれるのだ……。

進之助はこう思いながら、不服そうに桃代の顔を見た。

「………」

しかし桃代は、不思議そうにそんな進之助を見返した。化粧をしていなくとも、たとえ衣装はどの様なものであっても、その若い素顔は、それでも十分に美しい……、と思われるのであった。

――そう申せば、進之助様は、勝山の国の東雲城で一月余《ひとつきあま》りの間、一体何をしておられたのであろうか……。

一方桃代にも、尋ねたくとも尋ねることが憚《はばか》られることがあったのである。

第十二章　三枚の小袖

安然和尚《あんねんおしょう》は松ヶ枝城《まつがえじょう》の光匡《みつまさ》の許《もと》へ、お見舞いと称して伺候《しこう》した。

「若殿様。この度は、誠にご災難でござりました」

和尚はこう言って恭《うやうや》しく頭を下げた。

「安然殿。心配を掛けたな。お陰で、この通り元気になったぞ」

若さ故か、深手《ふかで》を負ったと聞かされていた光匡の回復は、和尚が考えていたよりもずっと早い様に見受けられた。和尚は思わずこう口にしていた。

「これも靖匡公《やすまさこう》が、お守りくだされたのでござりましょう」

「安然殿……」

この時、和尚の言葉を耳にして光匡の守役《もりやく》石川安敏《いしかわやすとし》がにじり寄って低い声で囁《ささや》いた。

「靖匡公は現在も尚、ご療養中でござりますぞ。お忘れなく」

「これはこれは、石川殿。田中智行《たなかともゆき》とか申す男の行方《ゆくえ》は、知れましたかな……？」

それに対して、和尚も小さな声でそっと尋ねた。

「……」

石川は嫌な顔をした。田中の進言により慣例《かんれい》を無視してまで墓参の日取りを変え、その変更した日に光匡が襲われたというのは、石川の大きな失態《しったい》であった。

「そなたたちは、何をひそひそと話しておるのじゃ？」

光匡は怪訝《けげん》な表情で尋ねた。

「靖匡公は、この様に小さな声ではお耳に達しませぬ様な所には、決して愚僧《ぐそう》をお置きにはなりませんでしたが……」

和尚は不服そうな顔をしてこう言った。

「これは、悪いことをした。近う参られよ」

光匡は鷹揚《おうよう》に笑みを浮かべていた。

「……大殿は愚僧と二人きりの時を持たれますのを、この上もなく大切に考えてくださりました」

和尚は光匡の側近く座を占めるや、更にこの様に口にしたので、石川は再び嫌な顔をした。

「そうであった……。安敏、下がるが良い。父上のお話など、安然殿としてみたい」

「斯様《かよう》な折には、どの様な不埒《ふらち》な者が再び若殿に近付いて参るやも知れぬのでござります」

石川はこう言って、光匡の御前から下がろうとはしない。

「その気配《きくば》りが、過ぐる我孫子山麓の御廟所《ごびょうしょ》での若殿様と御母堂の御為にこそ、望ましゅうござりましたな」

和尚はずばりと言った。

「安然殿。そこ許は、拙者に嫌味を申す為に参られたのか？」

それを聞いた石川は気色《けしき》ばんだ。

「これは、和尚様。お久し振りでござりますね」

そこへ、こう言って桐乃が姿を見せた。

――一難去らずに、又、一難。まずいお方がお出ましになった……。

和尚は内心、これは益々光匡を竜巻寺へと連れ出す話は切り出し難くなった……、と思ったが、流石に表情には出さなかった。

「この度は、何とも申し上げ様もない事態が出来《しゅったい》致したものでござります」

和尚は沈痛《ちんつう》な面持《おもも》ちで言った。

「母上の御墓所をお参りして賊に襲われる等と申すは、今までには考えられぬことであったに……」

桐乃も、何とも嘆《なげ》かわしそうに言った。

「父上がお亡くなりになって、はや四月《よつき》になるが、この清津も変わってしまった……、と申すことかのう」

光匡は、ふと寂しそうな表情を浮かべた。

「何を申されるのですか……。光匡殿」

桐乃は強い眼差しを向けた。

「お父上は御病ながらも、ご健在であらせられるのですよ」

「御方様……」

安然和尚は声を低くして言った。

「この度の思いも寄りませぬ出来事には、それが災いしているのやも知れませぬ」

「和尚様まで、何を申されるのですか……？」

桐乃は、信じられぬ…、との表情を見せた。

「愚僧がこの様なことを申し上げるのも、甚《はなは》だ心苦しゅうはござりますが……」

和尚は更に声を潜《ひそ》めた。

「靖匡公の御霊《みたま》は、お寂しゅう思《おぼ》し召《め》しておられるのやも……」

「和尚様……」

桐乃は流石にぎくりとした様子で彼を見た。

「世間の目をお気になされて、若殿様も御方様も、竜巻寺へお参りに行かれることもままなりませぬ。そして御方様の母君様の御命日のご参詣も、遂には取り止めと相なりました」

「じゃが、それは……」

致し方無いことではないのか……、と言いたげな表情で桐乃は安然和尚の顔を見た。その死は伏せて、影の者を使うように……、とは、亡き靖匡が言い残したことなのであった。

「勿論、左様でござりましょう。さりながら、この度は若殿様がご災難に遭《あ》われて、奇跡的にもお命が助かりました。これは亡きお方の御加護によりますものと、御礼を申し上げました方が宜しいのではと存じますが……」

和尚はこう言って桐乃の顔を見返した。

「分かりました」

桐乃はすぐに納得した様子であった。

「光匡殿のお身体が回復されましたら直《ただ》ちに、竜巻寺へ御礼に参りましょう。わらわもお供致します」

「さりながら、それでは余りにも目立ち過ぎるのではございますまいか……」

和尚は、賛成は致しかねる、といった表情を見せていた。

「和尚殿はたった今、竜巻寺へ参詣された方が宜しいと、申されたではありませぬか……」

ここで石川が、腹立たしそうに口を挟んできた。

「御廟所にお参りなされますことは、誠に結構なことにござります。しかしながら人目を引きまして、靖匡公のご逝去までもが世間に漏《も》れてしまう様なことにでもなりましたなら、これは又一大事でありましょう」

和尚は落ち着いた様子で言った。

「それでは和尚様は、どの様にせよ、と申されるのですか？」

桐乃が尋ねた。彼女はあくまでも安然和尚を信頼している様子であった。

「まずは若殿様が御父君に御礼に参られまして後、日を置かれて御方様も寺へご参詣になられますのが、最上の策と申せましょう。靖匡公も、さぞやお喜びなされることでござりましょう」

「拙者がお供致します程に、大方様《おおかたさま》にはご案じなされますな。拙者は若殿のお側から、一時なりとも離れませぬ」

石川が、頼もしげな様子でこう言った。石川は『最早、光匡様の世となった』と言わぬばかりに、内々では桐乃のことを『大方殿』、つまりは『御母堂』との呼び方をする様になっていた。流石の和尚も、石川にまで付いて来るな……、とは、とうとう言えなかったのであった。

その夜、竜巻寺には嘉平が、小袖を二枚手にして戻って来た。

「急なことで、古着屋にあったものでござるが……。桃代どのも光匡様に拝謁《はいえつ》されるからには、その為の小袖も必要なのでは、と思いましてな」

何処をどう探して来たものか、それは方や藤の、もう一方は桃の花の絵柄の、何とも美しい小袖であった。

「まあ、嘉平殿……。有難う存じます。私のことまで考えてくださったなどと……。よくぞ、この様に早うに……」

桃代はそう言って目を輝かせたが、それを見て進之助と玄斎は思わず顔を見合わせてしまった。桃の花の小袖の色が、どう見ても藤の小袖よりも派手に見えるのであった。

——藤姫様はお主様《しゅうさま》で、桃代どのは侍女だ。姫君よりもお付きする者の小袖の方が派手に見えては、まずいであろうに……。嘉平殿も、もそっと良う考えられたが宜しかったものを……。

進之助はそう考えた。しかし一方では、桃代がその小袖を身に着けたなら、どの様に美しいであろうか……、とも思っていた。そして玄斎は……。

——短期間に小袖を調達《ちょうたつ》するからには、呉服屋では間に合わぬ。嘉平殿に桃代どのが渡した金子は、古着屋では十分過ぎるものだった、ということであろう。

そう思いながらも、ふと……。

——桃代どのは、何処まで考えていたやら……。

と彼は興味深く思った。

——嘉平殿は、元々桃代どのには悪い感情を持っておられなかったところへ、有明橋《ありあけばし》では命を助けられたとの思いが強く、小袖は二枚、しかも藤姫様に劣るものを選びたくはないとの思いが何処かにあったのではないのか……。

これでは藤香が、気分を害するであろう……、と玄斎も進之助と同様に案じていた。

「早速藤姫様にお見せ致しまして、どちらがお気に召しますか選んで頂きましょう」

流石に桃代も、嬉しい反面、困惑しているに相違ないと思われたが、彼女はそれを顔にも口にも表さずに、藤香の部屋へと二枚の小袖を持って行った。しかし藤香が、果して桃の柄の小袖を選ぶであろうか……、と進之助も玄斎も案じていた。ところが……。

「嘉平殿。お陰様で、藤姫様は大そうなお喜びでございます。私にもこれを着るようにと仰せくださりまして……」

やがて桃代が、早くも薄桃色の小袖を身に着けて男たちの前に姿を見せた。

「綺麗だ……」

その桃代の姿に、三人は目を見張った。気性の激しさを普段は決して表には出さぬ桃代を、その小袖は淡く優しく包んでいる様であった。

――藤姫様は、さて、どの様に思うておられることやら……。

玄斎は心配そうに進之助の顔を見たが、彼は桃代の姿をただ満足そうに眺めていたので、

――進之助殿ともあろう方が……。この後、どの様な事になっても、身共は知りませぬぞ。

と呆れてしまった。嘉平は無論、ただうっとりと桃代の姿に見惚《みほ》れているのである。

しかし玄斎の心配は、どうやら杞憂《きゆう》に終わった様であった。三人の男たちが桃代の後について藤香の部屋へ行ってみると……。

「嘉平。ありがとう。これで、光匡様が何時こちらへお見えになっても、大丈夫ですね」

藤香は上機嫌であった。

「何と、お美しい……」

玄斎はうっとりと藤香を見つめた。桃代より一つ年上の藤香は、普段から年よりは大人びて見える女性であったが、薄紫の藤の模様の小袖は、その彼女を一段と艶《つや》やかに美しく見せていた。天性の麗《れい》質《しつ》が藤の花房と一体となって、まるで藤の花の精がこの世に舞い降りて来たかの様に感じられるのであった。

――成程……。桃と藤の花は、季節的に同時に花開くということはないが、もし一緒に咲いたとしたら、それぞれに美しさを競って、さぞや華やかであろう。

玄斎は、藤香と桃代の個性的な美しさを、感心した様に見比べていた。

「いずれ菖蒲《あやめ》か、杜若《かきつばた》……ですなあ…」

嘉平は藤香の手前、流石にごく小さな声でこう言った。進之助は……、と見ると、相変わらず桃代の方にばかり目が行っている様子であった。

――桃の花が好きな者も、藤の花を好む者もある。それぞれに、美しいと感じるのであろう……。

玄斎はそう思った。

その夜、桃代は嘉平から庫裡《くり》の片隅へそっと呼び出された。

「他の方々がおられぬ方が良いと思いまして……」

嘉平は萩《はぎ》の模様の小袖を手にしていた。それを見た桃代は、はっとして彼の顔を見た。

「……これは、私がおつたと交換した小袖。何故に、嘉平殿が……？」

「古着屋にありました。おつた坊の母御が、竜巻寺の離れへこれを返しに来た時に、取次ぎを頼まれたのが顔見知りの拙者でしてな。それで見覚えがあった。古着屋の親父《おやじ》は話し好きで、拙者がこれを手にしていると……」

色々と世間話をする内に、この小袖を売りに来たのはつたの父親だということが分かった。嘉平が尚も尋ねると……。

「どうも親父の歯切れが悪くなった。拙者はおつた坊のことが気になったので、生来《せいらい》の癖が出て、薬売りの姿をこれ幸いに、おつた坊の家の周りで、寺男の拙者とは顔を合わせたことのない様な家へ行って、それとなく聞き出したのだが……」、

その嘉平の話の続きに、桃代は息を呑《の》んだ。

「……おつたが……、亡くなった……」

一つ年下のつたは桃代を『姉《あね》さま』と慕い、桃代は『おつた』と呼んで、二人は親しくしていた。桃代は百合香をこの上もなく大切に思っている。しかし百合香が桃代を『姉さま』と呼ぶことは、生涯ないであろう。つたは、かつて妹の郁代《いくよ》を流行《はや》り病《やまい》で死なせ、自分だけが生き残ってしまったという桃代の心の痛みを、代わりに癒《いや》してくれていたのかも知れない。

「売り物の持ち主が亡くなったなどと縁起の悪いことを、親父は言いたくはなかったのでありましょうな」

嘉平は気の毒そうに桃代を見た。つたは昨年の暮に、風邪を拗《こじ》らせて亡くなったとのことであった。

「……風邪で……。私が竜巻寺に住んでいたなら……」

薬師《くすし》の菖庵《しょうあん》を拝み倒してでも、つたの家へ連れて行ったものを……、と桃代は悲しかった。自分がこの様に切ない気持ちになったのであるから、竜巻寺の離れに賊が押し入って桃代は殺《あや》められ、その死骸《しがい》は無残にも焼かれたと聞かされて、つたはどんなに悲しんだであろうかと、心ならずもつたを欺《あざむ》いてしまったことが、たまらなく申し訳なく思われた。桃代は萩の柄の小袖を手にすすり泣いた。

「おつたの父御《ててご》は、娘御の大切な形見の品を、どうして手放すなどと……」

桃代は、つたが小袖を身に着けた時の、本当に嬉しそうな表情を思い浮かべていた。

「おつた坊の家は、ごく貧しいとも言えぬが、然程《さほど》ゆとりがあるとも思われぬ」

「……」

桃代は小袖を抱きしめる様にして涙にくれた。

「拙者があの古着屋へ足を向けたのも何かの縁。おつた坊は、桃代どのにその小袖を持っていて欲しかったのでござろうよ」

嘉平は慰める様な口調であった。

「さあ、皆様に不審に思われてもいけませぬ」

嘉平はこう言うと庫裡《くり》から出て行こうとした。

「……嘉平殿」

桃代は慌てて、小袖を抱きしめたまま立ち上がった。

「私がお渡しした金子では、とても……」

三枚の小袖など……、と桃代は思ったが、混乱した頭ではとても言葉には出来なかった。

「拙者は、桃代どのに命を助けて頂いたのでござるよ」

嘉平は振り返ることもなくそう言うと、桃代を残して庫裡《くり》から立ち去ってしまった。その言葉には、桃代に更に何かを言わせぬ様な力が籠っていた。

翌日、近藤小太郎が竜巻寺へやって来た。

「若殿がこの寺へお越しなされますのは、如月《きさらぎ》（陰暦二月）の十三日と決まりました」

「それは、宜しゅうござりました。さりながら、まだ何日も先でござりますなあ……」

桃代はふと、がっかりした様な表情を見せた。彼女の大切な百合香の面影が、この時その脳裏に浮かんでいた。

「若殿も、深手を負われし後の御身体でござれば……」

小太郎は、やや気分を害された様子で答えた。一国の領主が竜巻寺へ足を運ぶようにと段取《だんど》りをつけること自体、難しいことであった。それなのに、困った女共だ……、とは感じながらも、それを口にしようとはしなかった。相手は、自らが気付かなかったことにまで考えが及んで、結果的には栄三郎と嘉平を救った女なのである。触らぬ神に祟り無し……、との気持ちが何処かにあった。

――進之助もこのままでは、己の女房には苦労するであろうよ……。桑原、桑原……。

彼は、自らの女房には、美形ではあっても賢しげな女だけは避けたい……、と思った。

――奴が常日頃から口にしていた様に、女は頭の巡りなど少々悪くとも、美しく淑やかで従順なのが良いのじゃ。それを……、進之助は、何を血迷うたか……。

儚《はかな》げで、思わず手を差し延べたくなる様な女。しかし芯は強くて、家の内をしっかりと守り、主を陰から支えてくれる。小太郎はその様な女を女房にしたかった。

「さぞや、藤姫様もお喜びになることでしょう」

桃代はここで、藤香の部屋へと報告に行った。彼女は小太郎の様子から、彼の感情を害してしまったと悟ったのである。自分にとって百合香が大切な様に、小太郎には光国が大事なのは当然であると、申し訳なく思っていた。

「お前に、頼みたいことがあるのだが……」

桃代が姿を消すのを待っていたかの様に、小太郎は小声で進之助に依頼した。

「鶴掛城《つるかけじょう》の様子を、探《さぐ》って来てはくれぬか……」

「探って参るのなら、拙者が……」

嘉平がこう言いかけたのを、進之助は手で制した。

「それは危険でござろう。そこ許は、鶴掛城の若殿唐沢靖影様を倒した賊の一人ではありませぬか……」

「左様でござる。某《それがし》が行っても宜しいのだが、光国様のお供をして、何時、鶴掛城の奴等と見《まみ》えることになるやも知れぬ故に……」

しかし小太郎は、何となく済まなそうな面持ちであった。進之助に厄介《やっかい》なことを押し付けているとの思いが、心の何処かにあった。

「俺は、最早唐沢家からは離れた男だ。昔から松ヶ枝城にいた訳でもない故に、鶴掛城の者達には顔を知られてはおらぬ。もし、顔を見られたとしても、小太郎の様にこれから先、若殿のお供をして鶴掛城へ参るようなこともない。俺が行こう」

進之助は快《こころよ》く引き受けた。

「しかしこの様なことは、石川安敏殿あたりが手配されて然《しか》るべきではありませぬか……？」

玄斎が不思議そうに口を挟んできた。

「あのお方が、もそっと気を配っていてくだされたなら、この度若殿が深手を負われる様なことも、起こらなかったのではありますまいか……」

小太郎は不満そうに言った。

「現在の松ヶ枝城内で若殿のお側におられる方々の内、何とかしておられるのは御方様だけなのやも知れぬな」

進之助は小太郎に同情する様に言った。

「……」

それを聞いて、彼は何とも憂鬱《ゆううつ》そうな表情を見せた。

「お前たちが、もっと忌憚《きたん》なく意見を申し上げられる様になると良いのだが……」

進之助は自らが松ヶ枝城にいた頃の、頭の固い老臣達の顔を思い浮かべながらこう言った。靖匡が健在な頃には遠慮していたそれらの者達が幅《はば》をきかせて、小太郎達の若い力を光匡から遠ざけているであろうことは、何となく察せられるのであった。

——お前が若殿のお側にいてくれたなら、どの様に良かったであろうか……。

小太郎はそう思ったが、それを口には出さなかった。この度《たび》羽村栄三郎と原田嘉平を伏見春元の家来たちが救ってくれたことに、彼は心から感謝していた。以前には春元に対して冷ややかな見方をして、進之助とも言い合ったことがある小太郎ではあったが、幾分考え直した様である。

翌日進之助は、まだ辺りの薄暗い頃に竜巻寺を出て、旅をする出で立《いた》ちで、巳《み》の上刻《じょうこく》（午前十時）を過ぎた頃には鶴掛城の近辺に姿を見せていた。そこから少し行った所には海があり、浜伝いに足を運べば、進之助の故郷《ふるさと》勝山の国であった。

勝山の先の領主で春元の父の伏見春定は有能で、国内をよく治めていたが、領地拡大などということには余り関心を示さぬ男であった。

『民が豊かに暮らし、それを守るのが領主の務め』

というのが彼の考え方であり、そこのところは唐沢靖匡と相通《あいつう》ずるものがある。靖匡と春定は従兄弟同士であり、二人が息災の折には二国の間でこれといった争いも起こってはいなかった。

――両国の良好な関係が、この後も続くと良いのだが……。

進之助はふとその様に思った。

――いや、今は、左様なことは……。

彼は事件の後、子息靖影を討たれた父の唐沢靖秋やその周囲の者達が、どの様な行動に出るであろうかと、注意深く探《さぐ》りながら辺りを歩き回らねばならぬのである。

「別に、合戦に備えている、との気配も見受けられぬが……」

鶴掛城近辺には、これといった不穏《ふおん》な空気は表立っては感じられなかった。唐沢靖影が何者かに討ち取られたとの事実は、どの様に処理されたのであろうか…。当然のことながら進之助には、嘉平の様に鶴掛城の奥深く忍び込むことは出来ぬのであった。

——もし仮に、鶴掛城内にこの度の有明橋での一件と松ヶ枝城との関わりを言い立てる者がいたとしても、確たる証拠をつかまれた訳ではない。栄三郎も嘉平殿も、鶴掛城の奴等とは面識《めんしき》が無かった故に……。

進之助はその様に考えながら、尚も辺りを油断無く歩き回った。やがて彼は、鶴掛城から少し離れた浜辺へと出た。その波打《なみう》ち際《ぎわ》では、一人の若い侍が木太刀を振っているのが彼の目に止まった。

——中々の腕前の様だな。

進之助はその若侍をじっと見つめた。

「某に、何か御用でござるか……？」

その男は、こう言って振り返った。

「何故か、非常に苛立《いらだ》っておられる様に見受けられましたが……」

進之助は感じたままを口にした。

「ほう……」

その侍は、意外そうに進之助を見た。それは、精悍《せいかん》な顔をした男で、年の頃は進之助と同じか、やや下であろうと思われた。

「優しい容貌《ようぼう》をしておられるに、思うたままをずばりと申される方の様ですな」

「その為に、損をすることが多いのでござるよ」

進之助はこう言って苦笑した。

「某は嘘を並べ立てるよりは、その方が好きです」

若侍はこう言って屈託《くったく》のない笑顔を見せた。

——鶴掛城の者であろうか……。余り上級の武士の様には見えぬが……。

と、早くも進之助はその男の素性《すじょう》を考えていた。

「この辺りの方の様には、見受けられぬが……」

その男も、進之助を一体何者であろうか……、と考えている様子であった。

「某は、結城進之助と申す。勝山におりましたが、訳あって今は主家から離れています」

伏見家、唐沢家には所縁《ゆかり》はあっても、それが進之助の現在の身の上なのであった。

「伏見春員様《ふしみはるかずさま》にお仕えしておられたのでござるか……?」

相手の男は、訝《いぶか》しそうな顔をして尋ねた。進之助は下手な事を言って、見咎《みとが》められては厄介《やっかい》だと思った。

「某は、春員様の弟君の、春元様にお仕えしておりました」

さて、これから何と言ったものか……、と進之助は考えていた。

「春員様の弟君は、確か他国へ移られた……、と聞きましたが……」

「何と……」

進之助は驚いて相手の顔を見た。

「左様なことを、よくご存知であられますな…？」

「勝山の国は、ここからは目と鼻の先であります故、色々と噂も聞こえて参るのでござるよ」

男はこう言って微《かす》かに口元を綻《ほころ》ばせた。

「その弟君の春元様は、藍河の国へと行かれたのです。お陰で某は、主を失ってしまいました」

進之助は、この様な所で怪しまれてはならじと、言葉を選びながら言った。今は何よりも唐沢光匡と自らの関係が、相手に気取《けど》られぬことが大切であると思われた。

「左様でござるか……。実は某も、そこ許同様に……」

その男の言葉は、辛そうに途切れた。

「そこ許も、某の様にご主君から離れておられると……？　しかし、左様には見受けられませぬが……」

進之助は不思議そうな顔をした。

「いや、そこ許と同じとは申せぬが……」

男は、何となく歯切れが悪かった。進之助は更に訝しそうに相手を見た。

「某は、中沢喜七朗《なかざわきしちろう》でござる。唐沢靖影様の近習を務めておりました」

「……」

進之助は返事に困った。中沢と名乗った男が先日清津の有明橋《ありあけばし》で栄三郎たちに命を奪われた靖影の近習であったと聞いては、滅多《めった》な事も言えぬと思った。

「……靖影様は、亡くなられたのです」

やがて中沢は、思いがけなくもこの様なことを押し殺した様な声で、自ら言った。

「それは、また……。御病か何かで……？」

進之助はこう尋ねながらも、我ながら白々《しらじら》しいことだと思っていた。

「まあ、そういったところです」

中沢は、いかにもやり切れぬ…、との表情を見せた。進之助は何とかもう少し詳《くわ》しいことを相手から聞き出したいとは思うのだが、不用意なことを口には出来なかった。

「某は、春元様の許へ行きたいのでござる。しかし、中々思う通りにはなりませぬ」

進之助は、まずは自分の方から話すことにした。

「ほう……」

中沢は興味を持った様である。

「余り無闇に木刀を振り回したので、疲れてしまった。座りませぬか……」

中沢はこう言って、さっさと砂浜に座った。進之助も、我が意を得たりとばかり、並んで腰を下ろした。

「春元様は、春員様《はるかずさま》の代わりに勝山のご領主に……、と請《こ》われたことさえありましたに、結局は藍河の林田実幸様《はやしださねゆきさま》の許へと行ってしまわれた。世の中とは、ままならぬものでござるよ」

進之助はありのままを口にした。

「そこ許は何故、付いては行かれなかったのですか……？　先程も、お側へ行きたい、と申しておられたに……」

中沢は不思議そうな顔をした。

「色々とありまして……、な。そこ許も先程申された通りに、某は余りにも思うたままを口にしすぎたのやも知れぬ」

進之助はここで口を濁《にご》した。兄の春員が弟春元を亡き者にしようと放った刺客《しかく》を切って清津へ逃れたなどとは、唐沢靖影の家来であったという男には間違っても言えることではなかった。

「ご主君から煙たがられてしまった……、と申すことでござるか……？　某と同じですな」

中沢は、思いがけなくもその様に言った。

「そこ許が煙たい、などと……」

進之助は意外そうな顔をした。

「………」

しかし中沢は何も言おうとはしなかった。

「某は春元様と、ついには掴《つか》み合《あ》いの大喧嘩になってしまったこともござった……」

進之助は敢《あ》えて、昨年末に藍河の鷹月城《たかつきじょう》を訪れた折のことを口にした。

「何と……？」

中沢は、信じられぬといった顔をして、進之助を見た。

「その揚《あ》げ句《く》が、今の情けない身の上……、と申すところでござるよ」

進之助は事実と嘘とを、適当に絡《から》み合わせて話していた。

「某には、靖影様と掴み合いの喧嘩をする等とは……、考えることも出来ぬ」

「それが当たり前でござろう。某が、おかしいのですよ」

進之助は笑った。

「……」

中沢はふと、この男は何という爽《さわ》やかな笑顔を見せるのであろうか……、と思った。

「……そこ許は、もしも春元様が誰かに討ち取られる様な事態に至ったとしたら、一体どの様にされるであろうか……？」

「……何と申された……？」

進之助は驚いて相手の顔を見た。

「何故に、その様なことを聞かれるのでしょうか？」

「もしも……、と申し上げた筈でござる」

「その相手は、既《すで》に分かっているのであろうか……。仇《かたき》が分かっている場合と、分かっていない場合とでは、対処《たいしょ》の仕方も当然違ってくると思われますが……」

進之助は、自らの気持ちを落ち着けようと努めながらも、中沢と名乗った男の心の内を是非とも知りたいと思っていた。

「勿論、分かっています」

「何と……」

進之助は非常に驚いていた。しかしここで、相手にそれを悟《さと》られる様なことがあってはならぬ、と必死であった。

「春元様に非があった場合と、そうではなかった時とでは、対応の仕方も違って来ると思われますが……」

「そこ許は、ご主君が討ち取られたと申す折にも、左様に落ち着いておられるのであろうか？」

中沢は鋭く進之助の言葉を遮《さえぎ》った。

「……確かに、そこ許の言われる通りです。いられる訳がない」

進之助は正直に答えた。

「しかし、冷静に考えた場合、主の方にやはり非があると思われし時には……」

中沢は苦しげな表情を見せた。

「その時になってみなければ、何とも申せぬでしょう。そこ許も某も……」

進之助は、もしやこの男は、この度の有明橋での一件について、何事か気付いているのではないであろうか……、と思った。そしてその様な男に対して、自分は何が何でも春元の敵《かたき》を討ちたいと思うであろう……、等とは、言える訳も無かった。

「確かに、その通りでござるな。その時になってみなければ、何とも申せぬのが道理でござる」

中沢はこう言って立ち上がった。

「そこ許は、これから何処《いずこ》へ行かれるお積もりですか？」

中沢が尋ねた。

「柾平の国へ、知り合いを頼って行こうと思っています」

進之助も立ち上がってこう答えた。

「又、何時の日かお会いしたいものだ」

「勝山には、某の知り合いもおります。それが何時になるやは分からぬが、その者を訪ねる時には、こちらを通り掛かることもありましょう」

「某も、何時までここに居るものやら見当も付かぬが、ご縁があったら又お会いしましょうぞ」

「そこ許は、某の様に御家から離れてしまわれる訳でもありますまいに……？」

進之助は不思議そうに相手の顔を見た。

「人間、いや武士たるものは、先のことは分からぬものでござる。果たして明日も命があるものやら、見当も付かぬ」

「………」

進之助には、その言葉が非常に気になった。

「何か、心に決めておられることがあるのでござるか……？」

彼はそう尋ねずにはいられなかった。

「……分からなくなりました」

「………」

進之助は中沢の様子に、何処か思い詰めた様なものを感じた。

「道中、気をつけて行かれよ」

中沢はこう言って優しい眼差しを向けたが、進之助は何故か不安なものを覚えていた。

――良い男の様だ……。この様な形で、会いたくはなかった。

進之助には、今の間者《かんじゃ》の様な己の身の上が、唯々恨めしかった。

やがて振り返ると、中沢は進之助に向かって手を振っていた。それはいかにも若者らしい、爽《さわ》やかな姿であった。

――唐沢靖影様も、あの男をもそっと大切になされていたなら、この度の様な事も起こらなかったのではあるまいか……。

進之助には、ふとその様に思われた。

とにかく今のところ、鶴掛城にはこれといった危険な動きは無い様だ…、と進之助は安堵《あんど》した。しかし中沢喜七朗《なかざわきしちろう》という男の清々《すがすが》しい印象と共に、その思い詰めた表情が彼の心に深く残っていた。

「あの男は、一体何を考えているのであろうか……」

進之助には、それがひどく気になった。

第十三章　有為《ゆうい》の士《し》

如月《きさらぎ》（陰暦二月）の十三日に、唐沢光匡《からさわみつまさ》は竜巻寺《りょうけんじ》を訪れた。怪我が快癒《かいゆ》したことを亡き父靖匡《やすまさ》に報告し、その身の無事であったことの礼を述べる為であったが、表立っての目的は、安然和尚《あんねんおしょう》を久方振りに訪問することとなっていた。

本堂において秘密裏《ひみつり》に、しかし懇《ねんご》ろに靖匡の供養を行って後、光匡は寺の奥まった部屋にて休息した。守役の石川安敏は、主にぴたりと付き添って離れようとはしなかった。彼にしてみれば、大切な光匡の身に再び何事かあっては一大事なのであった。

「失礼仕《つかまつ》ります」

こう言って襖《ふすま》を開けて部屋へ入って来たのは、玄斎であった。

「これは玄斎殿。この度は世話になりましたな」

石川は機嫌好く声を掛けた。石川の今日の権勢《けんせい》は、光匡の守役《もりやく》であるが故であり、玄斎はその大切な光匡を救ってくれた恩人なのであった。

「お手前にずっと若殿のお側にいて頂けば好かったと、拙者は後悔しているのでござるよ」

石川は光匡に付《つ》き添《そ》っていた薬師《くすし》が玄斎から菖庵《しょうあん》に代わってより後、光匡の具合が再び悪くなったことを、今だに不満に思っているのである。しかし菖庵にしてみれば、随分心外《しんがい》な話ではあった。

「若殿様には、少しばかりお顔の色がすぐれぬ様にお見受け致しますが……」

玄斎は心配そうに言った。

「何ですと……」

石川は、ぎくりとした。

「お怪我をなされし後の初めてのご他出《たしゅつ》にて、さぞやお疲れになったのでござりましょう」

玄斎は気掛《きが》かりな様子で言った。

「隣の部屋にて、少し横になられましては如何でしょうかな……」

安然和尚が、ここですかさず口を挟んだ。

「それが宜しゅうござります」

玄斎も同意した。

「わしは、疲れてなどおらぬぞ」

光匡は、皆でそう病人扱いするな……、と笑った。

「若。玄斎殿の申される通りになされました方が、宜しいのではありませぬか……」

又もや光匡の具合が悪くなっては一大事である、と石川は考えた様であった。

「さあさあ、こちらへ……」

光匡が再び何か言おうとしたのには委細構《いさいかま》わずに、和尚は彼を隣室《りんしつ》へと連れて行こうとした。

「拙者もご一緒に……」

当然のごとく石川が光国に従おうとしたのに、玄斎が声を掛けた。

「若殿様の今後のご養生に付きまして、石川様に少々お話し申し上げたきことがあるのでござります
が……」

「しかし……」

石川は、一時と言えども自分が光国から離れるのは心配だ、といった表情を見せていた。

「寺の庭には、数多《あまた》のご家来衆が守っておられます。大丈夫でござりますよ。それよりも石川殿。玄斎殿が柾平へ戻ってしまわれぬ内に、色々とお聞きしておかれた方が宜しいのではありませぬかな」

和尚の言葉に、石川はそれもそうだ……、と思ったのか、玄斎の前に座り直した。

「さあさあ、若殿様は、こちらにてお休みくださりませ」

和尚はこう言って、光国を隣の部屋へ、襖を閉めて更に奥の部屋へと連れて行った。

奥の部屋では、藤香、桃代、それに結城進之助が、光国が姿を見せるのを今か今かと待っていた。

「光国様……」

藤香はこう言って、愛しい男の胸の中に何も彼も忘れた様に飛び込んで行った。彼女は例の藤の花の模様の小袖を着て、この上も無く美しい姿であった。

「そなたは、藤香ではないか……。清津へ参っていたとは、知らなかったぞ」

光国は、信じられぬとの表情を見せて、彼女をしっかりと抱きしめた。

「藤姫様は、若殿様にお会いしたいと、もう半月以上もこのお寺にご滞在なされていたのでございますよ」

桃代も光匡の顔を見て、嬉しそうにこう言った。彼女は桃の柄の小袖を身に着け、今日は念入りに化粧もしていた。

「この度は、大変なことでございましたな。もう御怪我の方は、すっかり宜しいのでございますか……？」

その傍《かたわ》らからは進之助が、心配そうに光匡を見やった。

「懐かしい顔が、揃うている様じゃな」

光匡は大層嬉しそうであった。

「……父上がご息災《そくさい》であられし頃は、この清津も平和であったに……。過日は有明橋で、分家《ぶんけ》の靖影殿が命を奪われて、ここのところ物騒なことばかりが続いておるが……」

光匡はこの様に言いながら、藤香と並んで座った。

「左様に申しますれば、その時に嘉平も危うく殺されそうになったそうにございますね……」

藤香も、危険な世の中になって来たものじゃ……、と眉をひそめながらこう言った。

——藤姫様が、何故にそのことを……。

進之助は大層驚いた様子で桃代の顔を見た。

「それは、どういうことなのじゃ……？」

光匡も怪訝《けげん》な表情をして藤香に尋ねた。

「私も、詳しいことは存じませぬ。小太郎殿より、聞いたのでございますが……」

——小太郎は、この度の出来事を光匡様にも知っていて頂きたいと、藤姫様に敢《あ》えてお話し申し上げたのか……。

進之助は朧気《おぼろけ》にそう感じた。

「進之助は、何か存じておるのか…?」

「……」

彼はその様に問われて、何と答えたら良いものかとしばし考えていた。

「若殿様が続いて二度もお命を狙われましたのは、唐沢靖影様の手の者達の仕業《しわざ》でございましたとは、ご存知であられましょうか……?」

この時、桃代が代わりにこう尋ねた。

「石川から聞いた……。怪《け》しからぬ話じゃな」

光匡は、それが母桐乃の信頼している叔父の息子、即ち彼女には従姉弟に当たる男であっただけに、深い憤《いきどお》りを覚えている様子であった。

「その靖影様を、石川安敏様の息の掛かりました者達が、討ち果たした……、と申しますことは……?」

「桃代どの……」

進之助はここで、強い口調で彼女の言葉を遮《さえぎ》ろうとした。

「何じゃと……。進之助、桃代のただ今申した事は、真なのか？　どうなのじゃ……」

光匡は鋭い眼差《まなざ》しを進之助へ向けた。

「若殿は、この度のことに付きまして、どの様な報告を受けておられるのでございましょうか……？」

進之助は、逆にこう問い返した。

「靖影殿は、わしの見舞いにお出でくださる途中に、賊に襲われて落命した。その賊を我が城の者達が討ち果たそうとしたが、仲間が現れてその賊を連れ去ってしまった……。この様なことであったが……」

「その賊を指揮なされましたは、他ならぬ石川様ご本人でございます」

「桃代どの」

進之助は、再び彼女を止めようとした。

「進之助。そなたは何故、桃代の言葉を遮《さえぎ》ってばかりいるのじゃ？」

光匡は些《いささ》か不快な表情を見せた。

「石川様は、光匡様のお守役であられます故に、進之助様はご遠慮申し上げているのでございましょう」

「桃代どの、よさぬか……」

進之助は、何故に桃代がこの様に軽薄《けいはく》に喋《しゃべ》りたがるのかと、訝《いぶか》しく思った。確たる証拠が揃《そろ》わぬことを光匡に話しても、石川が不知《しら》を切《き》ってしまえばそれ迄である、と彼は慎重《しんちょう》に構えていた。有明橋の一件を立証したいと嘉平に証言を求めることは、彼の身に大きな危険が伴うことであり、その様なことは進之助の望まぬところであった。

「桃代、構わぬ。詳《くわ》しきことを話してみよ」

光匡は厳《きび》しい口調で言った。

「さりながら進之助様が、私を睨《にら》んでおられます」

桃代は訴《うった》える様に光匡を見た。

——桃代どのの態度が、いつもとは些《いささ》か違っている様な……。

進之助は朧気にそう感じた。

「……わしは、この身を狙《ねら》われている故に呉々も用心致せ、と安敏《やすとし》が申しておったのう」

光匡はこう言って進之助の顔を見、更に続けた。

「進之助。済まぬが、部屋の外へ出て見張りをしてはくれぬか……」

「はい。しかしながら……」

進之助は、光匡の身が気掛かりなのは勿論《もちろん》であったが、桃代が果してこの後、どの様なことを彼に話そうとしているのであろうかと、気になっていた。光匡は既に、かつて竜巻寺へ気安く出入りしていた頃の、若君ではないのである。影の者が亡き靖匡の代わりを務めているとはいっても、今や光匡が清津の国の主であることは、厳然《げんぜん》たる事実なのであった。その光匡に、確たる証拠もなく事実を話すのは、差《さ》し控《ひか》えるべきであろう、と進之助には思われた。

「すぐに、廊下へ出るのじゃ」

しかし光匡は、厳しい口調で更に命じた。

「はあ……」

進之助は戸惑《とまど》っていた。

「早う致せ」

光匡に重ねてこう言われて、彼は仕方なく部屋から出た。進之助は、桃代がこの後光匡に有明橋での出来事をどの様に話すのか、知りたいと思った。しかし光匡から外の見張りをするようにと命じられてしまった今、部屋に戻る訳にはいかなかった。そっと立ち聞きするのも如何《いかが》なものか……と、廊下をうろうろする内に、彼は石川安敏に見付かってしまった。

「そなたは、結城進之助ではないか……」

石川はこう言って近付いて来た。進之助は、嫌な奴と顔を合わせたものだ……、と思った。

「この様な所で、一体何をしているのじゃ？　そなたは、靖匡公には色々とご厄介になっておきながら、殿がお亡くなりになるとこれ幸いとばかりに、若殿のお側より離れた。何とも恩知らずな奴め」

石川は険悪な表情で進之助を見ていた。

――この様な男と一緒にいとうはないが、こ奴をこれ以上先へやることは断じて出来ぬ。若殿が藤姫様とお会いになっているところを見られては、お二方は勿論のこと、安然和尚殿にもご迷惑が掛かってしまう。

どうしたものか……、と進之助は困惑した。

「石川殿……」

そこへ小太郎が姿を見せた。彼は意識して、近習の中では自らが光国の一番近い所を守るようにと心掛けていたのであった。

「小太郎。進之助は、何故この様な所におるのじゃ？　よもや、若殿を……」

石川は、疑わしそうに進之助の顔を見やった。

「……某は、やはり唐沢家にお仕えさせて頂きたいものと、近藤殿を頼ることを思い付いたのでござる。この寺には近藤殿の供として、陰ながら付いて参りました」

進之助は咄嗟《とっさ》にこう言った。

「今更、何を申すか……。そなたの様な恩知らずは、たとえ若殿が許す……、と申されたとしても、拙者が断じて許しはせぬ。とっとと、消え失せろ」

石川は語気も荒くこう言った。

「実は……、田中智行《たなかともゆき》の行方でござるが……」

この時小太郎は、石川の近くに寄って小声で囁《ささや》いた。

「何、田中の行方、じゃと……？」

石川はぎくりとした様であった。

「田中殿と申されますのは……？」

進之助は素知らぬ顔をして尋ねた。田中智行という男が、石川安敏に取り入って光匡と桐乃の墓参の日取りを変えさせた。しかしその彼こそが、実は鶴掛城からの回し者であったとは、既《すで》に嘉平が探り出していたのである。

「進之助。他所者《よそもの》のお前には、関係のないことじゃ。お前は暫《しばら》くここを守って、誰も奥へ入れてはならぬぞ。さあ、石川殿。進之助は、よもや若殿のお命を狙《ねろ》うたりは致しませぬでしょう。某が責任を持ちます故に……」

小太郎は石川を促《うなが》した。石川も進之助にその様な話を聞かれてはまずいと思ったのか、小太郎と共にその場から離れて行った。

──田中智行か……。何もその男の足取りに付いて、ここで話す必要もなかったであろうに……。

小太郎は、石川殿をこの場から遠ざけてくれたのか……。

進之助には、ふとその様に感じられた。

「何時の間にやら、あの様な者が幅をきかす御家中になってしまったとは……」

この時安然和尚が姿を見せて、嘆《なげ》かわしそうに溜《た》め息《いき》をついた。

「石川殿に、若殿様と藤姫様がご一緒のところを見られてしまっては一大事じゃ。小太郎殿では、そうは時間稼ぎも出来ぬであろう。どれ、愚僧があの男をからかって、足止めしてやりましょうかのう。進之助殿。この奥へは、決して誰も近付けてはなりませせぬぞ」

和尚はこう言って石川の後を追った。進之助は和尚にも小太郎にも、手を合わせたい様な気持ちで、その場を守っていた。やがて桃代が部屋から出て来た。

「一体そなたは、若殿には何を申し上げたのじゃ……？」

進之助は心配そうに尋ねた。

「有明橋におきまして、実際にはどの様な事が起きましたのか、若殿には是非とも事実を知っておいて頂きたいものだ……、と近藤様は申されていました。確かに真の事は何もご存知ないお殿様では、光匡様もお気の毒ではありませぬか……」

桃代も、小太郎の考えには賛成である様な口振りであった。

「それで、そなたは……」

小太郎は、余程石川には腹を据《す》え兼《か》ねているのであろう……、と進之助も感じた。

「して、有明橋のことは、若殿にはどの様にお話し申し上げたのじゃ？」

進之助には、それが非常に気になっていた。

「女子は、愚かでお喋《しゃべ》りなものにござります」

桃代はここで、にっこりと笑った。

「桃代どの……」

進之助は意外そうに彼女を見た。

「女子の私が何を申し上げましても、後で進之助様や近藤様がいか様《よう》にも取り繕《つくろ》うことは出来ましょう。直接若殿様に言上されました事とは、重さが違います」

「……」

進之助は、呆れた様な表情を見せた。

「男は賢く、女は愚かである……。この様な考え方は悲しゅうござりますが、それが現実の風潮《ふうちょう》でありましたなら、この際それを利用してみますのも……」

桃代は口元に笑みさえ浮かべていた。

「そなたは……」

進之助は、一体これは、いかなる女子なのであろうか…、と思った。

「されど、私はついお話に夢中になってしまい、気が付きましたら藤姫様が、桃代も何と気が利《き》かぬ……、といったお顔をなされていましたので、慌てて退出して参りました」

桃代はここで、無邪気な表情を見せた。

「……話に夢中に、じゃと？　それは、どの様に……？」

進之助は、何となく嫌な予感がした。その時である。

「曲者《くせもの》じゃ」

遠くで、この様な声が聞こえた様であった。

「光国様と藤姫様に、早速《さっそく》お知らせを……」

桃代はさっと顔色を変えた。

「俺が様子を見てくる程に、しばし待て。そなたは、誰かに顔を見られぬように致せよ」

進之助は、せっかくの光匡と藤香の逢瀬《おうせ》の、邪魔をしても気の毒だと思った。取るに足らぬ事を大袈裟に騒ぎ立てるというのも良くあることと、それを確かめようと彼は庭へ降りた。

「…やはり、気の所為《せい》であったのか……」

暫《しば》くして、辺りを油断なく見回った進之助が呟く様に言って、桃代の所へ戻ろうとした時、小太郎が姿を見せた。

「何か、あったのか……？」

進之助は心配そうに尋ねた。

「賊《ぞく》を捕らえた」

小太郎は淡々とした口調であった。

「それにしては、大した騒ぎにはならなかった様だが……」

相手が余りに平然としているので、進之助は怪訝《けげん》な表情を見せた。

「藤姫様が、やっと若殿にお会いなされたのじゃ。騒ぎ立ててお邪魔をしても、お気の毒ではないか……」

「しかし……」

賊が本当に忍び込んだとあれば、光匡と藤香の逢瀬《おうせ》どころではないであろう……、と進之助は思った。

「安心しろ。賊は一人じゃ。かなり腕は立つ様であったが、俺が取り押さえた」

小太郎はにやりと笑った。彼は己の腕には自信を持っているのであった。

「石川殿は……？」

「賊が一人と聞いて、急に気を強くされて、今その男を取り調べておられる」

小太郎は蔑《さげす》む様に言った。二人は賊が捕らえられている物置小屋へと行ってみた。

「……石川殿も、ひどいことをされる。何もあそこまで……」

間もなく小太郎は、こう言って目を背《そむ》けた。石川安敏は賊に対して、過酷《かこく》な取り調べをしていた。

「賊が忍び込んだと聞いた時にはびくびくしておられたくせに、相手が一人でしかも捕らえたと分かった途端《とたん》に、人が変わった様に強うなられたな……」

小太郎は吐《は》き捨《す》てる様に言ったが、この時進之助は、賊の顔を見てはっとした。

――もしや、中沢喜七朗殿ではないのか……。

それは、先日鶴掛城の近くの浜辺で出会い、彼が好感を覚えた男であった。

「あの男は、何の為にここへ忍び込んで来たのであろうか……？」

進之助は素知らぬ顔をして、小太郎にこう尋ねた。

「分からぬ。一切、口を開こうとはせぬのだ」

小太郎は眉《まゆ》をひそめて更に続けた。

「考えて見れば、おかしな男だ。寺の塀《へい》を乗り越えて入って来た様だが、ただ一人で仲間も連れてはおらぬらしい。辺りの様子をしきりに窺《うかが》っていたが、一体何をしていたのか……」

小太郎は不思議そうな顔をしていた。

——あの男は、真実を知りたかったのではないのか…。しかし生憎《あいにく》、嘉平殿の様な技を持ってはいなかった故に……。

進之助は、ふとその様な気がした。

——中沢殿の主の亡き唐沢靖影様は、本家の光匡様に取って代わりたいものと、二度までも刺客《しかく》を放った。明らかに靖影様には非があったのだ。しかしこの世の中に、その様なことは珍しい事ではない。もし、松ヶ枝城の仕返しに遭《あ》って靖影様がお命を落とされた……、ということに中沢殿が気付いたとしたら……。

彼の心中は複雑であった。

「石川殿は、あの男をどうするお積りであろうか……?」

進之助は尋ねた。

「あの男は、頑《がん》として口を割らぬ。自分の名前さえも言おうとはしない。何処から何の目的で、ここへやって来たのかも申さぬ。城へ連れ帰り、さらに厳しく調べようとのお考えであろう」

「それでも、口を割らなかった場合には……?」

進之助は何とも心配そうな顔をしていた。

「狼藉者《ろうぜきもの》として、暫首《ざんしゅ》ということになるのか……。しかしあの様子では、その前に石川殿に責め殺されてしまうのではないか……」

　小太郎も暗い顔をしていた。

「……本当に他に仲間はいないのか、気になるな。俺が辺りの様子を見て来よう」

　進之助は居たたまれぬ気持ちとなり、こう言ってその場から離れた。彼はすぐに嘉平の部屋へと行った。嘉平は、有明橋の一件があった故に、この度は部屋にじっと身を潜《ひそ》めているように……、と和尚から忠告されていたのであった。

「是非、そこ許のお力をお貸し頂きたいのでござります」

　何としても中沢という男の命を助けたいものと、進之助はいきなり嘉平の前に頭を下げた。

「お主は、一体、如何されたのじゃ……？」

　嘉平は非常に驚いた様子であった。

「訳は、後ほどお話しします。至急嘉平殿のお力を貸して頂きたいのでござる」

　進之助は頭を下げたままこう言い、やがてやや顔を上げると更に続けた。

「そこ許の御身に危険が及びましては、某の立《た》つ瀬《せ》がござりませぬ。しかしながら、遠くから唐沢家の侍達を操《あや》って頂けましたならと……」

　無茶な依頼だとは、進之助もよく承知していた。嘉平はそんな進之助を、困惑した表情で見ていた。

「……有明橋では、拙者は春元様のお陰にて命拾いした。春元様のご家来衆をお連れくださったは、結城殿でござったな」

ややあって、嘉平はこう口を開いた。

「某はそういう積もりで、この様なことをお願いしている訳ではございませぬ。あくまでも嘉平殿のお腕前に、お縋《すが》りしたく……」

進之助は、その様に見られるのは心外だと思った。彼が嘉平に求めているのは、あくまでも搦め手《からて》からの支援であって、危険を冒《おか》して欲しいと思っているわけではない。しかし嘉平が命のやり取りに巻き込まれてしまうということも、有得《ありえ》ないことではなかった。この場合、進之助が嘉平に恩を着せたと思われたとしても致仕方なかったかと、彼は後悔していた。

「……まあ、良いでござろう。拙者は、唐沢家の方々に意趣返《いしゅがえ》しの一つもしてやりたいとの思いが、無い訳ではござらぬ、でな」

「嘉平殿……」

思わぬ言葉に、進之助は何とも複雑な表情を浮かべていた。

「……石川殿。そろそろ城へお戻りになる時刻にござります」

その頃小太郎は、石川をこう促していた。相変わらず石川は、捕らえた賊を執拗《しつよう》に責めていたが、男は頑《がん》として口を開こうとはしないのであった。

「しぶとい奴め」

石川は忌ま忌ましそうに言った。その時であった。

「曲者だ……」

けたたましい声が聞こえて来た。小太郎も石川も、はっとして耳をすませた。

「曲者にござる」

「若殿が……」

奥の部屋の方が、やけに騒々《そうぞう》しかった。小太郎は慌ててその方へと走って行った。

「小太郎……」

石川も心細い様子で後を追おうとしたが、すぐに小屋へ取って返した。

「何をしておる。お前たちも参れ。若殿の御身に何事かあったら、如何するのじゃ？」

石川は物置小屋の中で賊の見張りをしていた二人の家来にも、付いて来るようにと言った。

「しかし、この者をおいて行きますのも……」

見張りの男たちは、気掛かりな表情を見せた。

「ここは、一人でも良かろう。もう一人は拙者と共に参れ」

「……」

二人の侍は一瞬顔を見合わせたが、上役の命令とあっては致し方もないと、一人が石川に付いて行き、物置には一人の侍が残った。そこへ覆面をした男が、そっと中へ入って来た。

「お前は……」

それに気付いた侍が声を上げる間もなく、覆面の男はその者に当《あ》て身《み》を食らわせた。

「しっかりしろ」

覆面の男は、賊を助け起こして縄を解いた。

「これは酷《ひど》い。歩けるか……?」

「そこ許は……?」

賊の男は、いや、中沢喜七朗は、不思議そうに覆面の男の顔を見た。

「その様なことより、早う……」

覆面の男は、中沢を肩に担《かつ》ぐ様にして歩き出した。

——この身体では、とても寺の外へは出られまい。

覆面の男は、中沢を本堂へと連れて行った。奥の方では依然として騒ぎが続いていた。嘉平が神《しん》出鬼没《しゅつきぼつ》に、侍達を翻弄《ほんろう》しているのであろうと思われた。

「困った方ですな。もし見付かったら、どうされるお積もりか……?」

怪我の治療をして欲しいと本堂へ連れて来られた玄斎が、呆れた様に進之助の顔を見た。

「貴方のお手まで煩《わずら》わせるつもりはなかったが、余りにも傷が酷いのです。貴方は薬師であられるのですから、たとえ相手が賊ではあっても、どうぞ診《み》てやってください。お願いでござる」

「とにかく貴方は、見張りの方を宜しく……」

こう言って玄斎は中沢の手当てにかかった。

「……誰か来ます」

暫くして、進之助が慌ててそう囁《ささや》いた。二人は急ぎ中沢を本尊の安置してある後ろへと隠したが、姿を見せたのは近藤小太郎であった。

「進之助。この様な所で、一体何をしているのじゃ……？　玄斎殿も、ご一緒か……」

「小太郎か……。不覚を取った」

進之助は、面目なさそうに言った。

「賊と立ち合っていて、嫌という程腰を打ってしまった。玄斎殿に、診《み》て頂いているところじゃ」

「お前がやられたとは、賊も大した腕前だな」

小太郎は心配そうに近付いて来た。

「何とも、締《し》まらぬ話でな。賊と渡り合っていて、欄干《らんかん》から足を滑《すべ》らせて落ちたのだ。土の上で良かった。石にでも頭を打ち付けていたら、厄介であったな」

進之助は顔をしかめて見せた。玄斎は、何処にも怪我などはしていない進之助が苦しい言い訳をしているのが、何ともおかしかった。刀傷は素人の目にもわかるが、打ち身は分かり難いものであった。

「お前は、少々日頃の鍛練《たんれん》が足りぬのではないのか……？」

小太郎は呆れた様な顔をした。

「俺も、そう思った……」

進之助は苦笑いして心の動揺を隠した。

「賊は捕らえましたか……？」

玄斎がここで、話を逸《そ》らすかの様にこう尋ねた。

「逃げられた様です」

小太郎は腹立たしそうに答えた。

「おまけに、物置小屋に捕らえていた賊の一味と思われる者にまで逃げられてしまった……」

「仲間が、助け出したのであろうか……？」

進之助は多分に後ろめたさを感じながら、この様に尋ねた。

「見張りの侍に、覆面の男が当て身をくらわせたそうだ。何人であったのかは、分からぬらしい」

「見張りは、お一人だけだったのでしょうか……？」

玄斎が不思議そうに尋ねた。まだ深い事情を打ち明けられた訳ではない彼には、何となく間の抜けた話の様に感じられたのである。

「曲者…、という声にうろたえた石川殿が、見張りの侍を一人残しただけで、奥へと行ってしまわれたのだ。何とも馬鹿げたことじゃ。捕らえた賊には、あの様に強い態度を取っておられたくせに、賊の仲間の仕返しを恐れたのであろうか……」

小太郎は侮蔑的《ぶべつてき》に言った。

「しかし若殿がご無事で、本当に宜しゅうござりましたな」

玄斎は小太郎を慰《なぐさ》める様な口調であった。

「確かに、左様でござるな。若殿はこれよりご帰城《きじょう》なされます」

「それでは、お見送り致さねば……」

進之助は立ち上がろうとして、わざと顔を歪《ゆが》めて屈《しゃが》み込《こ》んでしまった。

「案外腰を強く打たれた様ですな。暫くはここで、じっとしておられませ。身共が若殿様をお見送りして参りましょう」

玄斎はこう言って立ち上がった。中沢を一人で残しておくのは、危険であろうと思われた。

「進之助。本当に、大丈夫なのか……?」

小太郎は何時しか心配そうな面持ちになっていた。

「大丈夫だ。玄斎殿が付いていてくださる」

進之助は小太郎には何とも申し訳ない気持ちでこう答えた。

その夜、闇《やみ》に紛《まぎ》れて進之助は、中沢喜七朗を竜巻寺から連れ出した。中沢は玄斎から怪我の治療を受けたが、その間もそれから後も、一言《ひとこと》も口をきこうとはしなかった。

「何処まで行く積もりでござるか……?」

その中沢が、漸《ようや》く口を開いた。

「鶴掛城に近い所まで……」

進之助は答えた。

「今度はそこ許が掴《つか》まってしまいますぞ」

「それは、困る」

進之助はこう言って口許を綻ばせた。

「あの時と、同じ笑顔だ……」

中沢は口惜しそうに言った。

「某は、その顔にすっかり騙《だま》されてしまった……。そこ許は他人《ひと》を騙すのが上手《うま》い様だ」

「……」

進之助は言葉もない。やり切れぬ気持ちであった。中沢が責め立てられるのを見るに忍びなかった
とはいえ、今度は近藤小太郎を欺《あざむ》いてしまった……、との後悔に苦しんでいた。

──小太郎は、俺が腰を打ったとの嘘《うそ》を、本気で案じてくれたと申すに……。

しかし、この男をあのまま見殺しには出来なかった……、との思いもあった。松ヶ枝城へ連れて行かれてしまっては、最早進之助の力ではどうすることも出来なかったのである。

「そこ許が、まさか唐沢光国様のご家来であったとは、気が付かなかった……」

ここで中沢は自嘲《じちょうてき》的に呟く様に言った。

「某は、伏見春元の家来、と申した筈でござる」

進之助は憤然《ふんぜん》として言い返した。

「この期《ご》に及《およ》んで、まだ白々しい嘘を……」

中沢は、その様な男の肩を借りて歩いていることが、一時と言えども耐えられなくなってきた。

「某は、一人で帰る」

「その身体では無理であろう」

「貴様などに助けられるより、増しじゃ」

中沢はこう言うと、進之助の身体を振り払って歩き出した。

――俺がこの男であったとしても、やはり同じ様に言ったであろう……。

進之助はここまで来れば、最早松ヶ枝城の者達の手も及《およ》び難《かた》いであろう……、と思った。

「一つだけ聞いてくれ」

彼は中沢の背中に向かって、必死に語り掛けた。

「この間の返答だ。もし、春元様が誰かに討ち取られる様なことがあったら、我が主に非があった時でも……、某はやはり、仇《あだ》は討《う》ちたいと思う。そこ許の様な無謀な行為も、取るに相違無い……、と気付いた……」

よろよろと歩いていた中沢の足が、この時ぴたりと止まった。

「伏見春元様ではのうて、唐沢光国様であろうが……」

「某は、本当に春元様の家来なのだ。しかし訳あって人を切り、勝山にはいられぬ様になって、春元様のご配慮で唐沢家に匿《かくま》って頂いた。靖国様、光国様には、今でも御恩を感じているのは確かだが、某はあくまでも春元様の家来でいたいのじゃ」

「……」

中沢は無言であった。進之助は彼に駆け寄って更に続けた。

「そこ許のご主君唐沢靖影様は、二度までも光国様に刺客を放ち、遂には大怪我をさせた。その後今度は靖影様が、有明橋で襲われて落命なされた。賊は見知らぬ男達であった……、と言われているが、何故そこ許は、光匡様の回りを探ろうとしたのか……？　某は、その訳を、是非とも知りたい」

中沢喜七朗は、唐沢靖影を討ち取ったのは松ヶ枝城に関わりのある者に相違《そうい》無《な》い……、と確信している。進之助には、何故かその様に思われた。

「そう迄して、己の手柄《てがら》が欲しいのか……」

中沢は振り向きざま、怒りに任せて進之助の頬をはたいた。

「……そなたは、かわそうともせぬのか……」

彼は意外そうに進之助を見た。

「某はあの時、確かに偽りを申した……。そこ許と初めて出会った時には、鶴掛城の情勢が知りたいと出掛けて行ったのだ。靖影様が亡くなられて、どの様な事態になっているのか、知りたかった……」

進之助はやり切れぬ気持ちでこう口にした。

「光匡様の周囲を探ろうとしたのは、単なる某の勘じゃ。そなたとて、鶴掛城の情勢を知りたかったと、たった今申したではないか……」

思い掛けず、ここで中沢はこの様に答えてきた。

「………」

中沢喜七朗は、明らかに有明橋で主の唐沢靖影を討ったのは、松ヶ枝城の息の掛かった者達であると気付いている。進之助はそう悟った。近藤小太郎が知ったら、生かしてはおけぬ男であると思われた。いや、光国には恩のある自らにとっても……。

「どうした？」

中沢は挑《いど》む様に進之助を見た。今、進之助が刀を抜いたら、一溜《ひとた》まりもないと思われる身体で……。

「……」

進之助はしかし、静かな瞳で中沢を見返した。

「変った男だな……」

中沢は拍子抜けした様に言った。

――やはりこの男は、俺に切り掛からせて、逆に討ち取ろうとの腹《はら》であったか……。

進之助はその様に感じた。見縊《みくび》られたものだ、との気持ちもあった。

「確かにそなたは、伏見春元様のご家来である様だ。唐沢家の家臣が、某を見逃す筈はない」

中沢の言葉からは、多分に侮蔑的《ぶべつてき》なものが感じられた。

――馬鹿にするな。俺の光国様への気持ちは、その様に軽いものではない。

進之助はそう言ってやりたかった。しかし彼は、黙ってじっと中沢を見つめていた。

「さらばじゃ。お互いに、もう二度と会わぬ方が良さそうだな……」

中沢はこう言うと、進之助にくるりと背を向け、再びおぼつかぬ足取りで歩き出した。

――鶴掛城の近くの浜で出会った時には、中沢殿は俺にまた会いたいと言い、俺もその様に思うたものを……。

進之助の胸中は複雑であった。しかし彼は、遂に沈黙を保ってはいられぬ様になった。

「頼む。命を、粗末にしないでくれ。そこ許ほどの男が……、惜しいと思う……」

進之助は、無我夢中《むがむちゅう》でこう口にしていた。だが、中沢は再び振り返ろうとはしなかった。

「……あの男が、春元様か光匡様のお側にいたら……」

進之助は辛そうに低い声で言った。あれは有為《ゆうい》の士《し》、将来かならずや何か大きな事を成《な》し遂《と》げる男に相違ない、と彼は確信していた。

第十四章　歩みたい道

その頃玄斎は、藤香も漸《ようや》く光匡と会うことが出来たことではあり、これを潮《しお》に明朝は彼女と桃代を連れて柾平《まさひら》へ帰ろうと、供の五郎蔵にその支度を命じていた。いくら信頼のおける弟子の宗二《そうじ》に留守を任せて来たとはいえ、やはり自らの館のことは常に気に掛っていたのである。そこへ小太郎が訪ねて来た。

「石川殿は、玄斎殿が柾平へお帰りになる前に、もう一度若殿のお怪我のご回復状態を確かめて頂きたい……、と申しておりまするが……」

「光匡様のお側には、菖庵《しょうあん》殿がおられるではありませぬか……」

玄斎は困惑の表情を浮かべた。

「石川殿は、竜巻寺にて傷口を診て頂くべきであった。菖庵殿では頼りない故……、と申されました」

玄斎は、石川がその様なことを考えるに至ったことについて、深く責任を感じた。しかし自分が柾平へ帰ってしまえば、そうも言ってはいられぬ様になろう……と、清津に長居《ながい》は無用であるとの観を、更に強くしたのであった。

「それでは明朝、松ヶ枝城へお暇乞《いとまご》いに参上致しまして後、お城から下がって直《ただ》ちに柾平へ戻ること と致しましょう」

玄斎はその様に答えた。

「進之助も、勿論一緒でござろうな……?」

小太郎は気掛かりな様子で尋ねた。

「藤姫様、桃代どのと、美しい女性《にょしょう》がお二人も一緒なのです。柾平へ帰り着くまでには日も暮れるでしょう程に、下男の五郎蔵の他に、嘉平殿だけではなく、進之助殿にもご同行願う積もりでおります」

玄斎は、柾平から清津へと向かう道で、藤香の身にも桃代にも、何事も起こらずに済んで本当に良かった、と思っていた。しかし帰り道も、同じ様に何も起こらぬという保証はないのであった。そして、彼の愛する息子竹緒《たけお》は、進之助を兄の様に慕っている。年の離れた姉松子が他家へ嫁いで後、息子にとっては兄弟の様な男も必要であろう……、と玄斎は密かに考えていた。彼の目から見ても、進之助は竹緒の成長の為に有益な男であると思われるのであった。

「進之助の腰は、どうなったでござろうか……?」

この時小太郎は、心配そうに尋ねた。

「それは……」

玄斎は内心ぎくりとした。進之助は中沢喜七朗《なかざわきしちろう》という男を、松ヶ枝城の者達の目に届き難い所まで送って行きたいと言って出掛け、現在寺にはいないのである。

「進之助殿は、ただ今は奥で休んでおられますが……」

玄斎は素知らぬ顔でこう答えた。

「欄干《らんかん》から足を滑《すべ》らせたなどと……。本当に困った奴です。やはり、気が緩《ゆる》んでいたとしか思われぬ。どれ、一つ喝《かつ》を入れてやりましょうか……。明日、もしもご一行が賊にでも襲われて、女性方に何かあってからでは遅いですからな」

小太郎はこう言って、奥の部屋へ行こうとした。

「……近藤殿」

玄斎は慌てて声を掛けた。

「進之助殿の側には、桃代どのが居られます故に、今日のところは……」

「……左様でござるか……。確かに、桃代どのに恨まれたくはない。それでは明日、お手前方が柾平へお帰りになる前に、城から抜け出して参るとしましょう」

小太郎はこう言って引き上げて行った。

——さっぱりした、良い男だな……。

玄斎は、ほっと胸をなでおろした。

しかし嘘というのは、中々上手く隠し通せるものではなかった。小太郎は竜巻寺から出たところで、進之助にばったり出会ってしまった。

「お前は、何処へ行っていたのだ？」

小太郎は不思議そうな顔をした。

「……足慣《あしな》らしだ。痛めた腰が、このまま長引いては困るからな」

進之助は咄嗟《とっさ》にそう言った。

——玄斎殿は、進之助は奥の部屋で桃代どのと一緒だ……、と言っておられたが……。

小太郎は訝《いぶか》しく思った。そして光匡の帰城前に、進之助と玄斎が取った不可解な言動が彼の脳裏《のうり》に蘇《よみがえ》ってきた。

「先程お前は、本堂で一体何をしていたのだ？」

小太郎は厳《きび》しい口調で尋ねた。

「……だから、腰を打って……」

しかし進之助は、何となく歯切れが悪かった。

「俺に、何を隠しているのじゃ?」

小太郎はじっと進之助を見つめた。そこには、満月も遠からぬ月明りの中で、進之助の整った顔に困惑の表情が浮かんでいるのが、はっきりと見て取れた。

「……あの男を、送って行ったのだ」

進之助は、こう言って小太郎から目を逸《そ》らせた。

「あの男……?」

小太郎は不思議そうに聞き返した。

「昼間の賊だ」

「何だと……」

小太郎はいきなり、進之助の胸倉を掴《つか》んだ。

「それでは貴様が、あの男を逃がしたのか……?」

「そうだ……」

進之助は背《そむ》けていた目を、小太郎に戻した。

「訳を聞こう」

小太郎は険《けわ》しい表情でこう言うと、進之助から手を放した。

「あの賊は、中沢喜七朗と申す。鶴掛城の唐沢靖影様にお仕えしていた男だ」

「お前は、あの男の素性《すじょう》を知っていたのか……」

「……」

進之助は黙って頷いた。

「どの様な知り合いなのじゃ？」

「先日、お前から鶴掛城の様子を探って来て欲しい、と頼まれて出掛けて行ったが、その時、城のすぐ近くの浜辺で出会ったのだ」

「嘘を言うではない」

その様な知り合ったばかりの男を、自らも危険を侵《おか》してまで、何故助けねばならなかったのか、と小太郎は思った。その時誰かに見咎《みとが》められたとしたら、進之助とて徒《ただ》では済まされなかった筈である。

「表向きは、園田長和《そのだながかず》の異母弟長友《ながとも》なる男の仇《あだ》討ちによって落命されたと言われている靖影様の御逝《ごせい》去《きょ》について、中沢殿は松ヶ枝城からの差し金ではないか……、と気付いた様だ」

「お前は、左様に危険な男だと知りながら、逃がしたというのか……」

小太郎は気色《けしき》ばんだ。

「どちらも騙《だま》し討ちにしようとしたということでは、何等変わりないではないか……」

「お前は光匡様のお側から離れた故に、その様なことが言えるのだ」

小太郎は不快そうな顔をした。

「中沢殿は、おそらく靖影様が光国様に刺客《しかく》を送ることには反対だったのだ。それ故に、お側から遠ざけられてしまった。しかし靖影様が討ち取られて、下手人《げしゅにん》は靖影様が闇討ちにした元近習の弟が兄の仇を討った、として片付けられてしまった事件が、実は松ヶ枝城からの復讐ではなかったのか……、と気付いて、悩んでいたのだ」

進之助は、波打ち際で夢中で木太刀を振っていた中沢喜七朗の姿を思い浮かべた。

「石川殿などよりは、遥《はる》かに良い男じゃ」

進之助は、危なく石川の為に抹殺《まっさつ》されるところであった栄三郎と嘉平のことを思い、口惜しそうに言った。

「中沢とやら申す男は、お前に命を助けられて、さぞや喜んだであろうな……?」

小太郎は皮肉な口調で尋ねた。

「何の……。俺の頬を恨《うら》めしそうにはたいて、敵の片割《かたわ》れの手は借りぬと、よろよろと帰って行った。恐らく今宵は、何処かの荒《あば》ら屋《や》か荒れ寺の中にでも、夜露を凌《しの》ぐのであろう。とてもあの身体では鶴掛城までは帰れまい。知り人《しびと》の家にでも、辿《たど》り着ければ良いが……」

進之助はそう言って左の頬に手をやった。

「俺が中沢という男であったとしても、敵の情けなど受けるのは真っ平だと、やはり思ったであろうな……」

彼は呟く様に言った。

「ほう……。そうか……」

小太郎はそう言って、口元に不自然な笑みを浮かべた。

「左様なことを話して、俺がその中沢とやらの後を追って行ったとしたら、お前は如何する所存《しょぞん》なのか？」

「お前が、その様なことをする筈《はず》はないさ」

進之助はじっと小太郎を見つめた。

「しかし俺も、春元様が誰ぞに刺客を放って失敗され、反対に相手によって討たれてしまわれた場合には、中沢殿の様に相手を討つべきかどうかで悩むやも知れぬ。そしてやはり、仇は討ちたい、と思うに至ったであろう。それはもう、正しいか、正しくないか……、の問題ではないのだ」

進之助は、たとえ春元に非があったとしても、やはり敵《かたき》として相手を付《つ》け狙《ねら》わずにはいられぬであろうと、中沢に同情していた。

「勝手なことばかり言うな」

小太郎はこう叫ぶと、いきなり進之助の左の頬を力任せに殴った。進之助は不意を突かれて、もんどり打って倒れた。

「小太郎……」

進之助は倒されたまま、小太郎を見上げた。

「俺も、石川殿が中沢とかいう男をあの様に責めつけるのは、如何《いかが》なものかと思うた。しかしたとえそうであっても、賊を逃がそうとまでは決心がつかなかった……」

小太郎は忌ま忌ましそうに言った。

「お前の様に、自由に振る舞える立場が、羨《うらや》ましい」

彼はこう言うと、くるりと背を向けて走り去って行った。

「小太郎……」

進之助は小太郎の姿の消え去った彼方《かなた》を、いつまでも見つめていた。

「今日は、よく殴《なぐ》られる日だな……」

進之助は、何たる厄日《やくび》であろうか……、と思った。

翌日玄斎は、小太郎から依頼された通りに松ヶ枝城へ登城《とじょう》した。彼は城からは早々に退出して、その日の内に柾平へ帰る積もりでいたが、光匡や桐乃に引き止められて、竜巻寺へ戻って来たのは羊《ひつじ》の上刻《じょうこく》（午後二時）も過ぎた頃であった。

「これから出立したのでは、柾平へ帰り着くのは夜更《よふ》けになってしまう」

玄斎は、女性を二人連れていることではあり、出立《しゅったつ》は明朝にした方が良いであろうか……、と考えていた。やがて彼の後を追う様に、小太郎が訪ねて来た。

「流石の良い男も、台無しではないか……」

彼は、進之助の左の頬がかなり腫《は》れているのを見て、まるで己は無関係であるかの様な言い方をした。

「昨日竜巻寺へ忍び込んだ賊は、相当に腕が立った様でござります。掴《つか》み合《あ》いになって、進之助様を殴り付けたのだそうで……」

この時桃代が、腹立たしそうに言った。

「本当に、何という憎らしい賊なのでしょうか……。今度姿を見せた時には、私が脳天から一撃《いちげき》を加えて、進之助様の敵《かたき》を討ちとうござります」

彼女は、相当に腹を立てている様子であった。愛する進之助の顔立ちを、こうも歪《ゆが》めてしまって……、と考えれば考える程、彼女にはその賊が憎くなってきていた。

『玄斎様。元通りに治るでしょうか……？』

先ほども桃代は、気掛かりな様子で尋ねたものであった。

『光匡様のお怪我よりも、遥かに難しいでしょうな……』

玄斎は、桃代がそれを聞いて更に心配そうな表情を見せたのを、内心愉快に思っていた。喧嘩《けんか》をする度《たび》に男の顔がすべて歪《ゆが》んでしまったら、世の中にまともな顔の男は何人も残らぬでしょう、と言ってやろうかとは思いながらも、彼も密かに意地悪を楽しんでいる様である。

――男は、顔ではない……。

進之助は、何となく複雑な気持ちであった。彼には、自分が醜男《ぶおとこ》であったなら、桃代は全く興味を示さぬのであろうか……、とさえ思われた。

「……おい」

小太郎は急に心配そうな表情となって、進之助に近付くと小声で尋ねた。

「お前は桃代どのに、昨夜のことは一体どの様に話したのじゃ？」

昨晩はつい腹が立って、進之助を思い切り殴り倒した小太郎であった。しかし元より、進之助に恨みがあった訳ではない。まして桃代の存在など、彼はその時考えてもいなかったのである。

「……それにしても、何とも心優しい賊があったものでござりますな。刀は使わずに、素手《すで》で殴り付けて参ったなどとは……」

進之助が答えるよりも早く、玄斎がこう口を挟んできた。彼には昨夜小太郎が現れた前後の様子から、何事が起きたのかは何となく察しが付いている様である。

——玄斎殿は、中々に粋《いき》な御仁《ごじん》の様じゃな。

小太郎はそう思った。

「お前は寺の欄干から落ちたなどと何とも情けない様《ざま》であった故に、賊にもそんなに頬が腫れる程、殴られる羽目《はめ》になったのであろうよ」

小太郎は進之助の顔を見ながら、昨晩の憂《う》さを晴らすかの様に言った。一方、進之助も小声で、

「桃代どのは、その頬の腫れは一体どうしたのか……、と執拗《しつよう》に尋ねたのじゃ。俺は昨日の賊にやられた……、と答えておいたのだが、お前は嘘が大嫌いな様であるから、これから本当のことを桃代どのに話しても良いのだが……」

と、昨夜小太郎からいきなり殴られた、まるでその仇を討つかの様に囁《ささや》いた。

「……とんでもない」

小太郎は、桃代から脳天に一撃を加えたい程に憎まれるのは、真っ平だと思った。

「ところで近藤殿は、どの様な御用で見えたのですかな……？」

玄斎はここで、小太郎を助けるかの様にこう尋ねた。

「そうじゃ。若殿が、至急進之助に会いたいと仰せられた。俺と一緒に、松ヶ枝城へ登城してもらいたい」

小太郎も慌《あわ》てて、自らの役目を口にした。

「それは、藤姫様の間違いではござりませぬか……？」

ここで桃代が、咎《とが》める様に小太郎を見た。藤香は昨日の光国との束《つか》の間《ま》の逢背《おうせ》の後より、ぼんやりと物思いに耽《ふけ》ってばかりいた。それなのに……。光国が再び会いたいと言い出したのは、藤香ではなく進之助であったなどと……。一体光国は何を考えているのであろうかと、彼女は増々不機嫌になった。

「御方様のお目を気にされて、藤姫様を松ヶ枝城へお召しになる訳にも参られぬ光国様は、俺を呼ばれてこれから先の手筈《てはず》などを相談なさりたいのであろう」

進之助は軽い気持ちでこう言うと立ち上がった。

「小太郎、参ろうか……」

しかしそこへ嘉平が姿を見せ、進之助の前に立《た》ち塞《ふさ》がった。

「嘉平殿、如何なされましたか……？」

進之助は不思議そうに彼の顔を見た。

「拙者は昨日、和尚様より部屋からは出ぬようにと、硬く申し付かっていたのでござる。しかし何となく若殿の御身が気になり、光圀様、藤姫様、そして桃代どののお話を、あの時、失礼ながら天井裏から聞いておりました……」

「何でござりますと……？」

桃代は意外そうに聞き返した。

「進之助様が出て行かれました後で、私も暫くお話し申し上げましてから、光圀様、藤姫様をお二人だけにして差し上げましょうと、お部屋から出ました。まさか嘉平殿は、光圀様と藤姫様の秘めやかなお話までを……」

彼女は呆れた様な顔をしていた。

「拙者とて、それ程無粋《ぶすい》ではありませぬぞ」

流石に嘉平も、気分を害された様子であった。

「それでは、一体何をお聞きになったのでござりますか……？」

桃代は訝《いぶか》しそうな表情を見せ、更に付け加えた。

「私がお側におりました時には、別に変わったお話もありませんでしたが……」

彼女は、訳が分からぬ……、といった面持ちであった。

「まあ……、嘉平殿、進之助殿も、立たれたままでは、詳しいお話も出来ませぬ。近藤殿もお座りくだされ」

玄斎は落ち着いた様子でこう促《うなが》したが、内心そこはかとない不安を覚えていた。

「これより登城されたなら、おそらく光圀様は結城殿をお帰しにはならぬであろう……、と拙者には思われる」

皆が円くなる様に座ると、嘉平は思いがけない事を口にした。

「それは又、何故でござりますか？」

桃代は不思議そうに嘉平の顔を見つめた。

「そこ許は、聞き捨てならぬことを申される」

小太郎は、嘉平の言葉に大いに憤慨していた。

「何故に若殿が、左様なことをなされますのか……？」

この間、進之助は一言も口を挟《はさ》もうとはしなかった。

「桃代どの。そもじは些《いささ》か、結城殿の手柄話を大きゅう話してしまわれた様でござりますな」

「私が、でござりますか……？」

桃代は意外そうな表情を見せていた。

「この度の有明橋での襲撃に関しては、最初に石川殿の企《たくら》みに気付かれたのは、桃代どのにござった。

結城殿は、その時この清津にはおられなかった故……。然《しか》るに桃代どのは、何もかも結城殿の手柄として、若殿にはお話しなされた」

その言葉に、桃代ははっとした。

「……けれでも、実際に藍河《あいかわ》よりの助勢《じょせい》をお連れくださりましたのは、進之助様でござりました。私は、単なる想像を申し上げたに過ぎませぬ」

それに何よりも、女の身でその様なことを言い出したことを、桃代は光匡や藤香に自ら話すことが、気恥ずかしかったのである。

「しかしそれが、いけませんでしたな」

嘉平はずばりと言った。

「それは、何故でござりますか……？　進之助様とて、もしもこの清津におられましたなら、石川様の企みにはお気付きになられたと思われます」

桃代は不思議そうに尋ねた。相変わらず進之助は、黙ったままであった。

「恐らく近藤殿は、昨年の我孫子峠での出来事を、若殿には詳しゅうお話しになったのでござろう……？」

嘉平は、今度は小太郎に向かってその様に尋ねた。

「勿論お話し申し上げたが、それが何か……？」

小太郎は、狐に摘《つま》まれた様な顔をしていた。

「近藤殿のことでござる。それをご自身の手柄話にしようなどとは些《いささ》かも思われずに、結城殿のお働きも有りのままにお伝えなされたに相違ない」

嘉平の言葉に、小太郎にも感ずるものがあったのか、彼ははっとした様である。

「……そこへ桃代どのが、この度の有明橋での出来事を、自分の手柄話までも進之助のものとして話してしまった……、と申す訳か……」

小太郎にも嘉平の言わんとしていることが、ここで十分に察することが出来た。

――私は、何ということをしてしまったのか……。

桃代は深く後悔した。かつて安然和尚から、余計なことを言って隠していた足の怪我を悟られてしまい、牛を売りそこなった女の話を聞いたことがあった。『女賢《おんなさか》しゅうして牛売《うしう》りそこなう』などと批判的に言われている故事《こじ》も、その女性は牛を売ろうと懸命になっていたのであろうと、桃代は同情的に考えていた。しかし確かに、『口は災いの元』であると思われた。桃代は、売物ではない牛の優れた点を誇張して、元々牛を買いたがっていた男性を、更にその気にさせてしまった、というところであろうか……。

「進之助。確かにお前は、松ヶ枝城へは行かぬ方が良い。若殿はお前に未練《みれん》を持っておいでであった。そこへ我孫子峠、有明橋と、お前の活躍をお聞きになり、光国様はお前を手放されたことを後悔されたのだ。これから松ヶ枝城へ登城したら、本当にお前を帰してくださるかどうかは分からぬ。俺とて、今の松ヶ枝城にお前がいてくれたら……、と思うたことは、しばしばであった」

小太郎はこう言うと立ち上がった。

「進之助殿をお連れにならねば、貴方のお立場が……」

ここで玄斎が、心配そうに口を挟んだ。

「進之助は、一足違いで竜巻寺を立ち去った後でござりました、と申し上げます」

小太郎はきっぱりと言った。

「小太郎……」

進之助も立ち上がると、彼に何かを言おうとした。

「……自惚《うぬぼ》れるな。お前などが松ヶ枝城にはおらずとも、近習の若い者たちで力を合わせ、何時までも石川ごときをのさばらせてなどおくものか……」

小太郎はこう言って進之助の瞳をじっと見つめ、くるりと背を向けて足早に立ち去って行った。この時彼の脳裏には、自分の前に手をついた羽村栄三郎の姿が蘇《よみがえ》っていたのである。

『この件の片が付いたら、進之助を春元様の御許へ帰してやってくれ』

栄三郎はそう言って助力を申し出て、有明橋で命の危険に晒《さら》されたのであった。

「小太郎」

進之助は彼を追って廊下へと出た。小太郎がそれと気付く前から、光国の気持ちには察しが付いていた進之助なのであった。

——確かに、これから松ヶ枝城へ登城すれば、若殿は俺をお帰しくださらぬやも知れぬ……。しかし……。

……そうなっても、良いのではないか、と、ふと彼は思った。

——一滋殿《かずますどの》、栄三郎を始め……、春元様のお側には、若く良い家来たちが揃《そろ》っている。それに引き換え光匡様のお近くには、頭の堅い年寄りが余りにも多く、小太郎を始めとする若い者たちが若殿のお力になることを妨《さまた》げようとしている。俺が小太郎と力を合わせ、若輩の意見も聞き入れられる様な松ヶ枝城に出来たなら……。

……しかし、栄三郎から託《たく》された件は、この度の事件で未だに中途半端なままである。進之助は、迷っていた。

「嘉平殿……」

この時玄斎が、こう声を掛けた。

「藤姫様は、光匡様へのお目通りを無事にお済ませになりました。身共は今宵《こよい》、柾平へ藤姫様と桃代どのと帰ろうと思います。お願いしておきました通りに、一緒に行って頂けますでしょうな……？」

「今夜……、でござると……？」

嘉平は我が耳を疑った。

「拙者は、先日有明橋にて負った傷が、まだ癒《い》えてはおりませぬ」

彼は慌ててそう言った。

「貴方がお怪我をされたとは、伺ってはおりませんでしたが……」

玄斎は嘉平の顔をじろりと見た。

「……拙者の様な役割を致す者は、薬草などにより自ら手当てする方法も心得ております」

嘉平は、玄斎がとんでもない事を言い出したと、内心困惑していた。

「薬師《くすし》の身共がそれをお聞きしてしまいましたからには、そのままには捨て置けませぬ。どれ、拝見致しましょう。身共の部屋までお出でくだされ」

玄斎は嘉平を促した。

「桃代どの。お聞きの通りです。藤姫様共々、早うお支度をしてくださりませ」

玄斎は更にこう言った。

「本当に、これより出立致すのでございますか……?」

桃代は呆れた様に聞き返した。昨夜、玄斎から柾平へ帰ると聞かされてはいたが、彼が城から中々戻っては来なかった故に、出立は明朝になるであろうと判断していたのであった。

「身共は柾平の館を、これ以上留守にしておく訳には参らぬのです」

その様に言い残して、玄斎は嘉平を連れて部屋から出て行った。進之助は、廊下の柱に手を掛けて何事か考えている様子である。桃代はしばし、どうしたら良いであろうか……、と迷っていたが、突然、

「藤姫様、大変でございます……」

と叫ぶと、急いで部屋から出て行った。

玄斎の部屋では、彼と嘉平がひそひそと話し合っていた。

「一体結城殿は、この後どうされる積もりでござろうか……？」

嘉平が心配そうに尋ねた。

「分かりませぬ」

玄斎は静かに首を振った。

「たとえ結城殿が来てくださらぬとしても、本当に玄斎殿は今宵出立されますか……？」

その嘉平の言葉に、玄斎は黙って頷いた。

「それは、無茶でござる。それとも玄斎殿には、結城殿が付いて来られるとの、何か確かな証《あかし》でもおありなのでしょうか……？」

「全くありませぬ」

玄斎は涼しい顔をして答えた。

「拙者はまた、玄斎殿には何か思うところがおありで、今宵《こよい》の出立を言い出されたものとばかり思うておりましたに……」

「賭《か》けをしたのです」

玄斎はこう言って、口元を綻《ほころ》ばせた。

「賭けを……。して、勝算《しょうさん》の程は……？」

嘉平は気掛かりな様子で尋ねた。

「今のところ、四分六で、結城殿は松ヶ枝城の方へ行かれるでしょう」

「左様な……」

嘉平は呆れ果てた様な顔をした。この御仁は、度胸一つでこれまで世の中を渡って来た様だが、侍ではないのだ。腕の方は、全く役には立たぬのであろう……と、嘉平は玄斎の顔を困惑した表情でじっと見た。しかし玄斎は、相変わらず落ち着き払っているのであった。

「桃代どのに結城殿を説得してもらう……、と申すは如何でござろうか……?」

嘉平は、それならば……と、この様な意見を述べた。

「女子を使って良い場合もあるが、この場合は却《かえ》って逆の結果になると思われます。進之助殿は桃代どのの頼みに、簡単に決心を変えられる様なお方ではない」

「確かに左様に申されれば、その通りでござろう。しかしそれでもお手前は、今宵出立されるお積りでござるか?」

嘉平が念を押した。

「清津から柾平まで、身共はこれ迄にも幾度《いくたび》となく行き来したことがあります。何……、慣れた道なのです。たとえ夜道であったとしても、必ずや賊に出合うという訳でもありますまい」

「しかし……」

この度は、藤香、桃代という、女が二人も一緒なのであった。

「嘉平殿が一緒に行ってくださらなくとも、身共は下男の五郎蔵と、藤姫様、桃代どのをお連れして、今宵の内に必ずや柾平の国へ帰ります」

玄斎はきっぱりと言い切った。

「……分かり申した。拙者も、お供致しましょう」

嘉平は、ここで腹をくくった様である。その言葉に、玄斎はにっこりと笑った。

その頃進之助は、何とも困り果てていた。回りでは出発の準備が、着々と整っている様であった。

――今宵、女連れで立つなどとは、何とも無謀《むぼう》な話じゃ。いくらお忙しいお身体とは申せ、明朝の出立であっても、柾平へ着くのはそう変わらぬであろうに……。

進之助は玄斎に比べ、遥かに常識的な男の様である。彼は桃代に、玄斎の説得を頼もうとした。藤香の部屋と几帳《きちょう》で隔てられている桃代の所へ行くと、彼女は萩の模様の小袖を身に着けていた。

「桃代どの。その小袖は……？」

進之助がそれを目にしたのは初めてであった。

「まあ、進之助様……」

桃代はにっこりと笑った。その顔には、先日一滋《かずます》と会った時とは異なり、化粧が施《ほどこ》されていた。

「このお寺におりました頃、親しくしておりましたおつたと申す女子の着ておりましたものとこれを、取替《とりか》えっこしたのでござります」

桃代はこう言って、傍らに畳《たた》んであるつたの衣服に、愛《いと》おしそうに手をやった。

「取り替えたものを、どうしてそなたが身に着けているのじゃ？」

当然進之助は、不思議そうに聞き返した。

「……おつたは昨年の暮に、風邪《こじ》を拗らせて亡くなったそうにございます。私が竜巻寺の離れに押し入った賊に殺《あや》められ、屍《しかばね》は焼かれたとの話を信じたまま……。さぞや悲しんだことでございましょう。おつたの死を知って、私は本当に辛うございましたもの。この萩の小袖は、おつたの形見の品となってしまいました。私は、おつたを心ならずも欺《あざむ》いてしまったのでございます」

桃代はこう言って手で口を覆《おお》った。

「……桃代どのが、そのおつたどのとやらを騙《だま》した訳ではあるまい。離れに火がかけられたのは……」

進之助はこう言い掛けて口篭《くちご》もった。

「亡きお殿様が、私たちを守ってくださる為に……。それは、有難く思うております」

「………」

進之助の胸中は複雑である。竜巻寺の離れを焼いたのは『亡き殿のご内意』であったと、あの時我孫子峠で危うい目に遭った春宵尼《しゅんしょうに》を始めとする女たちは信じている筈であった。

「……けれども、私が本当は無事であったと密かに伝えたとしても、おつたはそれを他言《たごん》する様な娘ではございませんでした」

桃代は袖口で涙を抑えた。

「藤姫様は、必ずや私がお守り致します。進之助様は生兵法《なまびょうほう》じゃとお笑いになりましたが、今宵こそ『月華丸《げっかまる》』を手に、戦い貫《ぬ》いてみせます。この小袖を身に着けていれば、おつたも私たちを守ってくれましょう。もしおつたが、死んだと欺《あざむ》いた私を、許してくれたとしたら……」

「……そなたは、おつたどのが自分を恨んでいるのではないか……、と思うているのか……？」

　進之助は何となく嫌なものを感じた。もしつたが騙されたと恨みを持つとしたら、進之助こそが恨まれて然《しか》るべきであった。

「昨年お殿様のご葬儀でこの清津へ参りました折に、おつたに会おうと思えば、決して不可能ではありませんでしたものを……」

　あの頃自分は新しい生活に馴染《なじ》むのに精一杯で、つたを思いやることも出来なかったと、桃代は申し訳なく思っていた。

「玄斎殿を、そなたから説得するのじゃ。明朝ここを立ったとしても、然程《さほど》変わりはない筈であろう」

　突然進之助は、やや命令する様な口調で言った。

「玄斎様は、お忙しいお方なのでございます。よくぞ今まで、藤姫様にお付き合いくださりました。もうこれ以上のご無理は、お願い出来ませぬ」

「今宵の出立は、無謀じゃ」

「玄斎様が、大丈夫じゃと申されたのですから、大丈夫でございます」

　桃代はこう言って立ち上がった。その時であった。

「桃代どの。お支度は宜しいでしょうか……。ご一緒に安然和尚様にお別れのご挨拶を申し上げましょう。藤姫様をお呼びしてくださりませ」

玄斎がこう言って、嘉平と五郎蔵を伴って姿を見せた。

——お別れ……？

それは単に、柾平の国へ戻るとの意味にも取れる。しかし……。進之助は、更に嫌なものを感じた。

——必ずや安然和尚殿が、止めてくださるであろう……。

進之助にしては珍しく、他人を頼みとしていた。しかし和尚の部屋では何事か言い合う様な気配も無く、やがて彼も五人と一緒に廊下へと出て来た。

「幸い満月も近く、今宵は空も澄み渡っている様じゃが、呉々も気をつけて行かれよ」

和尚は、寺の外まで一行を送って行く模様であった。

——一体、俺は……。この後、どうしたいというのか……。

進之助の心は、激しく揺《ゆ》れていた。その時であった。

『どうしたら良いのか迷って、迷い抜いた時、それはもう自らがなしたい様に振る舞う以外には、致し方無いのではありますまいか……』

突然、かつて桃代が竜巻寺の離れで進之助に語った言《こと》の葉《は》が、鮮やかに蘇《よみがえ》ってきた。彼は、はっとした。

——俺は、やはり春元様の家来でいたいのだ。ここで松ヶ枝城へ行ったとしたら、自分はずっと清津からは離れられぬ身となってしまうやも知れぬ。ここは、一時の感情に流されてはならぬ時なのじゃ。

取るものも取《と》り敢《あ》えず廊下を走り出した進之助の前に、安然和尚の姿があった。

「此度《こたび》は、色々とお世話になりました」

進之助は足を止めると、こう言って深々と頭を下げた。

「迷いは、覚めましたかのう……」

和尚は人懐《ひとなつ》こい笑顔を浮かべていた。

「玄斎殿は、女子連れじゃ。まだ、そう遠くへ行かれてはいまいよ」

「和尚殿……」

進之助はぎくりとした。

――俺が、どちらへ行こうと決めたのか、ここで何も言わずとも和尚殿はご存知じゃ、と申すことなのか……。

彼は黙って、更に頭を下げた。

「気を付けて行かれよ」

和尚は走り去る進之助に、この様に声を掛けた。

「玄斎め。勝手な賭けに出おって……。相変わらず、良い度胸じゃな」

やがて和尚は、一人こう呟《つぶや》く様に言った。

「しかしわしも、それに荷担《かたん》したと申すことなのか……」

和尚は自室へ戻ると、暫《しばら》く腕組みをしてじっと考え込んでいた。

——靖匡様……。貴方様は、進之助を清津に留めて置きたいと思し召したことでござりましょうな。愚僧が口を挟めば、進之助を松ヶ枝城の方へ向かわせることも、確かに出来ましたでしょう。ほんに、お心にそぐわぬことをしてしまいました。しかし……。

あの男は、無理に光匡の側に置かずとも、唐沢家に一朝事《いっちょうこと》あらば、必ずや駆け付けて来る……。

和尚は、進之助をその様に見ていた。

——無理を通せば、必ずや亀裂《きれつ》が生じるもの。何事も、成り行きに任せましょう。自分を殺して生きると申しますは、決して幸せなことではありませぬ。

和尚はそう思った。

……わしも、大した破壊坊主《はかいぼうず》じゃ、と、彼は一人苦笑していた。

春には珍しい冴《さ》えた月が、玄斎の一行を照らした。五郎蔵は玄斎から何事かを命じられて、松明《たいまつ》を手に皆の先を急いだ。嘉平の松明に守られる様に藤香と桃代は並んで歩き、話をしていた。その二人の会話を聞くとはなしに耳にしながら、何時しか進之助は、ある事に気付いた。当然のことではあるが、藤香は光匡のことで、今や頭の中は一杯なのであろう。しきりに彼のことを話題にしようとした。しかし桃代は、藤香の話題をさりげなく他の方へ逸《そ》らせようとしていた。あたかも光匡の名前が出ることを、避けようとでもする様に……。誰ぞの耳に入るのを、防ごうとでもしているかの様に……。

——あの女子に、してやられたのでは……。

進之助は、何とはなしにそう気付いた。桃代がこの度のことで、彼に是非とも自分たちと一緒に行って欲しい、と頼んだとしたら、果たして進之助は何と答えたであろうか……。恐らくは、今とは全く逆の結果になっていたのではないか……。それ故に、その様なことは一切口にはせず、しかし結局は自らの願う方向へと、桃代は進之助の心を向けたのではないであろうか……。

——大体、玄斎殿の取られた行為は、何と考えても不自然であった。嘉平殿とて、行動に支障《ししょう》をきたす程の傷を負っておられる様には、到底見受けられぬ。

皆に、謀《はか》られたか……、と気付いても、進之助の思いは複雑であった。何故なら、最後の決断を下したのは、紛《まぎ》れもなく彼自身なのである。

「誠に、良い月夜でござりますなあ……」

この時、玄斎がこう語り掛けて来た。

——そこ許は、もし嘉平殿も某も同道しなかったとしたら、一体どうされるお積もりだったのでござるか……？

進之助は、是非とも聞きたいと思った。しかし今更、その様なことを口にしたくはなかった。

「身共は、今まで自らの思う通りに生きて来ました……」

しかし玄斎は、彼の思いも寄らぬことを話し始めた。

「勿論、安然和尚様を始めとして、良き助力者にも恵まれた」

「……」

進之助は無言であった。

「自分の思う通りに生きて来たのであれば、それがたとえ上手く行かなかったとしても、その責任は勿論、己自身にあるのです。しかし自らの思いに反した生き方をした場合には、振り返って誰かを恨みたくなるやも知れませせぬ」

「玄斎殿……」

進之助は複雑な面持ちで彼を見た。

「身共もこの年になって、そろそろどなたかの生き方に、お節介《せっかい》の一つも焼いて見たくなった……、とでも申すところでしょうかな……」

玄斎はこう言って微笑んだ。それは、暖かく清々《すがすが》しい笑顔であった。

我孫子山の麓に近付いた頃、一行は五郎蔵が大きな百姓家《ひゃくしょうや》の前に立っているのを見つけた。彼は玄斎に小さく頷いた様であった。

「こちらは、身共とは昔からの知り合いでしてな。夕餉《ゆうげ》を馳走《ちそう》して頂けるそうです」

玄斎はこう言うと、さっさと家の中へと入って行った。

かつて玄斎に命を助けられたという家の主は、心の籠《こも》った持て成しをしてくれた。皆の腹が満たされた頃……。

「どうぞこっちで休んでくだせえ。満足してもらえる支度はできなかったけど……」

この家の女房が、こう知らせてきた。

「ご造作《ぞうさ》をおかけ致します。この度は身共と五郎蔵だけではなく、大勢で押しかけまして、申し訳ござりませぬ」

玄斎はにっこりと笑った。

「とんでもねえことだ。正月には、倅《せがれ》ばかりか、じっつぁまも命拾いしただよ。咳《せき》がひでえもんで、もう駄目かと思ったもんだが……。ほんとに、まあ、師走《しわす》からひでえ風邪が流行《はや》ったもんだ」

親しげな女房の話し振りに、進之助も嘉平も、思わず顔を見合わせたものであった。

『そこ許は、もし嘉平殿も某も同道しなかったとしたら、一体どうされるお積もりだったのでござるか……？』

そう進之助が尋ねるまでもなく。誰が同行しようとしまいと、玄斎は自ら答えを示してきた様であった。

第十五章　賢弟《けんてい》

柾平へ戻った進之助は、再び竹緒《たけお》に剣の稽古をつけるようになった。

「嘉平殿も良いお人でしたが、やはり進之助様が一番です」

竹緒は心から喜んでいた。進之助はそんな竹緒の学問の相手もするようになった。

玄斎は柾平の館へ戻るや、多忙な日々をおくっていたが、息子が良き指導者に恵まれたことには大いに満足していた。

「進之助殿は、本当に教え方がお上手じゃ」

忙しい身体ではあったが、玄斎は竹緒の教育には気を配ってきた。かつての都での大乱の後、荒れ果てたその地を嫌い、地方へ逃れて来た学者がいると聞けば、大金を積んででも息子の師として教えを請《こ》うていた。しかし別に大した金を使わずとも、隣の屋敷に息子の役に立つ男が住んでいるのであるから、玄斎にとってこれ程有り難いことはないのである。進之助は竹緒の学問の相手をし、玄斎の招いた学者からは竹緒と共に講義を受けて、お互いに有益な時を持つことが出来た。

――やはり清津でわしの取った行為に、誤りはなかった。進之助殿も清津に残られるより、遥《はる》かに有益《ゆうえき》であったに相違無い。お互いの為になったと申すものよ。

玄斎はこう考えた。彼は春宵尼《しゅんしょうに》を始めとする女たちに見せている顔とは別に、中々にしたたかなところもある男の様であった。しかし一方では……。

「私も竹緒さまや進之助様が学んでおられるお隣の部屋で、お話を聞かせては頂けませぬでしょうか？　竜巻寺《りょうけんじ》の安然和尚様《あんねんおしょうさま》に色々とお教え頂くことも、今は適わぬ様になってしまいました。百合姫さまに教えて差し上げられる様なことを、少しでも学んでおきたいのです」

桃代は真剣な表情を見せていた

「隣の部屋などと申されずに、竹緒と一緒におられたら良い。女子が……、などと嫌な顔をされる方があったら、貴女は竹緒の侍女で、身供から竹緒が怠《なま》けぬように見張っていて欲しいと頼まれた、とでも申されたら宜しいでしょう」

「有難う存じます」

桃代は本当に嬉しそうな顔をした。玄斎は、『女子に学問など』と眉をひそめる様な男ではなかった。学問を身に付けて、それを人生に生かすことが出来るや否やは、男か、女であるかではなく、それぞれの資質《ししつ》と生活態度の問題である、というのが彼の考え方なのであった。

三田村玄斎の館には、その高名を伝え聞いて遠方から訪れる者が引きも切らず、また近辺の貧しい者たちも、毎日の様に出入りしていた。玄斎を名指《なざ》して来る患者の他は、例の宗二を含《ふく》めて既《すで》に代わりを務められる弟子が三人いて、大抵はその者たちが脈を取っていた。しかし難しい症状の患者は、玄斎自らが診た。患者の身分や懐具合は問題にしなかった。しかし彼は、有能なる薬師《くすし》として名が通っていた故に、その薬料《やくりょう》も決して安くはない。そして彼は、相手の区別なく料金の支払いを求めたが、それは決して貧しい者たちの容易《たやす》く払える金額ではなかった。

――身共の腕は、その辺りの薬師より遥かに上なのじゃ。それ故、並の薬師にかかったとしたら到底治らなかった様な病人も、身共は助けることが出来た。故に薬料の高いのは、当たり前である。

それは彼の誇りであった。しかし高い料金を請求したところで、相手にそれを支払えるだけの力がなければ、どう仕様もないのである。玄斎は薬料の請求はするが、その取り立てを無理にしようとはしなかった。

――払う積もりがあるなら、少しずつでも返したら良い。利子を付ける訳ではないのじゃ。

あとは、相手の気持ち次第である……、と玄斎は考えていた。その為に、彼に脈を取ってもらい、尚かつその支払いの滞《とどこお》っている者達の借金の額は膨大《ぼうだい》なものとなり、最早玄斎自身もその回りの者たちも、それを計算してみようとさえ思わぬのであった。もし仮に、秋月城《あきづきじょう》（三田村尚家の居城）をそっくり買い取るという様なことが出来るなら、決してその金子で買えぬことはないのではあるまいか……、などと言い出す者すらある程である。更に興味深いことには、薬料の支払いが滞っているにもかかわらず、平気な顔をして館へ出入りしている者もかなりの数に上っている。その中には、自らが生業《なりわい》としている野菜や柾平川で捕《と》れた魚を持ち込んで、勝手に借金との相殺《そうさい》を求める者もいたが、それに対してはその道には達者な下男がいて、玄斎はそれをも認めているのであった。しかし玄斎には、確たる信念がある。

『死んだ者の家族からは、その薬料を求めない』

命が助かってこその、薬師である。それが、彼の信条なのであった。

――それにしても、進之助殿も案外気の付かぬお人じゃな……。

玄斎はふと、その様に思った。清津にて、彼は中沢喜七朗《なかざわきしちろう》なる見知らぬ男の怪我の治療をさせられた。しかし中沢本人がその治療代を払わなかったのは勿論のこと、進之助も、その代わりに支払いをしようとの気振《けぶ》りすら見せなかった。

——進之助殿は、わしが薬師である故に、怪我人の治療をするのは当たり前である……、と思うておられるのじゃな。

しかし誇り高い玄斎は、それをおくびにも出そうとはしない。彼はこの度、清津の唐沢家からは過分なる謝礼を手にしていた故に、その様なものは取るに足らぬものではあった。多額な謝礼を支払おうとする者からは、遠慮なく受け入れる。それが玄斎の、今日ある基本的考え方ともなっていたのである。

『身共は、薬師として当然のことをしたに過ぎませぬ』

などとは、彼は間違っても口にせぬ男であった。

嘉平は玄斎のことを、侍ではない故に剣の心得はないのであろう……、と見ていたが、彼も遠い昔、剣の稽古をした覚えがある。柾平の領主の脇腹《わきばら》に生れ、寺へ修行に出されてしまう前の、ほんの僅《わず》かな間であった。しかし玄斎は、剣の稽古には興味を覚えたものである。

——わしも、進之助殿の様な良き師匠に恵まれていたなら……。

柾平の寺から抜け出して安然和尚の許へと逃れ、その後都へ上って後は、彼には木刀さえ握る機会もなくなっていた。

——竹緒は、幸せ者じゃ。

玄斎は結城進之助に、何時までも竹緒の側にいて欲しいと願った。しかしそれは、無理なことの様に思われた。

――世が世であれば、どこぞのご領主のお側で、存分に力を発揮されているお方なのであろうに……。竹緒よ。今、この時を、大切に致せ。

玄斎は、そう思っていた。

桃代が柾平へ帰って後も、菘は隙《すき》を窺《うかが》っては床に就いた百合香の寝所へと忍び込み、同じ褥《しとね》に休んで早朝こっそり帰って行くことを楽しんでいた。

――桃代の鼻を明かしてやった…。

それは、菘の密やかな喜びともなった。この頃では百合香も、こっそり部屋から抜け出しては玄斎の館へ忍んで行き、菘の部屋に泊まっていくことがあった。

――桃代も、案外気の付かぬこともある……。

百合香も、菘と二人の秘め事を楽しんでいた。

桃代の留守の間。それは菘にとって、何とも心地《ここち》好い日々であった。春宵尼は、菘を百合香と何等《なんら》隔《へだ》てなく扱った。楓は剣術の師匠として、柾平を留守にしている藤香、桃代の分も菘に稽古をつけてくれ、菘の日常にも細々《こまごま》とした愛情を注いでいた。たとえば、

『菘さま。お召し物の袖が綻《ほころ》びております。私が、繕《つくろ》って差し上げましょう』

などと、彼女は玄斎の館の女中たちが気付くより遥かに早く、菘の身の回りに気を配ってくれる様になった。菘が百合香と夜を共にするのは常となり、春宵尼も二人が親しい関係となってゆくのを、

喜んで見守っていた。

ところが桃代は、自らの留守中にどの様な事態が起きていたのか、やがて序々《じょじょ》に気付くことになった。しかし、それでも尚、彼女は見て見ぬ振りをした。

——菘さまの剣の上達は、素晴らしい。

楓は驚きを持ってそう感じた。

——桃代さまは、努力されて今の腕前になられたが、菘さまの腕は天性のものじゃ。桃代さまを抜く日も、そう遠くはないであろう。

彼女はそう思っていたが、それを口にしようとはしなかった。しかし桃代は、留守の間の飛躍《ひやくてき》的な菘の剣の成長に気付き、楓の感じたと同じ様なことを自らも認め始めた。

——七歳の年の差と、剣の道の一日《いちじつ》の長《ちょう》が、何程《なにほど》であろうか……。菘の腕は、あなどれぬ。頭を下げてまで味方になってもらおうとは思わぬが、無理に敵対し続けるのは愚かなことである、と桃代は考え始めた。負ける前に、誇りを保ったまま戦いは治めねばならぬ。彼女は菘を無視することによって、今のところ辛うじて己の誇りを保っている様であった。

原田嘉平は、清津へ羽村栄三郎と出掛けて行った頃とは異なり、柾平の春宵尼の屋敷で落ち着いた日々を過ごすようになっていた。唐沢靖匡《からさわやすまさ》に先立たれてぽっかり空いた心の穴は、容易《たやす》く埋《う》まらぬと思われたが、有明橋で唐沢家の家臣達に命を奪《うば》われそうになって後、彼の考え方には微妙《びみょう》な変化が見られる様になった。

――俺は、あの時死んだのじゃ。

彼はそう思った。もはや唐沢靖匡以外の主《あるじ》を持とうとは考えぬ嘉平ではあったが、彼は所詮《しょせん》『誰かの為に』でなければ生きてはいけぬ自分自身に気付いた。

――春宵尼様の為に、生きて行こう。

彼女は唐沢靖匡の側妻《そばめ》でもあった故に、二君に仕えたことにはならぬであろうし、靖匡公もお怒りにはなるまい……、と嘉平は考えた。

――この屋敷に居る限り、退屈はしないで済みそうじゃ。

嘉平は、退屈することが大嫌いなのであった。

ところで結城進之助は、師走《しわす》(陰暦十二月)の半ば過ぎから睦月《むつき》(陰暦一月)の末にかけて、一体何処で、何をしていたのであろうか……。嘉平は、桃代の問いに対して、

『結城殿の行方を求めて、勝山の国へ参り、やっと会うことが出来たのが、勝山に入って二日目のこと。東雲城《しののめじょう》に於いて……』

との趣旨《しゅし》を話し、進之助の難しい表情を見て、慌てて話を有明橋の件に戻したのであったが、進之助の行方に関わることは、前年の師走(陰暦十二月)の半ば過ぎへと溯《さかのぼ》るのである。

進之助は、伏見春元に別れを告げ、一人林田実幸《はやしださねゆき》の鷹月城から去った。その彼の後を、羽村栄三郎が追って来たのである。彼等はお互いに、『大嫌いな奴』と桃代には語っていた者同士であった。

「春元様が、このままこの城に居られることは良くない……、とは思わぬか……?」

栄三郎は歩き続けようとする進之助の、前を塞《ふさ》ぐ様な形でこう言った。

「その様なことは、お前に言われなくても分かっている」

進之助は無愛想《ぶあいそう》に言った。彼の機嫌は、すこぶる悪いのである。春元とは、言い合いの末の大喧嘩。仲直りこそしたものの、彼の胸の内の蟠《わだかま》りが氷解《ひょうかい》した訳ではなかった。

——春元様は、何故勝山の国を後にされたのじゃ。領主となられる好機を、みすみす逃《のが》してしまわれたのは、これで二度目ではないか……。俺がお側にいたら、この様なことは絶対におさせしなかったものを……。

進之助の胸中には、再び怒りが込み上げてきた。

「お前たちは、一体何をしていたのか……？」

彼はつい、栄三郎にその様なことも言いたくなった。

「済んでしまったことは、最早仕方がないさ」

しかし栄三郎は、案外あっさりとそう答えた。

「俺は不愉快だ。お前の顔など、もう見たくもない。とっとと、消えてくれ」

進之助は栄三郎を押《お》し退《の》ける様にして歩き出した。

「俺は、これから勝山の国へ行こうと思うているのじゃ」

しかし栄三郎は、意外なことを言い出した。

「一体お前は、何をしようというのだ……？」

進之助は驚いてその足を止めていた。

「簡単に話す訳にはゆかぬな」

栄三郎は勿体《もったい》ぶった言い方をした。それに対して、「勝手にしろ」とは、進之助には言えなかった。彼には栄三郎が口にした、『勝山の国』という言葉が、非常に気になった。春元が勝山を後にして、既に二ヵ月余りが過ぎた。一体今になって、この男は何を考えているのであろうか……、と気掛かりであった。

「俺が言い出したことを、一滋殿《かずますどの》を始めとして、誰もが馬鹿馬鹿しいと言って取り合ってもくれぬのじゃ」

栄三郎は不服そうに言った。

「そうであろうな……」

進之助も突き放す様な言い方をした。

「お前には、何の事か分かっておるのか?」

栄三郎は気分を害された様に聞き返した。

「どうせ、ろくな事ではあるまいよ」

進之助は面倒臭そうに言った。

「俺は、春元様の弟君、春永様《はるながさま》にお目通りを願う積もりじゃ」

「春永様に……」

進之助は、再びぎくりとした。この男は春元の弟に会って、一体何をしようとしているのであろうか……、と心配になった。

「春永様にお会いして、御嫡男《ごちゃくなん》の春員《はるかず》様に代わってご領主になるお気持ちの、有りや無しやを確かめる」

栄三郎は、進之助の様子には委細構《いさいかま》わずこう言った。

「何じゃと……？」

進之助は驚いた。

「一体どの様にして確かめる気だ……？」

「単刀直入に、春永様は春員様に取って代わるお気持ちがおありですか……、と」

「お前は、馬鹿か……？」

進之助は栄三郎の顔をまじまじと見た。

「春員様がご城主として目を光らせておられる東雲城《しののめじょう》の中で、その様に危険なことが出来るものか……。止《や》めることだな」

進之助は唯々呆《あき》れて栄三郎を見ていた。

「それならば、お前が代ってはくれぬか……。一滋殿を始めとして誰も取り合ってはくれぬのだが、俺は春元様がご領主になることをためらっておられる原因の一つは、春永様にあるのではないか……、と睨《にら》んでいるのじゃ」

「…………」

進之助は内心、確かにそれは一理《いちり》あるやも知れぬ……、と思った。しかし、春永様は春員様に取って代わるお気持ちがおありですか…、と聞かれて、春永がまともな返答をする訳はないのであった。

「お前は他の者たちとは違って、俺の考えを全く受け付けぬ、と申す訳でもない様だな……？」

栄三郎はこう言って、進之助の顔を覗《のぞ》き込《こ》む様にした。

「勝山へは、代わりにお前が行ってはくれぬか……。お前の方が、俺よりも上手く聞き出すことが出来よう。こうしてお前がこの藍河へ来てくれたことを、俺は天の助けじゃと思うておる」

「…………」

進之助は困惑していた。彼には清津の唐沢光匡のこと、柾平の春宵尼を始めとする女たちのことも気になるのである。勝山へ行って、果たして何日でその様な目的が果たせるものやら、見当も付かぬ故であった。

「頼む。お前がこれを引き受けてくれたら、一滋殿や他の奴らも、俺のことを見直してくれるやも知れぬ……。案外良きところに気が付く男よ、と……」

「…………」

栄三郎のその言葉は、進之助の胸にしみた。芦田一滋《あしだかずます》を始めとする春元の近習たちは、その結束《けっそく》が堅《かた》い反面、よそ者として未だに羽村栄三郎を何処か見下《みくだ》している様なところがあった。それは進之助が、清津へ逃《のが》れて光匡の近習をも務めたからこそ、思いやることが出来るのである。春元の近習たちの中では乳母《めのと》の菖蒲《あやめ》の息子として、一番の年長者である一滋までが一目置《いちもくお》いていた進之助を、光匡の近習の中で認めてくれたのは、近藤小太郎ただ一人だったのである。

結局進之助は、勝山の国へ行かざるを得ぬ羽目《はめ》になってしまった。

――何やら、栄三郎の術中《じゅっちゅう》にはまってしまった様な……。馬鹿なのは、あいつではない。俺の方であった……。

この様に思いながら、藍河から柾平の国。そして清津を越えて、進之助は勝山の国へと向かった。彼は柾平の春宵尼の屋敷に立ち寄りたいとは思いながらも、その気持ちを押さえた。懐《なつ》かしい人々の顔を見て、己の決意が揺《ゆ》らぐであろうことを恐れたのであった。

勝山の国は、結城進之助の故郷《ふるさと》である。彼はここで生まれ、そして幼年期、少年時代を過ごした。しかし良い思い出ばかりがある訳ではなかった。進之助は言わば、『お尋《たず》ね者《もの》』なのであった。伏見春元を襲った兄春員《はるかず》からの刺客を殺《あや》めて唐沢靖匡の許へ逃れてから、はや三年の歳月が流れていた。しかし容易《たやす》く東雲城《しののめじょう》に近付くのは危険であった。少年の顔が青年のものに変わりつつあるとはいえ、相好《そうごう》が全く異なった訳ではない。

次兄の春元が野駆《のが》けを好んだ様に、弟の春永もそれが好きであった。よく兄弟揃《そろ》って馬を駆《か》ったものである。進之助はその道筋を熟知《じゅくち》していた。しかし春永が、何時そこに姿を見せるかは、全く分からぬのである。季節的にも、余り野掛けに出たい様な気分になるとも思われなかった。進之助には相変わらず、清津のこと、柾平の女たちのことが気に掛かっていた。師走《しわす》（陰暦十二月）も残り少なくなり、荒《あば》ら屋《や》に身を潜《ひそ》める暮らしも、勝山は比較的温暖な地とはいえ、最早限界であろうと感じられた。

——正月までには、柾平へ戻りたい。

その様な考えが、ふと浮かんだ時であった。彼は、馬に乗った若い主とその手綱《たづな》を取る供の者らしき二人連れに出会った。二人は何事か真剣に言葉を交《か》わし合い、ゆっくりとした足取りであった。馬上の青年は、何処か春元に似ていた。

「春永様……」

やがて進之助は、懐《なつ》かしそうに近付いて行った。

「元服なされましたとは、兄君からのご書状にて知らせて頂いておりましたが、何ともご立派になられ、すぐには貴方様とは分かりませんでした」

「そなたは……?」

馬上の青年は、訝《いぶか》しそうに進之助の顔を見た。

「何者じゃ?」

こう言って、供の侍が進之助の前に立ちはだかった。彼は早くも刀の柄《つか》に手を掛けていた。

「そこ許は、佐久間殿……、ですな……?」

進之助は、その供の侍に声を掛けた。春永の腹心佐久間仲之《さくまなかゆき》は、進之助より二歳年長の、実直そうな男であった。

「……そこ許は……。結城殿、か……?」

佐久間は進之助の顔をまじまじと見た。

「春永様。これなるは、兄君春元様のご家来、結城進之助殿にござります」

「進之助……。おお、兄上をお救いして、唐沢靖匡殿の許へ参った……。確かに、あの進之助じゃ」

春元は弟の春永には、進之助が清津へ逃《のが》れて行った、と話していた様である。

「そなたは、どうしてこの様な所におるのか……？」

「某《それがし》は春永様にお会い致したく、しかし東雲城《しののめじょう》へは近付けませぬ故に、三日程前より、昔からご兄弟お揃いでよく野駆《やか》けに出ておられましたこの辺りを、うろうろしておりました。今日お会い出来ねば、諦《あきら》めて帰る積もりでござりました」

「わしに、何か用か……？」

春永は訝《いぶか》しげな表情を見せていた。

「春元様はこの勝山を出られて、藍河の国へと行かれました。どうしてこの国より出て行かれましたのか、その訳を弟君の春永様ならご存知なのでは……、と思うたのでござります」

その言葉に、春永は佐久間と顔を見合わせた。しばしの沈黙があった。

「……仲之。進之助と、着衣《ちゃくい》を交換せよ」

ややあって、春永はこの様に命じた。

「春永様。一体、如何《いかが》なされるお積もりでござりますか……？」

佐久間は気掛かりな様子で尋ねた。

「ここでは込み入った話も出来まい。それに、手短《てみじか》に語れることでもなかろう。進之助を、東雲城へ連れて戻る」

「春永様……」

進之助は、とんでもない……、といった顔をした。

「某は、春員様《はるかずさま》のご家来を殺《あや》めて出奔《しゅっぽん》致したのでござります」

「案ずるな。わしに任せておけ」

春永はこう言って、笑みを浮かべた。

「仲之。そなたは暗うなるを待って、城へ戻って参れ。出来るだけ、こっそりとな……。もし、誰ぞに見咎《みとが》められし時には、気分が優れぬとか、曖昧《あいまい》に答えておけ」

「春永様……」

佐久間は、何とも心配そうであった。

「まるで、進之助にわしが殺される……、とでも思うているかの様じゃのう……」

春永は佐久間をからかった。

「春永様。どうして某が、貴方様を……」

進之助は、心外《しんがい》だ……、との表情を見せた。

「冗談じゃ。気に触《さわ》ったら許せ」

結局進之助は、佐久間と衣服を取り替えさせられた揚《あ》げ句《く》、春永の馬の手綱《たづな》を取ることとなった。

「藍河の兄上には、既《すで》にお会いしたのか……？」

馬上から春永はこの様に尋ねた。

「はい。鷹月城《たかつきじょう》にて春元様にお目にかかり、その足でこちらへ……」

進之助は正直に答えた。何となく嘘の言えぬ様な雰囲気となっていた。

「兄上から、何か頼まれて参ったのか……？」

「いえ、滅相《めっそう》もないことでございます。兄君は、この勝山から出て行かれました訳を、回りの者たちにも仰せになってはおられませんでしたし、勿論、某にも話してはくださりませんでした」

「左様か……」

春永はそう呟いた後、何故か口を閉ざしてしまった。それからはどちらも口を開こうとはせず、東雲城の城門より少し離れた所へ来た時、春永は徐《おもむろ》に馬から降りた。

「進之助。そなたが乗るのじゃ」

「某が……、でござりまするか……？」

進之助は不思議そうに春永の顔を見た。

「良いから、乗るのじゃ」

「……」

進之助は言われた通りにした。

「馬の上に俯《うつぶ》せになって、わしが良いと言うまで顔を上げるではないぞ」

春永はこの様に命じ、やがて馬は歩き出した。

「これは、春永様。如何なされましたか？　お馬から降りられて……」

東雲城の門を守っていた侍が、不思議そうに尋ねた。

「仲之が、急な腹痛を起こしたのじゃ。世話の焼ける男よ。何か、悪いものでも食《しょく》したのであろうか……。困ったものよのう」

その言葉に、侍たちはどっと笑った。

——大した度胸であられる。表門より堂々と罪人《とがびと》を城へ入れてしまわれるとは……。

進之助は舌を巻いたが、一方春永も思った。

——中々、肝《きも》の据《す》わった男よな。些《いささ》かも震えてはおらぬ様じゃ。

もしここで、進之助が侍たちに見破られる様な気振《けぶ》りを見せてしまっては、春永も我が身の保身《ほしん》を考えぬ訳にはいかぬ様になってしまったやも知れぬのであった。

「せっかく久方振りで故郷《ふるさと》の勝山へ参ったのであるから、正月はこの城で過ごしてはゆかぬか……？」

自らの住居へ進之助を連れて行った春永は、やがてこの様に勧めた。

「某の顔を誰ぞに見られましては、春永様にご迷惑が掛かりましょう」

進之助は一応辞退したが、本心では今暫《いましばら》くは春永という男の側にいたいと、彼に興味を覚えていた。

「わしや仲之にさえも始めは分からなかったそなたの顔じゃ。前髪《まえがみ》もなくなり、三年前とは大分変わっておる故、大丈夫じゃよ」

春永も、進之助には何となく関心を持った様子であった。

「しかし、見慣れぬ者がお住居に居りましては……」

「わしの所には、色々な者が気安う出入りしておる。到底、孟嘗君《もうしょうくん》とまではゆかぬが……」

春永はこう言って、何故か言葉を途切らせた。しかし進之助の脳裏には、中国は斉《せい》の公族孟嘗君が、食客《しょっかく》数千人を養ったとの古事《こじ》が思い浮かんだ。

――やはりこのお方には、野心がおありであったのか……。

彼は漠然《ばくぜん》とその様に感じた。何か志すものがなければ、士を集める必要もない筈であった。

「…母上にも、お会いして参るが良かろう。進之助は春元の命を救ってくれた……、と、大層感謝しておられるのだぞ」

進之助の胸中を知ってか知らずか、春永は全く別のことを口にし、屈託《くったく》のない笑みを浮かべた。

春元と春永の母は、先代伏見春定《ふしみはるさだ》の正室が嫡男春員《ちゃくなんはるかず》を残して若くして身罷《みまか》って後、藍河の林田家から輿入《こしい》れして継室《けいしつ》となった。その名を紫苑《しおん》といい、林田家は家格《かかく》から見ても伏見家よりは遥かに上であるとの誇りを常に持っていた。春定の死後、紫苑は髪を下ろして清徳院《せいとくいん》と号していたが、実家の林田家の力を後楯《うしろだて》として、政《まつりごと》にも口をはさみ、伏見家に隠然《いんぜん》たる力を持っていた。彼女は次男や三男の元服に際しても、代々嫡子のみが受け継いで来た『春定』の『春』の字にこだわって無理を通したのである。亡き春定には多くの側室があって、十人に近い女子をもうけたが、男子は、春員、春元、春永の三人だけなのであった。

「そなたの母は、どうしておるのじゃ……？」

やがて春永は、心配そうに尋ねた。進之助の母は次男春元の乳母《めのと》であったが、息子が出奔《しゅっぽん》したと時を同じくして、東雲城から姿を消していた。

「兄君のお世話にて、さる尼寺に匿《かくも》うて頂いております」

「大層苦労を掛けてしまったな……」

春永は気の毒そうに言った。

進之助は春永の勧めに従って、東雲城に逗留《とうりゅう》することとなった。春永がその気になれば長兄の春員《はるかず》に報告し、進之助を捕《と》らえることなどは造作《ぞうさ》もないことであったが、進之助は腹を括《くく》っていた。しかし春永には全くその様な気配はない。それでいて彼と春員との仲は、案外上手くいっている様子であった。

「一体、春永様とは、どういったお方なのだ……」

進之助には皆目見当《かいもく》もつかなかった。

——とにかく、春永様は大人になられた。四年前とは大違いだ。一つ年上の俺よりも、大人びておられるくらいじゃ。

それでいて彼の風貌《ふうぼう》は、あくまでも春元よりも少年の面影を多く残しているのであった。

——春元様が春員様から煙たがられておられたのに対して、このお方は春員様との御仲も上手《じょうず》に保っておられる様だ。どうして春員様は、春永様のことは危険な弟じゃ、とお思いにはならぬのであろうか……。

……いや、春員様から危険な弟だと睨《にら》まれぬように、上手《うま》く立ち回っておられるのだ。進之助は、そう気付いた。

——もしやこのお方は、将来春元様よりも優れたお方になられるのでは……。

果ては、進之助としては絶対に考えたくはないことにまで、考えが及んでしまうのであった。進之助はかつて、

『桃代どのは、百合香姫様のことになると、見えるものも見えなくなる』

と感じたことがある。しかしその点、彼は冷静であった。あくまでも春元に対する敬愛《けいあい》が薄れた訳ではないが、弟の春永への進之助の評価は、日増しに高くなっていった。春元がこの勝山の国を出たことについても、話が核心に触れそうになると巧《たく》みに言い紛《まぎ》らわせて、中々真実を明かそうとはしない。しかしそれでいて、決して悪い印象は与えぬのであった。

何時の間にやら、睦月（陰暦一月）も終わろうとしていた。一ヵ月余りも春永の側にいながら、進之助には一つとして得るものはなかったのである。

——これでは、栄三郎と何等変わりはない。あいつがやって来ても、同じことであったな……。

何の収穫も無く帰る訳にはゆかぬ。春元に対して、一体春永がどの様な考え方をしているのかは、今一つ掴《つか》めていなかった。東雲城の居心地は、決して悪くない。さりとて、何時までも留まっている

訳にもゆかず、進之助は困り果てていた。

──栄三郎ではないが、貴方様はこの勝山のご領主になるお積もりがおありですか……、とでもお聞きしてみる以外に、方法はないのか……。

進之助はそう考えて苦笑した。そこへ思いも寄らず嘉平が城へ忍んで来て、栄三郎の危機を知らせたのであった。

「長い間お世話になりましたが、藍河へ至急行かねばならぬこととなりました」

進之助は春永の前に、こう言って平伏した。ここまで、進之助の言葉に嘘はなかった。当然のことながら春永は、

「一体如何《いかが》致したのじゃ……?」

と問うた。恐らくは嘉平が忍んで来たことにも、彼は既に気付いているに相違ない、と進之助は踏《ふ》んでいた。

「春元様が刺客に襲われて、深手《ふかで》を負われたそうにござります」

彼はこの様に答えた。

「何、兄上が……」

いつもは悠然《ゆうぜん》と構えている様に見えた春永が、ここでさっと顔色を変えた。進之助はそんな彼の表情をじっと見つめた。『唐沢光匡様が……』と言うべきところを、『春元様が……』と言ったに過ぎぬ。

しかしその効果は、大層大きかった様であった。

――貴方様は、春元様をどの様に思っておられるのでしょうか……、とお聞きするより、遥かに効き目はあった様な……。

進之助はそう思った。

夜陰《やいん》に紛れて密かに東雲城から抜け出し、進之助は春永と出会う機会を窺《うかが》っていた例の荒《あば》ら屋《や》で仮眠をとり、藍河の鷹月城へと向かった。やがてその彼の後を、そっと付けて来る者のあることに、何時しか進之助は気付いた。

――佐久間仲之に相違ない。

しかし進之助は、素知らぬ振りを通したのであった。

第十六章　一の男、二番目の男

勝山の東雲城《しののめじょう》から藍河の鷹月城へと急いだ進之助は、芦田一滋《あしだかずます》に羽村栄三郎の身に危険が迫ったらしきことを手短《てみじか》に話し、直《ただ》ちに清津へと赴《おもむ》いた。その後伏見春元の命により、一滋《かずます》ほか五名の春元の近習たちが駆け付けて、有明橋で栄三郎と嘉平を救ったのであった。

——佐久間殿はあの後どうされて、春永様は一体どうなされたのであろうか……。

春宵尼《しゅんしょうに》の屋敷の庭で、進之助はぼんやり考えていた。

「余りに春永様がお心の内を見せてはくださらぬ故に、ついあの様な悪さをしてしまったが、考えてみれば俺も、悪い奴だな……」

進之助は呟く様に言った。

——あの時の春永様の驚き様は、ただ事ではなかった。お同胞《はらから》故に、当然と申せば当然だが……。あの後春永様は、果たして藍河へはお越しになったのであろうか……。彼《か》のお方が真実を知られし時には、さぞや俺に腹を立てられたことであろう。しかし俺にしてみれば、一月余《ひとつきあま》りも東雲城《しののめじょう》で春永様のお側に居りました。何も得たものはありませんでした……。では、栄三郎にも笑われようと申すもの。

進之助は、その後どの様な事態《じたい》になったのか知りたいと思っていた。しかしあれから二ヵ月以上にもなろうというのに、藍河からは何の便《たよ》りもないのであった。

——栄三郎も、気の利《き》かぬ……。

しかし進之助から、藍河の誰かに書状を認《したた》めるのも、気が引けるのであった。

庭の少し離れた所では、藤香、桃代、菘が、剣の稽古に余念《よねん》がなかった。彼女たちは進之助に相手になってもらいたいと強く望んでいるのであるが、彼は頑《がん》として聞き入れなかった。

『木太刀を振り回すなど、女子のすることではない』

進之助の考えは、相変わらずなのであった。

『竹緒さまには、あの様に熱心に教えているのに……』

菘は不満げに、幾度《いくたび》もそう言ったものである。

——菘の腕前は、確かに見所がありそうだ。

進之助は内心その様に感じていたが、決してそれを口にしようとはしなかった。

百合香は相変わらず木太刀を握《にぎ》ろうとはせず、楓と一緒に三人の女たちの稽古を眺《なが》めていた。

——百合姫様は、あの様なことはお嫌いなのであろう。それが良い。

進之助は、結構なことだと思った。ところが……、である。

「姫さま……」

この時、桃代が声を掛けた。

「姫さまも、ご一緒にお稽古をなされませ」

——やれやれ……。桃代どのにも、困ったもの……。

進之助は眉をひそめた。

「わたしは、その様な事はしたくない」

しかし桃代の言には大抵素直に従う百合香が、この時珍しく逆らおうとした。

「それは、何故にござりますか……？」

桃代は尋ねた。しかしその声は、あくまでも優しかった。

――俺に何かを聞き返す時とは、大した違いだな。

進之助は見ていておかしかった。

「だって……。母上は、なさらないもの……。私は今に、母上の様になりたいの。それに亡くなられた竹緒さまのお母上も、お淑《しと》やかな方だったと、久作が言っていた」

百合香は無邪気に答えた。

「普通の女の人は、そんなことはしないのでしょう……」

――あの姫様が、この屋敷の女たちの中では春宵尼様に次いで、まともであられる様だな。

進之助は、せめて百合香だけでも彼の理想とする、優しく淑やかな女性になって欲しいものだ、と思った。

「姫さまは稽古しなくとも、わたしが守って上げる」

ここで、思いがけなくも菘がこう言った。

「ありがとう」

百合香はそれに対して、何等驚きも見せずに嬉しそうに微笑んだ。

――かつて柾平川の中洲で取っ組み合いの喧嘩をしていた二人が、何時の間にあの様な仲になったのであろうか……。

進之助は不思議に思った。

「姫さま。いくら菘どのが助けてくれましても、姫さまに剣のお心得が全くありませぬ時には、菘どのには大変な迷惑がかかってしまうのでござりますよ。姫さまは、菘どのを困らせたいと思うておられますのか……？」

「ううん」

百合香は素直に首を振った。

「それでは、私がお教え致しましょう。さあ……」

桃代がこう言って百合香の手を取り、とうとう彼女も仲間に引き入れられてしまった様である。

——嫌だと、仰せじゃ……。桃代どのは、一体どちらが家来だと思うているのか……。

この時進之助は、桃代がかつて竜巻寺《りょうけんじ》の離れで、

『私は、百合姫さま以外のお方にお仕えするつもりはない』

と言い切ったことを、ふと思い出した。

——ああやって、自分の理想とする姫君に、百合香様をご養育申し上げて行こうというのか……。

いかにも、あいつらしいな。

……俺も、春元様をご教育出来たらなあ……と、進之助は、領主になる好機を捨てて勝山から出て行った春元の顔を、思い浮かべていた。そこへ嘉平が姿を見せ、女たちに近寄って行った。

「桃代どの、お話があります」

「何事でござりましょうか……」

桃代は手巾《しゅきん》で汗を拭《ぬぐ》うと、嘉平の側へ足を向けた。

「拙者は、先日、その……、羽村殿の師匠になるという、約束をさせられてしまいまして……」

彼は少々照れ臭そうに言った。

「まあ、羨《うらや》ましい……」

それを聞いて、桃代は目を輝かせた。

「是非とも私を、ご一緒させてくださりませ」

「……やめろ」

この時進之助は、たまらなくなって飛び出して行った。木太刀を振り回すさえも止めて欲しいのに、女だてらに塀《へい》を乗り越えて城中へ忍び込んだりされてはたまらぬ、と思ったのである。

「何故にござりますか……？」

桃代はキッと、進之助に強い視線を向けた。確かに同じ言葉でありながら、先ほど百合香に言ったのとは大層な違いであった。

「桃代どのには、無理でござるよ」

ここで嘉平は、進之助の胸中を察してこう言った。

「そんな……」

桃代は大いに不満そうであった。

「…左様な次第《しだい》で、羽村殿よりこちらへ参るとの書状が参りましたので、拙者の部屋に暫くの間泊めてやりたいと思いますが、宜しゅうござるか……？」

嘉平は、進之助と桃代の心中を思って笑いを噛《か》み殺《ころ》しながら、こう言った。

「春宵尼様には、私からお話し申し上げておきましょう」

桃代はこの様に答えたが、春宵尼が否と口にする筈はない、と進之助は思った。

「進之助様は、宜しいのでしょうか…?」

桃代は彼の顔を見て意味ありげに笑い、嘉平は不思議そうな表情を浮かべた。

「お二方は、『大嫌いな間柄』なのだそうにござりますが……」

桃代の言葉に、今度は嘉平が笑ったが、進之助は何とも不愉快そうであった。

——栄三郎の奴め……。俺には、あの後春永様がどうなされたのか何の知らせも寄越さず、嘉平殿には書状を認《したた》めたとは……。

口にこそ出さなかったが、進之助は別の意味で面白くなかったのである。

羽村栄三郎は、その三日後に柾平《まさひら》へやって来た。彼は嘉平に挨拶を済ませると、早速進之助の部屋に姿を見せた。

「お前も、大した奴だ。あの春永様を、騙《だま》すとはなあ……」

栄三郎はひどく感心した様子であった。

——こいつは、昨年の秋に春元様が突然藍河へ移られる迄は、春永様とは同じ東雲城内に暮らしていた故に、俺よりも余程彼《か》のお方のことは知っている筈だな……。

進之助はそう思った。

「春永様は、一体何を考えておられるのやら、今一つ捕《と》らえどころのないお方であられた。しかしあの様に取り乱された春永様を見たのは、初めてだな」

「春永様は、藍河へお出でになったのか……？」

「俺たちが清津の有明橋から逃げ出して、藍河《あいかわ》へと辿《たど》り着いたのが事件のあった翌日の昼下がりであった。春永様はその日の夕刻には、早くも三人の供の者をお連れになって鷹月城へお見えになった。ところが、春元様には何のお障《さわ》りもなかったのを御覧になり、その驚かれたの何の……。俺もその時には、何が何やら訳が分からなかったが、やがて春永様はお前に騙《だま》されたのだ、と悟られて……」

栄三郎は愉快そうに笑った。

「さぞや、騙した俺に腹を立てておられたであろうな……？」

進之助は少々心配そうな面持《おもも》ちとなっていた。

「当り前じゃ。お怒りにならぬ訳がないであろう。難しい殿様であったなら、これものだぞ」

栄三郎はこう言って、腹を切る仕草《しぐさ》を見せ、にやりと笑った。

それは二月《ふたつき》余り前のことであった。春元が大怪我をしたという進之助の偽《いつわ》りを真《ま》に受けて、藍河へと掛け付けた春永を、兄の春元は意外そうに迎えた。そして訳を聞き、久方ぶりの再会を喜ぶと共に、進之助に騙された春永を気の毒に思った。しばし積もる話に花が咲き、春元は春永と二人きりで語り合うことを望んだ。

「そなたが藍河へ参ったのは、初めてであろう。わしが城の近辺《きんぺん》を案内《あない》しよう」

春元は春永をこう誘った。しかしそれに対して当然のごとく、家来たちの中から羽村栄三郎と佐久間仲之が、供をしようとした。

「遠慮致せ」

春元は栄三郎にきっぱりとした口調で言った。それを見て、春永も仲之に付いて来ないようにとそれとなく知らせ、やがて兄弟は馬で城外へ出て行った。二人は黙って馬を駆《か》り、小半時（三十分）も行ったであろうか……。川の辺《ほと》りへと出た。

「この川は、やがては西隣りの国の、柾平の国の、柾平川《まさひらかわ》へと注ぎ込んでいるそうじゃ」

春元はこう言い、程無く二人は馬から降りて河原へと出て、並んで腰を降ろした。

「こうして二人きりになるのは、久方振りじゃのう」

「ほんに……」

兄弟は、清々とした気分で青い空を見上げた。暫くはどちらも口を開こうとはしなかった。

「……進之助を、許してやってくれ」

やがて春元は、家来に代わって弟に詫《わ》びた。

「申して良い嘘と、悪い嘘がございます」

春永はまだ憤慨《ふんがい》していた。

「お陰で、そなたとこうして会えたではないか……」

春元は弟をなだめる様な口調であった。

「わしは進之助のことを、やがてはそなたに託《たく》そうと思うているのじゃぞ」

「それは、どういったお考えなのでござりましょうか……?」

春永は不思議そうに尋ねた。

「何時までもあの男を、他家へ預けておく訳にもゆくまい」

未だに進之助は、春元にさえも唐沢靖匡の死は伏せていたのである。春元は、彼が相変らず清津の唐沢家に身を寄せているものとばかり思っていた。

「兄上が、お側へお呼び戻しになれば宜しいではありませぬか……。この地であれば、春員《はるかず》殿の目も届きませぬ」

春永は、それが当然であろう……、といった口振りで、更に続けた。

「某は勝山におります故に、側におりましては進之助には危険でござりましょう」

「危険ではない様な東雲城に、そなたが勝山の国自体を変えてしまえば良いではないか……」

「それは又、どういう意味でござりましょう?」

春永は、訝《いぶか》しげな表情を見せた。しかし春元は何事か考えている様子で、すぐには答えようとしなかった。

「……進之助は、某などに仕えたりは致しませぬ。頭の中は、兄上のことで一杯なのでござりましょう。兄上の為に某の胸中を探りたい一心で、見付かれば命のない東雲城内に、一月《ひとつき》余りもいたのですから……」

春永は兄の様子に不審を抱きながらも、こう口にした。

「そなたはその進之助を、護《まも》ってやったではないか……。まんざらあの男を、気に入らぬ……、と思うている訳でもあるまい」

「別に護った訳ではありませぬ。春員殿に密告致しましたところで、何等得るものとてございませんでした故に……」

誰があの様な男を……、と春永は進之助の顔を思い浮かべ、再び不愉快になった。

――せっかく、目を掛けてやったものを……。

昨年の暮れに、東雲城で正月を過ごしてゆくように…、と勧めた春永に対して、『見慣れぬ者が、お住居におりましては……』と、城に留まることを躊躇《ちゅうちょ》した進之助に、『わしの所には、色々な者が気安う出入りしておる。案ずることはない』と春永は言った。彼は兄の春員には知られぬように、密かに、これは……、と思われる者達を集めていたのである。次兄の春元の腹心《ふくしん》である結城進之助を、手懐《てなず》けたい……、との思いが、全くなかったとは言えぬのであった。

「そなたになら、あの男を使いこなせると思うが……。そなた好みの、見目良き男でもあろうが

……」

春元はそんな弟の気持ちを知ってか知らずか、この様に言った。春永は美女よりも眉目秀麗《びもくしゅうれい》な男子の方に興味を示している様なのを、春元は薄々気付いていていた。

「……某の一番の腹心仲之は、少しも良い男ではありませぬ。兄上こそ、あの様に生意気な進之助を、

何故に気に入っておられますのか……」

春永は、むきになった様に言った。

「はっ、ははは……」

春元は思わず笑い出した。その様な弟が、何とも愛《いと》おしく思われた。

「怒るな、怒るではない」

春元は悪戯《いたずら》っぽい目をして春永を見た。しかしそれ以上、その事に触れようとはしなかった。

「ところで、井上規里《いのうえのりさと》が、そなたに近付いて来る様なことはなかったか……？」

やがて春元は全く別のことを言ったが、春永はその名前を聞いてはっとした。

「やはり、そなたに何か申して参ったのじゃな……」

井上規里というのは、春元が勝山の国から離れる原因を作った男である。彼は、次男の春元を担《かつ》いで、嫡男春員《ちゃくなんはるかず》の追い落としを企《たくら》んだのであった。

「あれは、伏見の御家大事で凝《こ》り固《かた》まった様な男だ。兄上春員殿さえ廃《はい》すことが出来れば、別にわしを領主に立てずとも構わぬのじゃ」

「何故に兄上は、勝山の国から出て行かれたのでしょうか……。井上が密かに近付いて参ったのなら、どうして利用しようとはなさらなかったのでござりますか？」

春永は訝《いぶか》しそうに尋ねた。しかし春元は何故かそれに答えようとはしなかった。

「進之助は、某に兄上が勝山の国から出て行かれた訳を、幾度《いくたび》も尋ねようと致しました。しかし某には、答えることが出来ませんでした。何故なら、某にもその理由《わけ》が分からなかったからでございます」

「そなたは進之助には、何と申したのじゃ……？」

春元は興味深そうに尋ねた。

「兄上のことを弟の某が知らぬと答えるのも業腹《ごうはら》でしたので、その話になる度に何とか答えをはぐらかせてしまいました」

「左様なことをした故に進之助は腹を立てて、わしが大怪我をした……、などと偽りを申したくもなったのであろうよ。そなたが藍河へ到着した時にも話したが、唐沢光匡殿が刺客に襲われて深手を負われたのは、本当の話なのじゃ。そして奴が、わしの手を借りる為に、この藍河へと参らねばならぬ事情もあった」

「しかし、何も兄上の御身に起きた事として、話すことはござらぬでしょう……」

春永は、又もや腹立たしくなってきた様である。

「要するに、兄上が某には何らご相談もなく、東雲城から出て行かれたのがいけないのです。弟としてその説明が出来ぬとは、いと恥ずかしきことにござります」

「話したいとは思うても、何時も回りには誰かがいて、これまで腹を割った話などは出来なかったではないか……」

「それでは、二人きりの今こそ、お話しくださりませ」

春永は春元の瞳をじっと見詰めた。

「……このままでは、伏見の家もそう長いことはないであろう」

やがて春元は、辛そうに言った。

「井上規里が春員殿を廃そうと躍起《やっき》になるのも、無理はない。もう兄上では、到底勝山の国を保《たも》っては行けぬ。父上が亡くなられてから五年もの間、無事に過ごして来られたのが、却《かえ》って不思議なくらいじゃ」

「それでは何故に、兄上は勝山から出て行かれたのでござりますか……?」

「伏見の跡継ぎには、そなたが居るではないか……」

こう言って春元は弟を強く見返した。

「順番から行きましたなら、当然兄上でござりましょう」

春永は抑揚《よくよう》のない声で言った。

「本当にそなたは、その様に思うておるのか……?」

「はい……」

「嘘を申すではない」

春元は弟の顔を覗《のぞ》き込む様にして言った。

「嘘など、申してはおりませぬ」

「高が一歳の年の差が、何だと申すのじゃ……」

この時、春元の眼差しには厳しいものがあった。

「兄上……」

春永は複雑な気持ちになった。

「……過ぐる年の大乱で、多くの貴重な古《いにしえ》よりの書物が灰燼《かいじん》に帰した。この日《ひ》の本《もと》の歴史は、正しく書き残して置かねばならぬのだが、今のままではそれも危《あや》うい」

春元はここで唐突《とうとつ》に、余りにも意外なことを言い出した。

「わしは、昔から歴史書を繙《ひもと》くのが好きであった。幸い次男に生まれた故に、気軽な立場で新しい史《し》書《しょ》の編纂《へんさん》にでも着手《ちゃくしゅ》出来たら、と思うていた。あの都における大乱で、古い歴史書の多くが失われてしまったと聞く。今や早急《さっきゅう》に残された貴重な書物を集めて、それらを後《のち》の世へ伝えねばならぬ。そうでなければこの国の歴史は、後世に正しく伝わらぬのではないか、とわしは気になってならぬ。それは今、誰かが速《すみ》やかにやらねばならぬこと。後になってから悔やんでも、遅い……」

「貴方は……。一体、何を仰せになられますのか……？」

春永は兄の気持ちを計り兼ねた。

「しかし由緒《ゆいしょ》ある伏見の家は、絶対に守らねばならぬ。それは、兄上春員殿には到底《とうてい》無理なことじゃ。もしそなたがおらねば、わしも腹を括《くく》らねばならなかったであろう。だが、そなたが伏見の家を継いでくれたなら、わしは夢を追うこともできると申すもの」

「兄上は、本気でその様に考えておられるのでござりますか？」

春永は呆《あき》れた様な顔をした。この後、増々乱れて行くであろう世の中に、伏見の家が明日をも知れぬという大変な時に、一体何という現実とは掛《か》け離《はな》れた事を、兄は口にしたのか……、と思っていた。

「嘘を言って何とする。今はここに、兄弟二人きりなのじゃぞ。何やかやと、うるさきことを申す者とておらぬ」

春元はこう言って遠くの空を眺《なが》めた。

——わしは勝山の国を出て、従兄弟の林田実幸殿《はやしださねゆきどの》の許《もと》に身を寄せた。藍河へは、栄三郎一人が付いて来る筈であった……。

ところが栄三郎の他に、芦田一滋を始めとする七人の家来たちが勝山から従って来てしまった。それは皮肉なことに、春元には大きな誤算であり、その者たちの生活を守らねばならぬ新たなる責任が彼には生じたのである。しかしまさかそこ迄は、弟の春永にと言えども、打ち明けたくはないのであった。

——何時までもあの有能なる男たちを、この藍河に置いておく訳にはゆかぬ。しかしこの国に居る限りは、わしがあの者たちを守らねばなるまい。

春元は、林田実幸に利用されていることを承知していながらも、動くに動けなかったのである。実幸にとって春元という従兄弟は、誠に都合の良い人物なのであった。伴った家来八人は主に対する忠誠心が厚く、腕の立つ者が多くて頼りになった。春元は責任感が強く、母の実家である林田家には、それなりの敬意も表している様子である。兄に代わって領主にと家来達から請《こ》われた時にも、それには乗らなかったと聞いたが、果たして本心はどうなのであろうか…、と実幸にもしかとは分からなかった。しかし林田家の掛《かか》り人《うど》としての分は、今のところ弁《わきま》えている様である。少ない家来を頼みに母の実家を狙《ねら》おうとの、向《む》こう見《み》ずな行為を取る様な男とも見受けられなかった。

――兄上は、お痩《や》せになられた…。

この時春永は、春元の横顔を見て、ふとその様に感じた。余程ご苦労されているのであろう……、と案じられた。

「果たして兄上には、学者として立って行かれるだけの、資質《ししつ》がおありなのでしょうか……」

春永はここでずばりと言った。

「そなたは、何を申すのか……？」

春元は弟の言葉に驚いた。

「兄上は、確かに歴史書をお読みになるのがお好きであった……。古今《ここん》、優《すぐ》れた弟が命を全《まっと》うした例《ためし》は少ないと、よく某《それがし》に話してくだされたことがありましたな」

「左様なことが、あったかな……」

春元は遠い目をしていた。

「某は、春員殿《はるかずどの》に睨《にら》まれぬようにと、色々と心を配《くば》りました。然《しか》るに兄上には、その様なご配慮《はいりょ》さえも見受けられず、何時しか春員殿は兄上を目《め》の敵《かたき》にされるようになった。某は、不思議でなりませんでした。何故、某に注意してくだされた程の兄上が、その様に無頓着《むとんちゃく》にしておられるのかと……」

「わしは先程も申した通り、家のことには関《かか》わりなく学者になりたいと思うていたのじゃ。別に春員殿から何と思われようと、構わぬことであった」

「某は、かつて兄上が話しておられたことは、兄上ご自身のことを申しておられるものとばかり思うておりました。しかし、源 義経《みなもとのよしつね》殿、足利直義《あしかがなおよし》殿など、かつて実の兄によって命を絶たれし方々の兄君は、決して愚かなお方ではなかった筈」

「……」

「ところが春員殿は、誰の目から見ましても、お世辞にも優れたお方であるとは思われぬ。それ故に兄上は、兄によって命を危うくされる優れた弟ではない」

「春永……」

春元は辛そうに弟の顔を見た。

「某は、我が身を愚かだと思うたことはござりませぬ。剣も、馬術も学問においても、何時かは追い着いてやる、追い越してやると思うて、今日まで参りました」

「……」

春元は黙ったまま、川の流れに目を移した。

「さりながら、今にして思いますれば、兄上は、ほんに自慢出来るお方でござった。某が自信を持ってぶつかっていっても、いつも跳《は》ね返《かえ》されてしまった……。その様に、優れた兄でござります」

「春永、もう良い」

「兄によって命を危《あや》うくされると兄上がご心配なされていたのは、兄上ご自身のことではなく、某のことだったのではありませぬのか……？」

春永は堪《た》えられない気持ちでそう尋ねていた。

「春永。わしはそなたが可愛ゆうてならぬ。されど勝山の国には、二人の領主はいらぬのじゃ」

春元は優しい瞳で春永を見た。彼は同胞《はらから》の弟を、心から愛しているのであった。

「それ故に、史書の編纂《へんさん》でござりますのか……」

春永は吐《は》き捨《す》てる様に言った。

「わしにはそうやって生きて行く道も、無い訳ではない。またこれから後も、他の道を探すことも出来るやも知れぬ。然《しか》るにそなたには、一体どの様な生き方があると申すのか……？」

「……………」

春永は、しばし考えている様子であった。

「井上規里《いのうえのりさと》の誘いに乗るが良い。そなたが兄上春員殿に代わって、勝山の領主となるのじゃ」

「それでは兄上の御身は、その後いかようなことに……？」

春永にとって兄の言葉は、何とも有り難いものであった。しかしそうなった時には、今度は自らの腹心達が春元を危険視する様になるに相違無い、と春永には思われた。

「わしは、逃げるのは上手いのじゃぞ」

春元は、わざと悪戯《いたずら》っぽい表情を見せてその様に言った。

「兄上……」

春永は、何故か切ない思いが込み上げて来て、思わず兄の胸に縋《すが》って泣いた。その胸は厚く、暖かであった。

「某が弟として、兄上を支えて行くのでは、いけませぬのか……?」

やがて、兄から身を離して、春永は問うた。

「今は良うても、やがては一対一の話も出来ぬ様な事態となるやも知れぬ。お互いに、あれやこれやとうるさきことを申す者達が取り巻いて、兄弟の仲が隔《へだ》てられて行くということも……」

春元は、自分か春永のどちらかが飛び抜けて優れていれば良かったのだ……、と思った。又は、片方が嫡男としてこの世に生を受ければ良かったのである。長兄には恵まれず、同じ様な資質を持った一つ違いの弟が二人存在することが伏見家の不幸であったと、考えられぬこともないのであった。

「男子としてこの世に生を受けたからには、誰でも第一の男になりたいと思うは道理であろう。二番目に、甘んじとうはないものじゃ」

春元はこう言ってじっと弟の顔を見た。春永は言葉に詰まった。

「しかし、第二の男として生きることは、真は一番大切なことなのやも知れぬ。二番目の男として生きてくれるものがあればこそ、第一の男も生かされると申すもの」

「……」

春永は何とも答えることは出来なかった。

「そなたもわしも、二番目の男になりきることは到底出来ぬ、とわしは思うが……」

「兄上……」

しかし春永も、心の内ではそれに頷《うなず》いていたのであった。

「二番目の男として生きて行くことの出来る者は、却《かえ》って一番目として生きて行く男より、優れているのやも知れぬ……」

春元は呟く様に言った。

「左様な……」

春永は不思議そうな顔をした。

「古来、誰もが第一の男となることを願い、そして果てしなき争いが生じた」

「………」

「しかし、第一の男を立てて支えて行くには、それ相応の能力と忍耐力《にんたいりょく》が無くては努まらぬ。そなたにもわしにも、到底無理であろう」

「………」

春永にも、それに対して否……、と答える自信はなかった。

「そなたは、勝山の国の第一の男となれ。わしは別に生きて行く道を探す。わしにも、勝山の国の第二の男になりきる、との自信は無い」

春元はきっぱりと言った。

第一の男が表に立って大いに目立った活躍をする。二番目の男は、それを陰で支えながら、一番目の男より遥かに大変な仕事をこなしながらも、決して表立って目立つ様な動きは取らぬ。その様な男がいてこそ、領国も始めて上手く治まって行くのだが、古来より優れた第二番目の男として務め得た者が、果たして何人いたであろうか……。第一が主筋で、第二が臣下であった場合は、まだ良いのである。兄弟としてこの世に生まれるのが、早いか遅いかだけで、我が身を一段低い地位に置くのは、己に力量《りきりょう》があればある程、何とも無念《むねん》なことであるに相違無かった。

「……兄上が第一で、弟の某が第二になるのでは……」

春永は、思わずそう言った。

「そなたはその言葉を口にした直後から、それを悔やむことになろう……、よ」

「兄上……」

春永は、その言葉にぎくりとした。確かに兄の言っていることは、彼の心の中を言い当てていたが故であった。

「わしは、そなたに勝山を譲った訳ではない。そなたが己自身の力で兄上春員殿を倒して領主となれば、わしの家来たちは何等不服を申すことは出来ぬ筈じゃ」

「……」

何という、意味深長なる言葉なのであろうか……、と春永は思った。兄は、本当に勝山の領主の地位を譲る気持ちでいるのかと、不可思議な思いにさえなった。しかしその様な態度を取る春元には、実は余人には言えぬ悩みが隠されていたのである。それは、彼の第一の腹心である結城進之助にさえも、打ち明けてはいないことなのであった。

第十七章　同衾《どうきん》

伏見《ふしみ》春元《はるもと》、春永《はるなが》の兄弟が藍河《あいかわ》で見《まみ》えし折に、果たしてどの様なことが語り合われたのか知る由もない羽村栄三郎は、柾平《まさひら》の原田嘉平の許で毎日努力を重ねていた。

「お前はそんなに傷だらけになって、一体、どの様なことをしているのだ……？」

進之助は、心配そうに尋ねた。

「何、大したことはない」

栄三郎は笑ってごまかそうとした。

「食も細くなったと、桃代どのが案じていたが……」

「桃代どのが……。あの女子も、案外優しいところがあるのだな」

――余り無茶なことはするなよ。

進之助は、口に出してそう言いたいのを堪《こら》えていた。たとえその様に自分が忠告したとしても、それを聞き入れる様な男ではない、と彼は思っていた故である。

卯月《うづき》（陰暦四月）も半ばを過ぎたある日のこと、玄斎の許へ嘉平が菘を抱《かか》えて、慌《あわ》ただしく駆け込んで来た。

「誠に、申し訳もないことを致しました」

嘉平は何とも面目なさそうに、深々と玄斎の前に頭を下げた。玄斎はすぐに菘の足を診《み》た。

「骨を痛めておる様ですな……」

「拙者の所為《せい》でござる」

玄斎は不思議そうに嘉平の顔を見た。

「拙者はご存知の様に、羽村殿と色々と、その……、稽古をしておりました……」

「………」

「……それで、菘どのが見ておられたとは、露知らず……。まさか、塀を乗り越えようとされたとは……。もそっと、注意を払うべきでござった」

嘉平はこう言って再び深く頭を下げた。

「……だって、嘉平殿は、桃代どのにさえ教えてはやらぬと言ったのだから、わたしに教えてくれる訳もないでしょう」

菘が、痛みを堪《こら》えながらこう言った。

「要するに、菘は嘉平殿の真似《まね》をした、という訳ですか？」

玄斎が小声で尋ねた。

「はい。何とも申し訳ありませぬ」

嘉平は三度《みたび》頭を下げた。

「もう二度と、菘どのを近付けませぬ故に……」

「それは、無理でしょう」

玄斎は複雑な表情を見せて首を振った。

菘の治療を済ませると、玄斎は自室へ嘉平を招いて茶を勧めた。

「幸い嘉平殿が菘の足を動かさぬ様に運んでくださった故、治りも早い筈。二、三日は身共が一緒の部屋に休んで様子を見ますが、大丈夫、元通りになります」

「それは、宜しゅうござった」

嘉平はほっとした様子であった。

「……骨を痛めたのに懲《こ》りてくれれば良いのですが、菘はまず諦《あきら》めますまいな」

「はぁ……？」

嘉平は怪訝《けげん》な表情を見せた。

「嘉平殿から菘が羽村殿と一緒にお教え頂きたいと思うている、その……、城の塀《へい》を乗り越えたり、天井裏に潜《もぐ》ったり出来る技を、是非とも身に付けたいものと……」

「確かに……」

嘉平は困惑した面持ちであった。

「身共からもお願いします。菘に出来る様なことがありましたなら、見よう見真似《みまね》というのではなく、正しく教えてやっては頂けませんでしょうか……?」

ここで玄斎は、嘉平の思いも寄らぬことを口にした。

「大切なご息女に、宜しいのでござるか……?」

嘉平は呆れた様な顔をした。

「やめろと言ったところで、やめる様な娘ではありませぬ。無理をして、又もや骨を折るようなことにでもなるよりは、出来そうなことを正確にお教え願えればと……」

「困りましたなあ……」

嘉平は首を捻《ひね》った。竜巻寺《りょうけんじ》の安然《あんねん》和尚《おしょう》の案じていた通りに、玄斎はその老若《ろうにゃく》を問わず、女には優しく接してしまう様である……、と彼も感じたのであった。

「それと、もう一つ気掛かりなことが……」

嘉平が更に言った。

「何でござりますか……?」

玄斎は、何となく嫌なものを感じていた。

「桃代どのも、こっそり拙者と羽村殿の稽古の様子を窺《うかが》っておられた。桃代どのに気を取られて、菘どのに気付きませんで、拙者も何とも迂闊《うかつ》でござったが……」

それを聞いて玄斎は眉をひそめ、渋い表情で言った。

「あれは、進之助殿が悪いのです」

「どうして結城殿が……？」

嘉平は不思議そうな顔をした。

「菘から聞いたのですが、桃代どのが貴方に羽村殿と一緒に教えを請《こ》いたいと申されたところが、進之助殿はいきなり、『やめろ』と言われたとか……」

「当然だと思いますが……」

嘉平は訝《いぶか》しげな表情を見せた。彼は己の女房がその様なことをしたいと言い出したとしたら、当然承服はできぬと思っていた。

「それが、いけませんでしたな」

「はぁ……？」

嘉平には、玄斎の言わんとしていることが、全く分からなかった。

「言葉一つで、相手に与える印象は随分変わってくるものです。危いから、やめろ。または、やめてくれ、俺は心配だ。又は……」

「又は……？」

嘉平は興味深そうに促した。

「将来俺の女房となる女に、左様なことをして欲しゅうはない」

「結城殿が、その様なことを言われると、お手前はお考えでござるか?」

嘉平は呆れた様な顔をして尋ねた。

「いや……」

玄斎は首を振った。何時ぞやの清津での話ではないが、それは四分六ではなくて十の確率であろうと、彼は思っていた。

足を痛めた菘は、玄斎の部屋で休むことになった。彼女は玄斎を心から慕っていたので、満ち足りた日々を過ごしていた。そんなある夜、百合香が菘の部屋へと忍んで来た。しかし彼女の部屋には、誰もいる様な気配は感じられなかった。

「菘は、どこへ行ったのであろう……」

彼女が足を痛めたと聞いて、百合香は何とも案じていたのである。

「竹緒さまにお聞きしてみよう」

百合香は竹緒の部屋へ行った。彼は延《の》べられた床の側で、まだ本を読んでいた。

「竹緒さま……」

百合香は小声で呼び掛けて、部屋へ入って障子を閉めた。

「姫さま……。この様な時刻に、一体如何されたのですか……?」

竹緒は非常に驚いていた。

「菘のお部屋へ、泊りに来たの。でも、菘はどこへ行ってしまったのでしょう……?」

百合香は心配そうに言った。

「足を痛めて、父の部屋で休んでいるのです」

「そう、玄斎様のお部屋に……」

百合香は何とも羨《うらや》ましく思った。

「菘には優しいお父上がおいでになって、良いこと」

「姫さまにも、あの様にお美しくてお優しい母上がおられるではありませんか……」

竹緒は慌てて言った。

「もう屋敷へは帰れないから、今晩は泊めてくださいね」

「姫さま……」

百合香の言葉に、竹緒はぎくりとした。

「わたしが、お屋敷までお送りします」

「桃代には、内緒で出て来てしまったの。この様なことが分かったら、きっと叱《しか》られてしまう」

百合香はこう言って、さっさと竹緒の床に入ってしまった。

「百合姫さま……」

竹緒は何とも困り果てた顔をしていた。

「竹緒さま。早く寝ましょう」

百合香が誘った。竹緒は益々途方に暮れてしまった。

「どうして、その様におかしな顔をしているの？」

百合香は不思議そうに尋ねた。その言葉に、竹緒は仕方なく、百合香の隣に身体を横たえることになった。

「菘の足は、良くなりましたか……？」

百合香は、それを待っていたかの様に尋ねてきた。

「お陰様で……」

竹緒の返事は、どこかぎこちなかった。

「何を怒っているの？」

百合香はこう言って、竹緒の顔を覗き込むようにした。その無邪気な表情を見て、竹緒は慌てて彼女に背を向けた。

「やはり、怒っている……」

「怒ってなど、いませぬ」

「では、こちらを向いてください」

「もう、眠いのです」

やがて竹緒は、眠った振りをした。

「……詰まらない。菘と一緒の方が、ずっと楽しい……」

百合香は不満そうに言って、暫くは何かと話し掛けていたが、何時しか微かな寝息が聞こえる様になった。それに気付いて、竹緒はそっと身を起こした。胸が騒いで、とても眠れるものではなかった。

「何と可愛いお顔をして休んでおられるのであろう……」

竹緒はじっと百合香の寝顔を見つめた。男と女が、褥《しとね》を共にするという意味が、当然のことながら彼女には全く分かってはいないのである。彼は、両手でそっと百合香の頬に触れてみた。それは少し冷たくて、柔らかでありながら心地好い弾力があった。

「おやすみなさい」

竹緒はそっと百合香の耳元で囁いた。この女子を、絶対に他の男に渡したくはない……。彼は、ふとその様に思った。

玄斎は、常である夜の館の見回りの途中、竹緒の部屋から明りが漏《も》れているのに気付いた。何気なく覗《のぞ》いて見て、彼は腰を抜かす程驚いてしまった。

——一体、どうしたことか……。

しかし彼は、暫くの間そっと様子を窺《うかが》っていて、やがて何事もなかったかの様にそっと息子の部屋から離れて行った。

翌日、玄斎は竹緒に尋ねた。

「昨晩は、遅くまで部屋から明りが漏れていた様だが……」

「父上……」

竹緒の顔に、さっと緊張の色が走った。

「百合姫さまが、菘の部屋に泊まりに来られました……」

「それで……?」

玄斎は己の心の動揺は些《いささ》かも見せずにそう尋ねた。

「菘が父上のお部屋にいることをお話ししますと、わたしの部屋に泊めて欲しい、と申されました」

「それならば、お屋敷へお送りすれば良かったのではないのか?」

「姫さまは、桃代どのには内緒のことだ、と言われました」

「それで、そなたの部屋に泊めて差し上げた…、という訳なのか……」

「はい」

息子の言葉に、嘘はないであろう…、と玄斎は感じた。

「それでは、これからどの様にするつもりなのじゃ……?」

玄斎は努めて穏やかに尋ねた。

「今朝、姫さまをお屋敷の門の外までお送りして、もうわたしの部屋には泊まりに来ないでください、と申し上げました」

「して、姫さまは何と申されたのじゃ?」

「どうしていけないのかと……」

「そなたは何とお答えしたのか……?」

「兄と妹は、大きくなったら同じ部屋に休んではならぬのがしきたりじゃ……、と申しました。その様なことをしては、兄妹ではなくなってしまうから……、とも。姫さまは、わたしが兄でなくなるのは、絶対に嫌じゃ。もう二度と、わたしの部屋には泊まらぬ……、と約束してくださりました」

「……」

面白いことを言ったものだ……、と玄斎は思った。『その様なことをしては、兄妹ではなくなってしまうから……』というのも、興味深い言葉の様に思われた。しかし、とにかく断ったのであれば、それはそれで良いであろう……、とも考えた。

「わしは、そなたを信じている」

「父上……」

竹緒は嬉しそうな顔をした。

「しかし、これからもこの様なことが続いて、たとえ何事もなく過ごしたとしても、他の者たちは何と思うか知れたものではない。弟子や女中たちの目もあることじゃ」

「……」

竹緒は、微《かす》かに頬を赤らめていた。

しかし竹緒には、父に隠していたことがあった。

『兄と妹は、同じ部屋に休んではならぬのがしきたりなのです』

との、竹緒の苦し紛れの言葉に対して、百合香は由々《ゆゆ》しきことを言った。

『兄上と姉上は、竜巻寺の姉上のお部屋で、一緒に休んでおられました』

『何と……』

それは、竹緒には奇異《きい》なものに感じられた。

――姫さまが兄上、姉上と申されるは、唐沢光匡様と藤姫様のことであろうに……。

しかし彼は、そのことを玄斎に話そうとはしなかった。彼がそれを口にしたら、父が百合香に対して悪い印象を持ってしまう様な、何故かそんな気がしてならなかったのである。竹緒が玄斎に隠し事をしたのは、珍しいことであった。

第十八章　東雲《しののめ》城《じょう》落《お》つ

二ヶ月余り前、睦月《むつき》（陰暦一月）の末に藍河の鷹月城《たかつきじょう》を訪れた伏見春永《ふしみはるなが》は、兄春元の許にて一夜を過ごした。翌日、城を後にして勝山の国へと帰る途中、彼は馬上で考えを巡《めぐ》らせながら一言も口を開こうとはしなかった。

――春永様は、一体兄君春元様とは、何を語り合われたのであろうか……。

佐久間仲之《さくまなかゆき》は知りたいと思った。しかし春永の厳《きび》しい表情を見ては、それも控《ひか》えざるを得なかったのである。やがて春永と仲之、それに供の二騎は勝山へと近付いて行った。故郷《ふるさと》の国が近くなるにつれて、春永の決心は漸《ようや》く定まりつつあった。

——兄上は、決してわしに偽りのお胸の内を打ち明けられる様なお方ではない。然《しか》らば春員《はるかず》殿に代わって、勝山の国をわしが手に入れても良い、と申すことなのか……。

次兄春元の処遇《しょぐう》に関しては、今一つこれといった良い考えも浮かばぬ春永ではあったが、その様なことは、事が成就《じょうじゅ》して後《のち》に考えれば良いことの様に思われた。

——わしは、決して兄上を粗略《そりゃく》には扱わぬ。それで良い。要するに一日も早く、勝山を我が手中《しゅちゅう》に納めることじゃ。

勝山の国に馬を乗り入れし時、すでに春永の決心は固まっていた。

——長兄春員殿を廃し、わしがこの国の領主となる。

「春永様。一体如何なされたのでございまするか……？」

余りの厳《きび》しい表情に、佐久間仲之はこう声をかけた。

「いや、何でもない」

春永は、そう答えた。

間もなく皐月《さつき》（陰暦五月）になろうとしていた。それは、肌《はだ》も汗ばむ様な日の昼下がり。春宵尼《しゅんしょうに》の屋敷の庭で木刀を振っていた進之助に、栄三郎が息急《いきせ》き切《き》って凶報《きょうほう》を伝えた。

「東雲城《しののめじょう》が、伏見定澳《ふしみさだおき》様の急襲《きゅうしゅう》を受けて、落城した……」

伏見定澳とは、春元、春永兄弟の父方の叔父に当たる人物であった。

「何、定澳様、じゃと……？」

進之助の顔色がさっと変わった。

「して、春員《はるかず》様は……」

「定澳《さだおき》様のご命令で、お首をはねられたそうじゃ」

「東雲城は、落城したのか……」

進之助は、春員が命を絶たれたと聞いて、改めてそれを認識《にんしき》したのであった。

「春員様は、定澳様に降伏され、ひたすらに助命を請《こ》われたが、定澳様は東雲城を我がものとした後、春員様のお命も奪ったそうじゃ」

「いかにも、春員様らしいのう」

進之助は呟く様に言った。

——何とも腑甲斐無《ふがいな》い。城を死守されるお覚悟もなかったとは……。

彼は歯がゆく思った。しかし主筋の春員の悪口は、流石に憚《はばか》られた。

「して春永様は、如何なされたのじゃ……？」

進之助には春元の弟の身が案じられた。

「それが……、城が定澳様の軍勢に囲まれし時点で、既にお姿が見えなくなっていたとやら……」

――それも、春永様らしい……。

進之助は、その情報にほっとした。彼には一ヵ月余りの間、丁重に持て成してもらった恩があるのであった。

「おそらくは、藍河の国へと向かわれたのであろう」

進之助は確信を持った様に言った。

「何……。お前は、春永様は春元様の御許へと行かれた、と思うのか……？」

「他には御身を寄せられる所とて無い筈じゃ」

進之助は自信たっぷりに言った。

――これは、容易《ようい》ならざる事になってきたな……。

進之助はここのところ、暇を持て余していた。彼も原田嘉平の様に、退屈《たいくつ》には耐えられぬ男の様であった。しかしその事実は、余りにも重大に過ぎた。

それは十日余り前の、卯月（陰暦四月）も半ばを過ぎた頃であった。春永は長兄春員《はるかず》に取って代わる手筈《てはず》を、着々と整えつつあった。次兄春元を担《かつ》ぎ出そうとして失敗し、弟の春永に乗り換えた井上《いのうえ》規里《のりさと》とも、緊密《きんみつ》に連絡を取り合っていた。春永は長兄春員の扱いには、頭を悩ませていた。井上は断固たる処置を主張していたが、兄の春元と同様に彼も冷酷なことは好まぬのであった。

「後《のち》に禍根《かこん》を残す様なことがあってはなりませぬ」

井上の言葉に、春永も決断を迫られていた矢先であった。

「春永様。気になることがござりまする」

腹心《ふくしん》の佐久間仲之が、緊張した面持《おもも》ちで報告に来た。

「柴崎城《しばさきじょう》におられる伏見定澳《ふしみさだおき》様のご動向が、些か腑《ふ》に落《お》ちませぬ」

伏見定澳は、春永の父伏見春定《ふしみはるさだ》の弟で、西隣の鳴海《なるみ》の国との国境《くにざかい》に近い柴崎城の城主であった。

「叔父上は、かねがね春員殿には批判的であられたからのう……」

「柴崎城には着々と兵が集められていると、間者《かんじゃ》からの報告が入りました」

——危ないな……。

春永の頭に、この時閃《ひらめ》くものがあった。

——今、攻め込まれては、この東雲城は三日と持ち堪《こた》えられぬであろう。おまけに春員殿には、城を守り抜くだけの気概《きがい》も、お力も無い。おのれ、あと半月もあったら、この城を我がものとすることが出来たに……。

春永は唇を噛《か》んだ。

「春永様、急ぎこの城の守りを固めねばなりませぬ」

仲之には、悲壮《ひそう》な覚悟の色が浮かんでいた。

「もう……、遅い」

春永は呟いた。

「何でござりますと……?」

仲之は、信じられぬ……、といった表情を見せた。彼に取ってみれば領主の春員が頼りには出来ぬ今、自らの主である春永だけが頼みの綱なのであった。

「仲之、すぐに支度《したく》を致せ」

「それでこそ、春永様でござります」

彼は勇んで、その場から立ち去ろうとした。

「仲之」

しかし春永は、ここで意外なことを言った。

「戦う支度ではない。逃げ出す支度だぞ」

「……何でござりますと？」

仲之は、唖然《あぜん》とした顔をしていた。

「貴方様はご幼少の頃より、逃げるのが大嫌いであられたではござりませぬか……。よく兄君春元様のご近習の芦田《あしだ》一滋《かずます》殿が、三十六計逃げるに如《し》かず……、などと申しますと、『臆病《おくびょう》者よ』とお笑いになりました」

「そうであったな……」

春永は苦笑した。

「ここは、兄上春員様の代わりにお力を発揮《はっき》なされます、絶好の機会かと……」

仲之は主を奮《ふる》い立たせようとするかの様に言った。

「わしには、一滋が大した男であったと申すことが、今にしてよう分かったよ」

「春永様……」

仲之は狐《きつね》に摘《つま》まれた様な顔をしていた。

「今のこの城の者達をまとめるは、至難《しなん》の技じゃ。あと半月も後であったなら、また話は別でありしものを……」

春永はこう言って、さっさと逃げ支度を始めた。仲之は承服《しょうふく》しかねるとの表情をありありと浮かべていたが、彼は自らの主を衷心《ちゅうしん》から信頼していたので、それ以上春永を諫《いさ》めようとはしなかった。

藍河の伏見春元の許へ、

『東雲落城。長兄春員《はるかず》の斬首《ざんしゅ》』

の報が届いたのは、卯月（陰暦四月）も終わりに近くなった頃であった。

「春員殿が、亡くなられた……」

春元にはこれ迄、辛く当たり続けて来た異母兄の、思い掛けぬ死の知らせであった。彼の片腕とも言える結城進之助を、仕掛けられた刺客を返《かえ》り討《う》ちにしたという止《や》むを得《え》ぬ仕儀《しぎ》により、他国へと逃《のが》さねばならぬ様な事態にも追い込んだ兄である。しかし春元には、感無量《かんむりょう》のものがあった。

――兄上春員殿は、叔父定澳《さだおき》殿の命《めい》により首をはねられてお果《は》てなされた……。

春元はこの時、やはり平静ではいられぬ血の騒《さわ》ぎを覚えた。

――わしは、兄上をずっと憎いと思い続けて来た筈であるに……。

彼は自分ながら、その込み上げて来る思いが不思議であった。

――して、春永の安否《あんぴ》は…。あれが、一緒に殺されたという知らせは、未だに入ってはおらぬ。母上は、如何なされたのであろうか。橘《たちばな》は……。

春元の心は千々《ちぢ》に乱れ、居ても立ってもいられぬ気持ちであった。橘とは、春元、春永兄弟の同腹の妹で、今年八歳になっていた。春元はすぐにも、勝山の国へ飛んで行きたい気持ちであった。

「拙者が、勝山の国へ赴《おもむ》きまして、ただ今はどの様になっておりますのか、情勢《じょうせい》を見定めて参りましょう」

芦田一滋《あしだかずます》が、見兼《みか》ねた様に言った。

「いや、現在出掛けて行ったところで、勝山の国は混乱していよう。何等得るものも無いに相違ない」

春元はこう言って首を振った。加勢《かせい》を送って春永や母紫苑《しおん》、妹橘《たちばな》を確実に救い出せるのであれば、すぐにも近習たちのすべてを送り、自ら出向くことも吝《やぶさ》かではないが、最早勝山の国は、叔父定澳に奪われてしまったのである。

「しかし……」

一滋は尚も心配そうな表情を見せていた。

「春永は、そう簡単には死なぬ。心利《こころき》きたる者故、母上や橘の身も、必ずや……」

春元は自らに言い聞かせる様に言った。

その春永が、十名余りの家来を伴って藍河の鷹月城へ姿を見せたのは、皐月《さつき》（陰暦五月）に入って暫くしてからであった。

「一体そなたは、これ迄どうしていたのじゃ？　心配したぞ」

春元はこう言って、春永の手をしっかりと握り締めた。

――無事で良かった……。

家来達の手前、そうも言えなかったが、彼の目はその様に語っていた。

「ご心配をお掛け致しまして、誠に申し訳ございませんでした。某《それがし》に近しい者たちを、取《と》り敢《あ》えずは連れて参りました」

春永は兄の前に、深々と頭を下げた。伴った家来の中には、佐久間仲之の様に始めから従っていた者と、途中から加わった以前から密かに春永に心寄《こころよ》せていた者たちの姿もあった。

「某は、東雲城が定澳《さだおき》の手に落ちし後も勝山の領内に身を潜《ひそ》め、後々《のちのち》役に立つであろう家来たちと密《ひそ》かに連絡を取っておりました。井上則里《いのうえのりさと》は、己の顔は定澳の手の者達には余り知られてはおらぬ故に、勝山の国に留まる、と申しました。東雲城を我がものとして後、定澳は春員殿のお命を絶ちましたが、その敵に尾を振って召し抱えられるを願う伏見本家の家来達もおりました」

春永は不服そうな表情で話した。彼は最早叔父を、『定澳殿』とは呼ばなかった。

「井上は、その様な風潮《ふうちょう》の中で、落《お》ち武者《むしゃ》狩《が》りなどにより定澳には服さぬ有意《ゆうい》の士《し》が、無益に命を落とすことを恐れ、その者たちを救う為にも自分は勝山に残る、とも申しておりました」

「流石は、井上殿でございまするな……」

ここで芦田一滋が、思わずそう口を挟《はさ》んできた。彼は井上が春元に、春員に代わって勝山の主となるようにと働き掛けていたことは知っていて、それに色好い返事を返さなかった春元の方にこそ、不満を覚えていたのである。

「井上は某に、貴方は敵方に顔を見知られておりますれば一刻も早う勝山の領内からお姿を消されますように……、と勧め、己は勝山に留まって、ご兄弟の御為に東雲城の心ある残兵共《ざんぴょうども》を密かに養《やしな》っておきます故に、一日も早いご帰国を……、と、これは某にだけではなく、兄上にも申したかったのだと思われますが……」

「………」

春元は口には出さなかったが、井上は伏見家の為には命も惜しまぬ男であったか……、と彼を見直す思いであった。そして御家再興《おいえさいこう》の為には、春元と春永の気持ちが揃《そろ》わぬ様では困る、と考えての言葉なのであろう……、とも感じられた。

「本当に、残念な結果となってしまいました……」

兄と二人きりになると、春永はこう言って再び頭を下げた。

「して、母上と橘は……？」

春永の無事な姿を見た今、春元にはそれが何よりも気になっていた。

「母上もご一緒にお連れしたかったのでございまするが、林田実幸《はやしださねゆき》殿は大の女好きじゃと伺っております。ここへ橘を連れて参るは、気が進みませんでした」

春永は気掛かりな表情で答えた。

「橘は、まだ八歳ではないか……」

春元は思わず笑ってしまった。

「幼い女子を好む男とて、おりまする」

春永はむきになった様に言った。彼は妹の橘を、こよなく愛しているのであった。

——今のところ、実幸殿のお好みは、大人びた女子じゃよ……。

春元はおかしかった。現に春元と実幸は、山茶花《さざんか》という一人の遊び女を巡《めぐ》って、恋の鞘当《さやあ》てを演じていたのである。しかしそれを、口にしようとはしなかった。

「……もしも母上が、実幸殿に質《しち》（人質）として取られてしまっては……、とも思いました」

「それは、そうじゃのう……」

母の紫苑《しおん》は、林田実幸の叔母に当たる。しかし乱世においては、その様なことは余り頼りにはならぬことであった。

「取《と》り敢《あ》えずは、進之助の母菖蒲《あやめ》を兄上が匿《かくま》われた尼寺に、橘と一緒にお連れ致しました」

「あの寺を、よう知っていたな……」

「先日進之助が東雲城へ参りました折に、聞いておいてようございました」

「よくぞ母上と橘を、城から落とすことが出来たものだ」

春元は感心した様に言った。

「佐久間仲之が、定澳《さだおき》の動向に不審ありと報告して参りましたので、取り敢えずは母上を城よりお逃《のが》しする方法を考えました」

「それは、どの様に致したのじゃ……？」

「まさか、この城から出て行くのだ……、とは申せませぬ。兄上は、野掛けに行くと申されて城から出られ、そのままこの藍河へと来てしまわれました。さりながら、母上が野掛けに出られる筈はありませぬ。墓参りがまずは頭に浮かびましたが、父上、お祖父様《じじさま》を始めとして、丁度良いご命日がありませんでした」

「それは、困ったな……」

春元は思わず口元を綻ばせた。

「笑い事ではございませぬ」

春永は兄の目を軽く睨んだ。

「許せ、許せ。母上も橘も無事と聞いて、安心したのじゃ」

「丁度、高承寺《こうしょうじ》の杜若《かきつばた》が見事に咲き誇っていると聞いておりましたので、母上に無理にお勧め致しました。橘を連れてお出かけになるように、と……」

「母上には、事情はご説明しなかったのか？」

「まだ、仲之の情報が正しい、との確信がございませんでした故に……。しかし母上は、何かを感じ取っておられたのやも知れませぬ。今、思いますれば、東雲城を幾度《いくたび》も振り返っておられた……」

「聡明《そうめい》なお方じゃからのう」

春元は呟いた。その時、廊下《ろうか》に足音がした。

「人払いがしてある筈じゃが……」

春元は足音の方へ目をやった。そこには、林田実幸《はやしださねゆき》の姿があった。彼は藍河の若き領主で、今年二十歳であった。

「春永、久しいのう……」

実幸は、兄弟の上座にどっかと腰を降ろした。上背のある、年よりは落ち着いて見える男であった。

「某ばかりか、弟まで押し掛けて参りまして……」

春元はこう言って手を突いた。

「他人行儀《たにんぎょうぎ》なことを申すではない。して、春元。勝山の国へは、何時軍勢《ぐんぜい》を差し向けるのか？　わしは、早い方が良いと思うがのう」

「勝山の国へ、でござりまするか……？」

春元は他人事の様に言い、実幸の顔を見た。

「わしが、望みの兵を付けてやろう」

「某はとうに、勝山の国を出ました者にござりますれば……」

春元は落ち着いた様子で答えた。

「伏見定澳《ふしみさだおき》を、そのままにしておく積もりか？」

「某には、関係の無いことにございます」

春元はきっぱりと言った。

「春永。そちの兄は、相変わらず何を考えているのやら得体《えたい》が知れぬ。そちが春元の代わりに、春員殿の仇《あだ》を討《う》つが良いぞ」

実幸は、今度は春永に話を向けた。春元は心配そうに、弟の方を伏《ふ》し目勝《めが》ちに見ていた。

「某は、兄春員を見殺しにした弟にございます」

ここで春永は、こう言って両手を突いた。

「春員殿は、戦う気振《けぶ》りさえも見せずに降伏してしまった……、と申すではないか……。そなたが側におったところで、巻き添えを食うて兄と一緒に殺されただけじゃ」

「温《あたた》かきお言葉ながら、世間の者達は決してそうは見てくれますまい。あれは、兄を見捨てて自分一人、城から逃げ出した弟じゃ、と申しましょう。その様な者が、『弔《とむら》い合戦《がっせん》である』と申したところで、一体誰が付いて参りましょうや……」

その春永の言葉に、実幸は春元の方へと視線を戻した。

「俯甲斐《ふがい》なき兄弟よと、笑うてくださりませ」

春元は静かな口調で言った。

「世の中は、思うた通りには行かぬものよ。兄弟揃《そろ》うて、用心深きことじゃな」

実幸は面白くなさそうな顔をしていた。しかし、それは一瞬のことであった。

「春永。わしを兄じゃと思うて、寛《くつろ》ぐが良い。遠慮はいらぬぞ」

実幸はこう言って立ち上がると、更に春元に声を掛けた。

「春元…。弟と力を合わせて、わしの首を狙《ねろ》うたりはしてくれるなよ」

「狙いましたところで、やすやすと討たれる様な実幸殿でもございますまいに……」

春元は悠然《ゆうぜん》と笑った。

「あとで春永も交えて、酒を酌《く》み交わそうぞ」

実幸はこう言うと、やがて部屋から出て行った。

「実幸殿は、暫《しばら》くお目に掛からぬ内に、立派になられましたな……」

春永は感心した。生母を早くに亡くした実幸は、叔母の紫苑に懐《なつ》いていたので、藍河の領主となる以前には、叔母を訪ねて時折勝山の国へ顔を見せていたのであった。

「実幸殿とて、そなたが逞《たくま》しゅうなったと、驚いておられよう」

「兄を見殺しにした男が、でございまするか……」

春永は自嘲《じちょう》気味《ぎみ》に言った。

「左様なことを申すではない。わしがそなたの立場であっても、同じ様に逃げたであろう。実幸殿も、そなたが側におっても、巻き添えを食うただけじゃ…、と申されていたではないか……。東雲城の中は、最早統率《とうそつ》が取れてはいなかった。そなたの力でよしんばそれを纏《まと》めることが出来たとしても、兄上が始めから降伏《こうふく》されるお積もりであったのでは、致し方もなかったであろう。戦うようにとお諫《いさ》めしたところで、わしやそなたの言を素直に聞き入れてくださる兄上とも思われぬ」

「兄上……」

春永の瞳から、この時涙が溢《あふ》れた。今まで張り詰めていたものが、一遍《いっぺん》に崩れ去って行った様である。彼は春元の胸に顔を埋《うず》めた。先日もこうして、自分は兄の胸の中で泣いた。こんなにも早く、再び同じ様に涙を流す日が来ようとは……。春永には、何ともそれが無念であった。

「良う、実幸殿の申し出を断ってくれたな」

春元は弟をしっかりと受け止めながら、優しく言葉を掛けた。

「父上の城を、一刻も早う取り戻したきは山々にござります。さりながら勝山へ参りますには、柾平と清津の国を通らねばなりませぬ。少ない人数に分け、密かに間道を行けましたならまだしも、実幸殿が街道《かいどう》を行くようにと主張されました時には、その二つの国々が何事も無く通すであろうとは、到底思われませぬ」

春永は涙で濡《ぬ》れた顔で兄を見た。

「その方らの好きな様にせよ…、とは、到底申されぬであろうよ。実幸殿に利用されるは、目に見えておる。暫くは兄弟二人、俯抜《ふぬ》けを通すが一番じゃ」

血気に逸《はや》ることなく冷静に判断した弟に、春元は満足していた。しかしまだ十六歳の春永に、重い現実を背負わせてしまったことに、春元は兄としての責任を深く感じていた。

男として、領主の座を目の前にして、何故、それを見送らねばならなかったのか……。春元も決して無欲な人間ではない。この弟と力を合わせて、長兄から領主の地位を奪い取ろうとしたら、それは決して不可能なことではなかった。心ある家来達の多くも、それを強く望んでいたのである。さすればこの様な事態になることは、避《さ》けられたやも知れぬ。しかし春元には、勝山の国を受け継ぐことをためらう、腹心結城進之助にさえも打ち明けることの出来ぬ、隠された事情があった。彼は己の出生に、微《かす》かな疑念を抱いていたのである。

——昨年の暮れに、この鷹月城《たかつきじょう》を訪ねて来た進之助は、勝山から去ったわしをなじった上に、『……春元様は、何故、この様な所におられますのか』と、いきなり主のわしを殴《なぐ》り付けて来おった。わしは無償《むしょう》に腹が立ち、この男さえもわしの気持ちを分かってはくれぬのかと情けなく、思い切りあいつを殴り返して、あとは大喧嘩となってしまった……。

春元は腫れ上がった進之助の顔を思い浮かべた。

「しかし考えてみれば、あの男にも分かる筈はなかった。何も事情を話してはいなかった故に……」

春元は呟く様に言った。

「兄上……？」

春永は不思議そうにそんな春元を見た。

「……必ずや兄弟力を合わせて、東雲城を、勝山の国を、取り戻そうぞ」

春元は己の雑念《ざつねん》を振り払うかの様にこう言って、弟の手を強く握った。それに対して春永も、口元に笑みさえ浮かべてその手を強く握り返した。

――頼もしき弟よ。定澳《さだおき》に奪われてしまった勝山を取り戻す為には、わしと春永は嫌でも力を合わせねばならぬ。しかし……。

叔父から勝山の国を取り戻すというのは、容易《ようい》ならざることである。果たしてそれが、適うか否やも分からぬ。しかし万が一、取り戻せたとしても……。この時春元の心の中を、一瞬、冷たい風が吹き抜けて行った。

――わしは、この弟とは、絶対に争いとうはない。

父祖の地を取り戻すことは至難のこと。そしてもしそれが適《かな》ったとしても……。春元、春永兄弟の前途には、長い苦難の道が続いている様に思われた。

第十九章　水の精

そろそろ水無月《みなづき》（陰暦六月）になろうとしていた。竹緒は柾平川で毎日の様に泳いでいた。彼の大好きな季節がやって来たのである。まだ夜の開けたばかりの川で、彼は泳ぎを楽しんでいた。遊び仲間の村の子供たちがやって来る前に、竹緒はもう一泳ぎしているのが常であった。

「竹緒さま……」

その時、百合香の声がした。竹緒はその方に目をやって、我が目を疑った。百合香は帯を解き、みるみる小袖も脱ぐと、やがては一糸《いっし》纏《まと》わぬ身体となって竹緒の側へと近付いて来た。白く清らかな、それは何とも美しい姿であった。まるで川の女神の化身《けしん》かとも思われた。右の二《に》の腕《うで》の鳥の羽の様に見える痣《あざ》も、この世に完全なる美しきものの存在を許さぬ創造《そうぞう》の神の、意思の様にさえ思われた。

「姫さま……」

しかし次ぎの瞬間、竹緒は百合香の手を強く引いて川から上がり、無理やりに小袖を着せ掛けていた。

「竹緒さま。小袖が、濡れてしまう……」

百合香は呆然《ぼうぜん》としていた。

「一体どうされたのですか……？」

竹緒は慌《あわ》てて自らも衣服を身に着けながらこう尋ねた。

「昨年この川で溺《おぼ》れた時に、竹緒さまに助けて頂いたでしょう。わたしも泳ぎを教えて頂こうと思ったの。竹緒さまは、それはお上手なのですもの……」

「女子が、この様なことをしてはなりませせぬ」

竹緒は思わず、百合香を厳しい目で見た。

「まるで、進之助殿の様なことを言われるのね」

百合香は不満そうである。

「進之助様は、わたしのお師匠様ですからね。同じことを言う様にもなったのでしょう」

竹緒は百合香の手を引いて歩き出した。

「どこへ行くの……？」

「お屋敷で小袖をお着替えにならなくては、風邪をひいてしまいます」

竹緒は、いつ遊び仲間の子供たちがやって来るかと、気が気ではないのである。

「竹緒……。もう、帰るのか？」

しかしそこへ村の男の子《おこ》三人が姿を見せ、竹緒は慌てて百合香を後ろに隠した。

「その子は、誰だ……？」

遊び仲間の一人が、百合香の顔をしげしげと見た。

「見たことのない顔だな……」

「百合香じゃ」

彼女はこう言って微笑んだ。

「ゆりか……？」

その男の子は、何となく奇異《きい》なものを耳にしたかの様に聞き返した。

「百合香姫様……、だ」

しかし竹緒は、それを訂正した。

「ゆりか、ひめ……?」

その子は、増々怪訝《けげん》な表情になっていた。

村の子供たちは、領主の三田村尚家《みたむらなおいえ》の従兄弟である竹緒を、玄斎の館の中では『竹緒さま』と呼んでいたが、子供同士では『竹緒』と呼ぶのが常であった。竹緒もそれを望み、言わば子供同士の生活の知恵の様なものであった。彼等の家族は、病になった時には大抵玄斎若《も》しくはその弟子たちの世話になっていて、その薬料《やくりょう》を支払っていない場合も多かった。竹緒がもしそれらを鼻に掛けた場合、到底親しく付き合ってはいられぬであろうと思われたが、竹緒は常に、

『父上は、父上。わたしはわたしじゃ』

という立場を取っていた。別に玄斎は、借金を無理に取り立てている訳ではなく、竹緒は彼等には何等負い目《おめ》を感じてはいないのであった。

「松子さまには似ていない様だが、竹緒の妹なのか……?」

三人の男の子たちは、百合香をじろじろと見た。竹緒の姉の松子は、父の玄斎がこの上もなく大切にし、乳母に傅《かしづ》かせて滅多に他人の目にも触れぬ様にして育てた。そして現在、柾平の領主三田村尚家の口利《くちき》きで、その宿老《しゅくろう》の家へと嫁いでいる。村の子供たちにしてみれば、違う世界に住む女性なのであった。しかし竹緒はそれとは異なり、彼等には身近なものに感じられた。玄斎は、柾平の領主の子息として生れながら、それに相応《ふさわ》しく育てられなかったことを不満に思いつつ生きて来た。彼はそ

れを乗り越える為に都にて懸命に学び、今や柾平一、いや日《ひ》の本《もと》一の薬師《くすし》であるとの評判を得る迄になった。しかし彼は、己の誇りを守る為に、必要以上に威厳《いげん》を保つようにと努めた。それ故に、自らが決して腰の低い男ではないと気付いてもいた。だからこそ跡取《あとと》りにと思っている竹緒には、村人たちに近しい関係であって欲しいと、姉の松子とは違った育ち方を望んでいるのであった。

「妹ではない。ほら、春宵尼様の所の……」

竹緒は、百合香が自らの妹ではないと、懸命に説明しようとした。

「ああ……。去年、この川で溺れたという、あの……」

百合香が柾平川に流されかけた話は、土地の人々の間では既《すで》に有名な話となっているのであった。

「また、川で溺《おぼ》れたのか……？」

三人の男の子たちは、濡《ぬ》れた小袖姿の百合香を更にしげしげと見つめた。

——可愛いな……。

そう思っても、みな口にするのは何となく気恥ずかしかった。

「……他の子と、何だか違うみたい」

『気品』などという言葉を、彼等は知らなかったが、どこか普通の少女とは異なったものを、少年たちは感じたのであった。

「では、またな……」

竹緒は百合香の手を引いて歩き出そうとした。

「竹緒、もう帰るのか？　珍しく早いんだな……」

「百合姫さまが、風邪をひくといけないから……。また、後で来る」

竹緒は百合香の姿を、たとえ親しい仲間たちにとはいえども、男に見せておきたくはなかったのである。

――姫君などという身分の高い女人は、男の前には滅多に姿を見せてはならぬものなのだ……、と聞いたことがある。

彼自身は気付いてはいなかったが、百合香は既に、竹緒にとって大切な存在となって来つつある様であった。

――それにしても……、あいつらの来るのが、もう少し早かったら……。

竹緒はそう考えただけでも、冷や汗が流れてくるのであった。

「どうして、妹だと言ってはくださらなかったの……？」

歩きながら、百合香は不満そうに尋ねた。

「百合姫さまは、百合姫さまですから……」

竹緒は、答えにはならぬ返事をした。

――妹とは、夫婦《めおと》にはなれませぬ。

しかし竹緒の瞳《ひとみ》が、雄弁《ゆうべん》にそう語っていた。

その二人の後ろ姿を、こっそり見送っている男が二人いた。羽村栄三郎と嘉平である。

「早起きをするのは、何とも良いものですなあ……」

竹緒が聞いたらさぞや驚くであろうことを、栄三郎は言った。

「綺麗でした。女子にはならぬ内から、もうあの様に美しい身体を持っているものなのか……」

「真に……」

嘉平も黙って頷《うなず》いた。二人とも柾平川で、水に潜《もぐ》る稽古をしていたのであった。

──竹緒という餓鬼《がき》は、どうも気にくわぬ。

栄三郎は初対面の時から、彼に良い印象を持ってはいなかったのである。

──何もあの様に慌てふためいて、小袖を着せてしまうこともなかったのだ。あいつはもう、百合姫様を自分一人のものにしておきたい、とでも思うているのか……。

栄三郎は口惜《くちお》しく思った。

勝山の国が伏見定澳《ふしみさだおき》の手に落ちて一ヵ月余り。進之助の睨《にら》んだ通りに伏見春永《ふしみはるなが》は藍河の兄春元を頼って行った……、との情報は伝わって来たが、今のところ柾平で手をこまねいている以外には、為《な》す術《すべ》もない進之助と栄三郎なのであった。例の芦田一滋《あしだかずます》から、藍河にはなるべく近付かぬように……、との書状が届いた故である。一滋は、身を隠す場所に困らぬ伏見の家来達は、出来得る限り藍河へは姿を見せぬ方が良い、と考えていたのであった。

その日の夜、楓が休んだ後で、進之助、栄三郎、嘉平の三人は、厨《くりや》の囲炉裏端《いろりばた》で勝手なことを言いながら、久作が時々持って来てくれる酒を飲んでいた。

「いや……、進之助。お前にも見せてやりたかった……」

栄三郎は、今朝柾平川で目にしたことを話題にした。

「それは、惜しいことをした。しかし竹緒も、さぞや困ったであろうな……」

進之助は彼に同情していた。

「何の……、姫様の生まれたままのお姿を、一番近いところで見ることが出来たのだ。代われるものなら、俺が代わりたかったよ。それなのに奴は、あっと言う間に小袖を着せ掛けてしまったのだ。勿体《もったい》ないことをする。しかし、桃代どのがこの事を知ったら、さぞや驚くであろうよ」

栄三郎はにやりと笑った。嘉平は話の途中から口を閉ざし、ただ黙って二人の話を聞いている様になった。

「桃代どのは、百合姫様のこととなると夢中になるが、あの様な所で小袖など脱いではならぬとは、お教えしなかったのであろうか……」

栄三郎はこう言って、酒の入った茶碗を口に運んだ。

「桃代どのの常識の中には、河原で、しかも男の見ている前で小袖を脱ぐなどということは、想像さえ出来ぬことなのであろう。百合姫様が、余りにも天真爛漫《てんしんらんまん》であられたのじゃ。桃代どのの所為《せい》にしてしまっては、気の毒であろうよ」

進之助は、珍《めずら》しく桃代の肩を持った。

「ほう、気の毒か……?」

栄三郎はにやにやして彼を見た。

「気味の悪い顔をするな」

進之助は不快そうに、栄三郎を睨《にら》む様に見返した。

その時桃代は、何ともいたたまれぬ気持ちになって、そっと厨《くりや》の外から離れて行った。彼女は三人の話を、こっそりと聞いていたのである。

「百合姫さまが、竹緒さまの前で小袖を脱いでしまわれた。それを羽村様も嘉平殿も、見ておられたなどと……」

桃代は、顔から火が出る程に恥かしかった。

「でも……、竹緒さまが、すぐに小袖を着せ掛けてくださった……」

……竹緒さまは百合姫さまのことを、それ程までに大切に思っていてくださるのだ。桃代には、それが嬉しくもあった。

——それにしても、私の立ち聞きしていたことには、誰も気がつかなかった様だ……。

桃代は満足していた。彼女は嘉平が栄三郎に色々な技《わざ》を教えているのを、そっと物陰《ものかげ》から見ていることがあった。彼等が行《おこな》っている事の中には、自らに出来そうなことは余りない様に思われた。ただ、こっそりと潜《ひそ》んでいる技だけは、どうしても身に付けておきたい、と彼女は願っていた。

——母さまは、立ち聞きなどとは端《はし》たない…、と申されるであろうが、どうしても聞いておかねばならぬ場合も、この後必ずやあるに相違ない。

…今の三人の男たちの話は、是非とも聞いておく必要があった訳ではないが、良い稽古《けいこ》にはなった。進之助様たちにも気付かれてはいなかった様だと、桃代は何となく嬉《うれ》しかった。しかし嘉平だけは、それに気付いていたのである。彼は桃代の熱心さに感心した。

——度々《たびたび》我らの様子を盗み見ていた様だが、桃代どのは努力する女子と見える。自分で呼吸を工夫して、こっそりと厨《くりや》の外に潜《ひそ》んでいた。酒が入っていたとはいえ、結城殿も羽村殿も、全く気付いてはいなかった。大したものじゃ。

嘉平は、桃代がそれ程までに望むのであれば、自らが手を取って教えても良い、とまで思う様になっていた。

——桃代どのも菘どのも、中々おとなしゅうしてはおらぬ様じゃ。俺も、これからが大変であろうよ……。

彼は思わず首をすくめた。

「嘉平殿……。如何された……？」

進之助と栄三郎は、不思議そうにそんな彼を見たのであった。

やがて勝山の東雲城が落城して、二年の歳月が流れた。伏見春元《はるもと》の弟で血気盛んな春永《はるなが》は、皐月《さつき》（陰暦五月）に入って間もなく、突如として祖国《そこく》勝山の国へと帰って行った。伏見の家臣たちを平然と己《おのれ》の戦の為に利用する藍河の領主林田実幸《はやしださねゆき》と春永の意見対立が、頻繁《ひんぱん》に起こる様になった故であった。勿論、伏見定澳《さだおき》に命を絶たれた伏見本家の当主春員《はるかず》の異母弟が、表立って勝山へ姿を現しては危険である。そこで春永は、かつて春元や春永を担ぎ出して長兄の春員を廃そうと画策《かくさく》した人物であり、現在は勝山の国に身を潜めて伏見本家の再興の機会を密かに窺《うかが》っている井上則里《いのうえのりさと》を頼って行ったのであった。

この間に、進之助と栄三郎は、林田実幸の戦に駆《か》り出《だ》されて不本意《ふほんい》な初陣《ういじん》を飾《かざ》った。しかし二人とも春永と同様、実幸には反感を覚えていた。それ故に、彼らは春元には何等関係のない戦いに利用されることを嫌い、主から特別な下命《かめい》のない限りは、春宵尼の屋敷にあって、唐沢家所縁《ゆかり》の女性たちの警護をしつつ、勝山の国へ密かに出掛けて定澳《さだおき》の様子を探りたいと考えた。

伏見定澳には、長男定時《さだとき》、次男時繁《ときしげ》の男子があり、彼は次男の時繁を元から居城としていた柴崎《しばさき》城《じょう》に残し、長男定時と共に伏見春員《ふしみはるかず》より奪い取った東雲城《しののめじょう》にその居を移したのである。

しかし春永が勝山へ帰ったことで、彼に指揮された伏見本家の旧家臣達によって、国内のあちらこちらで小競《こぜ》り合《あ》いが生じるようになり、伏見春員の治めていた時代よりも更にその治安《ちあん》は悪くなっていた。そして伏見本家の嫡流《ちゃくりゅう》である春元、春永兄弟の間にも、微妙な空気が漂《ただよ》い始めてきた。祖国勝山へその姿を現すという、すこぶる危険の伴う行動を敢《あ》えて取った弟の春永に、当然のことながら心ある旧家臣達の注目が集まった故であった。

「春永様のなされ様は、絶対に承服《しょうふく》出来ぬ。一体彼《か》のお方は、伏見本家を継ぐべきお方は、どなたであると心得ておられるのか……」

芦田《あしだ》一滋《かずます》は、この様に不快感を露《あらわ》にした。彼は春永のことを、兄春元を蔑《ないがし》ろにする弟として、既に敵視する姿勢さえも見せ始めていた。一滋は、春元の近習たちの頭《かしら》として重きを成していた故に、それは春元の側近くある者の意見を代表しているとも思われた。そしてその様な春元の家来の言動は、自然と春永の側近の者たちへも伝わるようになり、そうと知れば彼らも面白からず思うのは当然の成り行きであった。

しかし結城進之助は、勝山の国へ潜入《せんにゅう》した折には井上則里《いのうえのりさと》と連絡を取ると共に、春永の許へも親しく顔を見せていた。

――伏見定澳殿《ふしみさだおきどの》から勝山の国を奪い返すことが出来るとの見通しの立たぬ今、何をその様にご兄弟の家来たちが、敵視《てきし》し合わねばならぬのか……。

進之助は、春元の近習頭《きんじゅうがしら》である一滋《かずます》を尊敬してはいたが、彼の春永へ向ける眼差しには批判的であった。

――春永様は、弟君として伏見の御家にはなくてはならぬお方。俺はご兄弟の御仲の、橋渡しともなりたい。

彼は心密かにそう思っていた。だが……。

「お前は、春元様の第一の腹心として、誰もが認めている男じゃ。春永様にその様に近付いて、もし一滋殿を始めとする春元様の近習たちから疑いの目を向けられし時には、一体如何《いかが》するのか……？」

進之助と行動を共にすることの多い羽村栄三郎は、この様に忠告《ちゅうこく》した。彼は一滋の思惑《おもわく》を気にして、出来るだけ春永には近付かぬようにしていたのであった。

「春元様の弟君にお会いして、何が悪いのじゃ？」

進之助は挑《いど》む様に栄三郎に尋《たず》ねた。

「俺は、春永様を油断《ゆだん》ならぬお方である、と見た」

栄三郎も臆《おく》せずにこう言い返した。

「油断のならぬお方であればこそ、春元様のお味方であって欲しいではないか……」

「春永様にお前が取り入っているとお耳にされた春元様が、お前をどの様に思われたとしても、俺は知らぬぞ」

……せっかく忠告してやったものを、と栄三郎は忌々《いまいま》しく思った。

「どう思われたとしても、俺は一向に構わぬ」

……春元の自分への信頼は、その様に軽いものではない、と進之助には自負があった。もし万が一、春元が進之助に何らかの疑いを向ける様なことがあったとしたら、それはそれだけの男であるのだ……、とまで彼は思っていた。進之助は一滋や栄三郎の思惑は、全く無視した。

一方春永は、春元の側近の中でただ一人自らに親しく接して来る進之助を、常に上機嫌で迎えた。

「兄上は、お達者《たっしゃ》か……？　林田実幸殿とは、上手くやっておられるのか……」

彼は進之助の顔を見れば、常に春元の身を案じている様な言葉を口にした。

「はい。お健《すこ》やかにござります。兄君は春永様のお身の上を、殊《こと》の外案《ほかあん》じておられました」

「ご心配をお掛けして、心苦しゅうござります。春永は息災《そくさい》でおります、……と申し上げてくれ」

「兄君は、お喜びなされましょう」

進之助は、いつも魅力的な微笑を口許に湛《たた》えて答える。そのやり取りを、春永の側近たちは複雑な面持《おもも》ちで見ていた。彼らには春永の心中《しんちゅう》も進之助の考えていることも、全く理解出来なかった。

当初、勝山の国の隠《かく》し砦《とりで》に身を潜《ひそ》めている春永に近付いて来た春元の腹心結城進之助を、春永の家来たちは敵意の籠《こも》った目でむかえた。しかしその進之助を、春永はいつも丁重《ていちょう》に扱うのであった。

——もしや結城殿は、春元様を見限って我らが殿に近付いて参ったのでは……。

春永の側近たちの目には様々なものがあった。しかし春永の第一の腹心佐久間仲之《さくまなかゆき》は、進之助と二人きりになった折にはっきりと言った。

「某《それがし》は、どの様なことがあろうとも、我が主《あるじ》春永に従う所存《しょぞん》」

「佐久間殿……」

進之助は不思議そうに彼を見た。

「それは、結城殿が決して春元の殿を裏切られることがないのと、同じでござる」

「……」

進之助は、一瞬《いっしゅん》言葉に詰《つ》まった。

「我が殿に、お気を持たせる様なそこ許の振る舞いは、直《ただ》ちにやめて頂きたい」

仲之は腹に据《す》えかねた様に言った。

「某が春元の殿を裏切る筈がないとは、春永様は先刻ご承知であられますよ」

ここで進之助は、さらりと言った。

「何と……？」

仲之には、それは理解し難《がた》い言葉であった。

「そこ許のご主君春永様は、某にも計り知れぬ程に大きなお方にござります」

「結城殿……」

仲之は呆気《あっけ》に取られた様に彼を見た。

「しかし我が主春元も、魅力あるご器量《きりょう》であらせられる」

「……」

仲之はこの時、何と答えたものかと戸惑《とまど》っている風であった。

「左様なご兄弟が、もし争う様な事態になりましたなら、誠に勿体無《もったいな》いことだとは思われませぬか……？」

「結城殿……」

「春元様にはこの進之助が、春永の殿には佐久間殿が付いておられます限りは、ご兄弟の間に争いは起きぬと、某は信じたい」

「……」

黙ったままの仲之に、進之助は更に言った。

「伏見定澳殿《ふしみさだおきどの》からこの勝山を取り返さねばならぬ時に、春元、春永ご兄弟の家来達が反目《はんもく》し合っておりましたのでは、それこそ敵の思う壺《つぼ》ではありませぬか……」

「………」

「某は、ご兄弟の間に立ってその御仲を平穏《へいおん》に保って参りたいと存ずる。さりながら、春永様のお側にも、その様な方がいてくださらねば……」

「その役目を、某に…」

仲之は困惑の体《てい》で呟いた。

「春元様、春永様のお二方が力を合わせてくださらねば、勝山の国を取り戻すなど不可能にござりまするぞ」

「……実は」

仲之はここで、一瞬《いっしゅん》言いよどんだ。

「佐久間殿……」

進之助はじっと仲之の瞳を見つめた。

「某も案じていたのでござるよ。我が主《あるじ》春永と春元の殿が、もし不仲になられし折には、一体如何《いかが》したら良いのかと……」

「この某と、必ずや力を合わせてくだされ」

「………」

仲之は黙って進之助を見返したのみであったが、進之助はそれで十分であると思った。

──春永様は何とも掴《つか》み所《どころ》のないお方じゃ。しかし、佐久間殿。そこ許は信頼して良き御仁《ごじん》であると、某は信じておりますぞ。

春永の腹心《ふくしん》佐久間仲之は、誠実で力を合わせて行くことの出来る男である、と進之助は見ていた。彼より二つ年上の仲之は、得体《えたい》の知れぬ春永が信頼を置いているにしては、『目から鼻へ抜ける』といった家来ではない。どちらかと言えば、愚直《ぐちょく》とも思われる様な性格であった。

──気難《きむずか》しい春永様は、この御仁が側近く控《ひか》えられることに、安らぎを感じておられるのではあるまいか……。

……自分の様に、春元とはすぐに衝突《しょうとつ》してしまう家来では、春永の側近は到底務まらぬであろう、と進之助は考えていた。春永の腹心仲之は、自らとは全く異なった型の男であると思われればこそ、進之助は彼を信じ、手を取り合って行きたいと思うのであった。

第二十章　双葉より芳《かんば》し

勝山の東雲城《しののめじょう》が落城して、三年近くが空《むな》しく過ぎてしまった。伏見春元は相変わらず勝山から遠く離れた藍河《あいかわ》の国に、何ら方策《ほうさく》も無いかの様に留まっている。そのことには進之助もある種の危惧《きぐ》を覚え、尚且《なおか》つこの上もない焦《あせ》りを感じていた。

「春元様も、藍河で林田実幸様の戦の手助けを強《し》いられておられるよりは、もそっと勝山を取り戻す為に動かれるべきであろうに……」

しかし現実の問題として、春元が勝山へと姿を見せることは、すこぶる危険が伴《ともな》うことであった。進之助と栄三郎はたまらぬ焦燥感《しょうそうかん》を覚えながらも春宵尼の屋敷に身を寄せて、女性たちの警護をしつつ勝山の情勢を探る以外には、今のところこれといった上手い手立ても思い浮かばぬのである。

「春元様、春永様がご無事でさえあられたなら、お家の再興《さいこう》の夢が絶たれたという訳ではないのだ」

進之助は自らに言い聞かせる様に、よくこう言った。

かつて伏見春元や春永を担《かつ》ぎ出して、長兄の春員《はるかず》を廃《はい》そうと画策《かくさく》した井上規里《いのうえのりさと》は、勝山の国に身を潜《ひそ》めて、伏見家再興の機会を密かに窺《うかが》っていた。進之助と栄三郎は時々勝山の国に潜入して井上とは密かに連絡を取り合っていたが、それは非常に危険なことでもあった。

「春元様が、時期尚早《じきしょうそう》であるとゆったり構えておられると申すに、そなたたちだけでその様に危険を侵《おか》して、もし命を落とす様なことにでもなったら、如何《いかが》いたすのじゃ。焦《あせ》るなよ」

進之助や栄三郎が藍河の春元の許へと顔を見せる度《たび》に、芦田一滋《あしだかずます》はその身を案じて、ともすれば暴走《ぼうそう》しがちな二人の行動を押さえていた。

「この鷹月城《たかつきじょう》におられる方々とて、実幸様の柾平《まさひら》との戦《いくさ》に駆《か》り出《だ》されて、危険に身を晒《さら》しておられるのです。我々も、これ位のことをするのは当然でござる」

進之助は、どうせ命を掛けるのであれば、藍河で無益《むえき》な戦に従うよりは余程増しである、と考えていた。栄三郎も同じ意見なのであった。

「一滋殿《かずますどの》とて、本心は俺たちと同じ様に、伏見のお家再興の為に動きたいのじゃ。しかし何と申しても、芦田殿は春元様のご近習衆の要《かなめ》だ。そう軽々には、動けぬのであろう」

進之助は心の中では一滋に同情していた。

その年の卯月《うづき》（陰暦四月）も末に近い、ある昼下《ひるさ》がりであった。三田村玄斎の許へ、顔見知りの樵《きこり》によって、清津から十余りの騎馬の侍が我孫子峠《あびことうげ》を越えてこちらへ向かっている様であるとの報《ほう》がもたらされた。丁度館の庭では、嘉平が菘《すずな》の剣の稽古の相手をさせられていた。

「拙者が様子を見て参りましょう」

嘉平はこう言って、すぐさま駆け出して行った。

「玄斎様。一体、何事でしょうか……？」

菘は不安そうに尋ねた。

「ここ数年の間、柾平川の東の地を林田実幸様の兵が、好き勝手に荒らし回っている。しかし柾平川の西側は、今のところ尚家殿《なおいえ》によって平穏に治められている筈じゃ。それに林田様の軍勢が、我孫子峠を越えて来る訳もない。我孫子峠の西側は、唐沢光匡様のご領地……」

この様に言いかけた時、玄斎の脳裏にはふと閃《ひらめ》くものがあった。彼は春宵尼《しゅんしょうに》の屋敷へと、すぐさま向かった。その庭先では、進之助と栄三郎が剣の稽古をしていた。

「玄斎殿。大層慌てておられるが……。一体、何事でござるか…?」

栄三郎が不思議そうに尋ねた。

「唐沢様の騎馬の侍が十騎余り、こちらへ向かっておられるそうにござります」

玄斎はこう言って、進之助の顔を注視した。

「光圀様が、藤姫様をお迎えに来られたのであろうか……」

栄三郎も何となく腑《ふ》に落ちぬ面持ちで進之助を見やった。

「藤姫様のお迎えにしては、十騎余りの侍衆とは少々仰々《ぎょうぎょう》しいとは思わぬか……。それにあの御方様(桐乃)が、そう簡単に藤姫様のことをお許しになるとも思われぬ」

進之助は考え込んだ。

「目的は、結城進之助殿にある、と身共《みども》には思われます」

ここで玄斎は、進之助の瞳をじっと見てこう言った。

「以前から、近藤太郎殿より伺うておりました。有明橋《ありあけばし》の一件以来、進之助は藍河へ行ってこちらの屋敷には居りませぬと、彼《か》の御仁が再三申し上げているにも関《かか》わらず、光圀様の貴方を唐沢家へ連れ戻したいとのお考えは、相変わらずであられますとか……」

「最早、三年も経《た》ったと申すに……」

栄三郎が、うんざりした様に言った。有明橋で栄三郎を唐沢家の家臣達の魔の手より救ったのは進之助の力によると、皆は隠していたが、彼はそれに気付いていた。しかしこれ迄、素知らぬ振りを通して来たのであった。

「これより直《ただ》ちに、藍河へ向かわれるのが宜しいでしょう。伏見春元様のお側に……」

玄斎は進之助に、そう勧めた。

「それもそうじゃ。光匡様が、藤姫様を始めとして女性方《にょしょうがた》をどうこうする為に、十騎余りで押し掛けて来られたとも思われぬ。ここは芦田殿やお前の好きな、『三十六計……』が一番じゃ。後で間違いであったと気付いたら、戻って来れば良いではないか……。今のところ、この屋敷の女性方《にょしょうがた》にも玄斎殿にも、光匡様から睨《にら》まれる所以《ゆえん》はない。一番危ないのは、確かにお前であろう」

栄三郎も、珍しく真剣な表情でこう言った。

「後のことは、栄三郎殿と嘉平殿、それに身共とで何とでも致しましょう。早うお支度《したく》をなされませ」

玄斎は気が気ではなかった。

「いえ……」

しかし進之助は、鎮痛《ちんつう》なる面持《おもも》ちで首を振った。

――どうして小太郎は、このことを知らせては来なかったのであろうか……。

それが、彼には気掛かりなのであった。自分の身に危険が迫ったとしたら、まず第一番に、近藤小太郎が急を伝える筈である。それが、知らせては来なかったということは……。

——小太郎の身に、何事か起きたのではあるまいか……。

進之助は、逃げる訳にはゆかぬ……、と思った。

「それで、本当に宜しいのでございますか……？」

玄斎は念を押したが、進之助は黙って頷いた。

「それでは、身共はこれにて……」

玄斎はこう言って、あっさりと引き下がった。

——進之助殿がその様なお覚悟とあらば、最早わしがあれこれ言うても栓無《せんな》きことじゃ。捨て置いたところで、まさか命のやり取りと申す様な事態《じたい》にもならぬであろう。それよりも、尚家殿のご家来衆との衝突《しょうとつ》を避けねばなるまい。

彼の考え方は、いつも合理的であった。

「玄斎殿、左様な……」

栄三郎は慌《あわ》てた。しかし玄斎は、足早に立ち去って行った。

「進之助。本当に良いのか？」

栄三郎が尋ねた。そこへ、嘉平が戻って来た。

「やはり騎馬の侍たちは、光匡様とそのご家来衆であった。近藤殿も、一緒でござる」

「小太郎も、一緒か……」

進之助は考え込んだ。

「本当に、良いのか……？」

栄三郎が、再び心配そうに尋ねた。嘉平も同じ気持ちの様であった。

「心配をかけて、済まぬ」

進之助は、唯それだけを言った。

屋敷に着いた唐沢光匡は、春宵尼の部屋へと通された。

「お健《すこ》やかなる御尊顔《ごそんがん》を排し、祝着《しゅうちゃく》に存じます」

彼は、亡き父靖匡《やすまさ》の愛妾《あいしょう》に対して丁重な挨拶《あいさつ》をした。

「光匡様も、ご健勝《けんしょう》にて何よりでござります。ほんに、ご立派になられましたこと……」

春宵尼は光匡を、感慨深《かんがいぶか》げにじっと見つめた。今年二十二歳になられる筈……。靖匡《やすまさ》様がご存命《ぞんめい》であらせられたなら、いかばかりかお喜びになられたであろうに……、と彼女には思われた。

「数日前に、清津の鶴掛城《つるかけじょう》の主《あるじ》唐沢靖秋殿《からさわやすあきどの》が亡くなりました」

光匡は、挨拶を済ますと早速《さっそく》用件に入った。唐沢靖秋の一子靖影《やすしかげ》は既《すで》に三年余り前に、有明橋において羽村栄三郎と原田嘉平によって命を絶たれていた。

「靖秋殿の三人の息女は、既に他家へと嫁いでおります。従って鶴掛城の城主となるべき者が、絶えてしまいました……」

光匡は沈痛《ちんつう》なる面持ちで言った。

「そこで於次丸《おつぎまる》を元服《げんぷく》させて、城主として赴《おもむ》かせようと存じまする」

「於次丸を……」

春宵尼は、はっとして光匡を見た。

「於次丸は、まだ十歳でござりましょう」

「当然、鶴掛城には誰か信用のおける者を付けてやらねばなりませぬ」

光匡はそう答えた。

――それで、進之助殿が必要だ、と仰せになるのか……。

天井裏で嘉平は唸《うな》った。

――ご自分のご家来にと申されし時には、横車《よこぐるま》のどうのと思われるやも知れぬが、春宵尼様のお子の於次丸様の御為にとあらば、進之助殿とて無碍《むげ》には断れまい。流石に、靖匡公のご子息だけのことはあられる。

嘉平は妙なところで感心していた。

「進之助。若殿が、お呼びじゃ」

その頃、光匡の近習安西五郎《あんざいごろう》と古川健作《ふるかわけんさく》が、進之助を両側から挟《はさ》む様にして光匡の御前へ連れて行こうとしていた。

「待て。進之助は、科人《とがびと》ではないのだぞ」

近藤小太郎が、そんな二人を止めようとした。

「若殿は、此度《こたび》のことに関しては小太郎はやり難いであろう、と仰せられた」

安西五郎が言った。

「お前たちでは、たとえ二人掛りでも進之助には適《かな》うまい。俺に任せておけ。力づくでも、俺が清津へ連れて行く」

小太郎には進之助との手合《てあ》わせで、常に三本に二本は取れるという自信があった。

「……ここは、柾平の国じゃ。無闇《むやみ》に清津より押し入って、三田村尚家公《みたむらなおいえこう》のお耳に聞こえし場合、徒《ただ》で済むと思うておるのか。今頃は玄斎殿に急を知らせし者が、秋月城《あきづきじょう》へも御注進《ごちゅうしん》に参っていよう」

進之助は心配そうに言った。

「お前は、既《すで》に気付いていたのか……？」

小太郎は意外そうな顔をした。

「何故、逃げなかったのじゃ？」

「……」

しかし進之助は、答えようとはしなかった。

「進之助殿。どうぞ、於次丸の力になってやってくださりませ」

春宵尼は光国の御前に伺候《しこう》した進之助に、こう言って手を突き、深く頭を下げた。

——万事休《ばんじきゅう》す、だな……。

天井裏では、嘉平が再び唸《うな》った。

「進之助殿は、伏見春元様のご家来にござります」

しかしここに、光匡の前で進之助さえも口にするのを憚《はばか》ったことを、平然と言った者があった。百合香である。

「姫さま。こちらは貴女様の、お口を挟《はさ》まれるところではござりませぬ」

桃代は慌《あわ》てて、百合香を光匡の御前から下がらせようとした。確かに光匡は、竜巻寺《りょうけんじ》では百合香を実の妹の様に可愛がっていた。しかし靖匡《やすまさ》亡き後、現在の光匡《みつまさ》の気持ちも定《さだ》かには分からぬ今、詰《つ》まらぬことを言って光匡の不興《ふきょう》を買うのは得策《とくさく》ではないと、彼女は咄嗟《とっさ》に判断したのである。

「百合香か……。暫《しばら》く見ぬ内に、大きゅうなったのう」

しかし光匡はこう言って、百合香を側近く呼んだ。竜巻寺を離れてより四年、光匡は百合香の成長に驚かされた。

「そなたは幾つになった……？」

「十二歳にござります」

百合香は口許に微笑みを浮かべて答えた。

「……美しいのう」

光匡はじっと百合香の顔を見つめた。桃代は気が気ではない。自らの愛する百合香に、光匡が姉の藤香から絶対に目移りせぬとは思われぬ程に、彼女は麗《うるわ》しく膨《ふく》らみ始めた蕾《つぼみ》となっていたが故である。

「桃代……」

光匡の声に、桃代はぎくりとした。

「進之助との仲は、上手く行っておるのか……？」

「……」

彼女はさらに動揺《どうよう》した。

「……某《それがし》は、桃代どのからは、とうに嫌われてしまいました」

ここで進之助が、彼女に代わってこう答えた。

「ほう……。それは又、何故じゃ……？」

光匡は意外そうに尋ねた。

「某の様に、七難《しちむずか》しいことを申す男は、桃代どのの好みではないそうにござります」

「……」

進之助の言葉に、光匡は思わず苦笑した。

「そなたが望むとあらば、わしが媒酌《ばいしゃく》の労《ろう》を取っても良いと、思うていたのじゃが……」

「恐れ多き事ながら、些《いささ》か遅うござりました」

進之助はこう言って、丁重《ていちょう》に頭を下げた。

その日の羊《ひつじ》の下刻《げこく》（午後三時）、光匡は結城進之助を伴って清津へ帰ることとなった。何と言ってもここは、三田村尚家の領地である。長居《ながい》は無用《むよう》であった。しかし桃代は、心穏《こころおだ》やかではなかった。

進之助が口にした、

『某の様に七難しいことを申す男は、桃代どのの好みではない』

との言葉が、何とも気に掛かっていた。

──私が何時、あの様なことを申し上げましたのか……。

桃代には進之助の気持ちが分からなかった。

──過ぐる日、杉の木の下で進之助様は、私に妻になって欲しいと申された。某は損な役回りばかりを努めてきた男ではあるが、桃代どのなら某の気持ちも、分かってくれよう……、とも。それなのに、私が進之助様を嫌《きろ》うた等と……。あの様に光臣様の腹心のご家来衆もおられた中で、進之助様は自ら進んで恥をかかれた……。

桃代は切なかった。彼女は思わず両手で顔を覆《おお》い、しゃがみ込んでしまった。

「ご自分の械《かせ》となる様な女子を、自ら好んで連れて行かれる様な愚かな御仁ではないことを、桃代どのとて十分にご承知でありましょうに……」

その声に驚いて振り返ると、そこには何時の間にやら嘉平が立っていた。

「貴方は……」

この男は、進之助や自らの気持ちを既に察していたのか……、と桃代は複雑な心境《しんきょう》であった。

「桃代どの。早急《さっきゅう》に、文を認《したた》められよ。拙者が必ずや進之助殿にお届け致す」

嘉平は痛まし気に桃代を見ていた。しかしここで桃代は立ち上がると、

「……いいえ。結構でござります」

ときっぱりと言った。

「このまま別れてしまっては、余りにも進之助殿が気の毒じゃ」

嘉平は訴える様な口調であった。

「嘉平殿は、既に竜巻寺の火事でお亡くなりになった筈のお方ではございませぬか……。それに有明橋でも、唐沢家の方々によって栄三郎様と一緒に、殺《あや》められそうになりました。私たちの為に、またもや危ないことをお願い申し上げましては、私はもとより進之助様の面目《めんぼく》も立ちませぬ」

「それでは進之助殿とは、このまま別れるお積もりか……？」

嘉平は、信じられぬ……、といった表情を見せていた。

「いいえ。ただ今の嘉平殿のお言葉で、進之助様が私を厄介《やっかい》な事に巻き込みとうはないと思うてくだされしお気持ちが、良うわかりました。進之助様には、お返事を致さねばなりませぬ」

桃代はこう言ってにっこりと笑った。

「それは、どの様にして……？」

嘉平は心配そうな顔で、思わずこう尋ねていた。

「光国様。近い内に、また必ずやお会い出来ましょうね……？」

光国を見送りに出た藤香は、こう言って彼の手をしっかりと握り締めた。それに対して光国は、黙って深く頷《うなず》いた。そこへ……。

「進之助殿……」

この時、当たりを憚《はばか》らぬ大きな声に驚いて皆がその方《かた》を見やると、百合香が走って来るのが見えた。

「進之助殿」

百合香はこう言って、進之助の目の前に杉の小枝を差し出した。

「……」

進之助はしばし、その小枝を訝《いぶか》しそうに見つめていたが、やがてはっとした様に百合香の顔を見た。過ぎにし日、進之助が桃代に、将来妻になって欲しいと我が胸の内を打ち明けたのは、杉の木の下であった。

「姫様……」

動揺した進之助に、さらに百合香は言った。

「進之助殿が、好きじゃ」

その言葉に、光匡を始めとしてその場にいる者達すべてが、百合香を見た。

——桃代どのは、一体何を考えているのであろうか……。

彼は困惑《こんわく》していた。

「進之助殿も、好きですか……?」

百合香は、そんな彼には委細構わず、円《つぶ》らな瞳で更に尋ねた。

「……百合姫様」

進之助は、ここで気付いた。百合香の始めの言葉には、『誰は』という、後の言葉には『誰を』という言葉が、故意に欠けているのであった。大胆にもこの姫は、ある女の使いであろう……、と彼は察した。

「……はい。……嫌いでは、ござりませぬ」

進之助は、思わずそう口にしていた。それは彼に出来る精一杯の答えである、と思われた。

「進之助殿……」

しかし百合香は、尚も両手を広げた。それは、まるで私を抱き締めて…、と言っているかの様であった。

「百合香……」

見兼《みか》ねて、光匡が口を挟《はさ》んだ。

「百合香は、将来の婿殿《むこどの》に、誠に良き男を選んだものよ。褒《ほ》めてとらすぞ」

光匡は、春宵尼一族が竜巻寺の火事で亡くなった訳ではないと承知している心許した近習達の前ではあっても、それ以上のことを百合香にさせたくはないと思った。

「そうそう、兄上様……。先ほど姉上は、手習《てなら》いをしておられました……。お書きになっていたお和歌《うた》は……」

ここで光匡の顔に目を移して、百合香は全く別のことを言った。

「何……、藤香が、和歌を……？」

光匡は、その言葉につられる様に尋ねた。

「瀬をはやみ、岩にせかるる滝川の……。姉上、下《しも》の句《く》を、忘れてしまいましたが……」

百合香はこう言って、藤香の顔を見た。

「百合香……。私は、手習い等、してはおりませんでしたよ……」

藤香は頬《ほお》を染《そ》めた。

「百合香。もう、良い……」

光匡が慌てて窘《たしな》めた。自らが何ら前触《まえぶ》れもなく訪ねて来たこの慌《あわ》ただしい何刻《なんどき》かの間に、藤香が手習いをしている暇《いとま》のあろう筈はなかったのである。藤香は妹の口を借りて、自分への気持ちを伝えたかったのであろう……、と光匡は思った。彼はじっと藤香を見つめた。しかし百合香の視線は、こっそりと進之助の方へ向けられていたのである。

「百合姫様……」

進之助は堪《たま》らない気持ちとなって、思わず百合香の手を握り締めた。彼には百合香が、この上もなく愛《いと》おしく感じられたのである。桃代の代わりを必死に務めようとしている彼女が、何とも意地らしく思われた。しかしこの時進之助は、彼の生涯を通してこの姫が大きな関わりを持って行くであろう等とは、神ならぬ身の知る由もなかったのである。

——何の……。進之助は抜かりなくも、桃代どのから百合香姫様へと、既に乗り換えていたではないか……。流石《さすが》に、抜け目のない男よ。これで若殿も、桃代どのを質《しち》に取られる必要も、なくなったと申す訳だ。まさか妹君の百合香姫様が、人質でもあるまい……。

光匡の近習古川健作は、この時そう思った。進之助を見る光匡の近習達の目は、光匡から離れたがっているという印象から、これで大分変わって行った様である。しかし百合香は、勿論そこまでを考えていた訳ではなかった。

――一体、これは、どうしたことなのじゃ。進之助が、桃代どのと別れられよう筈はないに……。

近藤小太郎は、一人当惑《とうわく》していた。彼はこの度のことで、決して進之助を裏切った訳ではなかった。彼は彼なりに、進之助のことを案じていたのである。

――進之助は、二言目《ふたことめ》には、伏見春元様、春元様と申すが、果たして春元様は、進之助がそれ程までに思いを寄せるに相応《ふさわ》しい主殿《あるじどの》なのであろうか……。

小太郎には、伏見春元という男が、分からなくなっていた。

――戦わずして降参《こうさん》してしまわれた長兄春員様《はるかずさま》。それより前に、尻尾《しっぽ》を丸めて退散した末弟《ばってい》の春永《はるなが》様《さま》。又、更にそれ以前に、突如として東雲城から出て行かれた春元様。一体あのご兄弟は、どうなっておられるのじゃ……。武士の、風上《かざかみ》にも置けぬ方々ではないか……。

小太郎は憤慨《ふんがい》していた。それは、彼が進之助に好意を持っているが故であった。

――あのご兄弟は、進之助が思いを寄せるだけの価値のある方々であるとは、到底思われぬ。単に進之助は、母上が同じお乳を春元様に差し上げたということに、拘《こだわ》り過ぎているのじゃ。

彼には唐沢光匡こそが、進之助の主として相応《ふさわ》しい男と思われるのであった。

一方桃代は、物陰から清津へと向かう馬上の進之助を見送りながら、頬が紅潮するのを押さえられなかった。

「姫さまは、どうしてあそこまで……」

桃代が百合香に託《たく》したのは、進之助に杉の小枝を手渡すという、唯それだけのことであった。過日、杉の木の下で桃代に愛を打ち明けた進之助であった故に、彼にはそれで自らの気持ちは十分に伝わる筈……、と彼女は考えていたのである。それなのに……。百合香は、何と大胆《だいたん》な行動に出たのであろうか……。

「桃代……」

その声にふと我に返ると、百合香がにこにこして傍《かたわ》らに立っていた。そして私を抱き締めて、と言っているかの様に両手を広げた。先ほど進之助に取った仕草《しぐさ》と、それは全く同じであった。

「進之助殿の温《ぬく》もりを、桃代に伝えよう」

百合香はそう言った。

「姫さま……」

桃代は、ひしと百合香を抱《だ》き締《し》めた。何という、おませなことをなされたのですか……。桃代は、そう思った。彼女の頬を、涙がいく筋も伝っていた。

――私は生涯、姫さまをお守り申して参りますよ……。必ずや……。

桃代はかつて、これ程までに百合香を愛しいと思ったことはなかった。

「麗《うるわ》しき光景じゃのう。」

桃代は、はっとして百合香を抱《いだ》いたまま、その声の方へ目をやった。そこには、羽村栄三郎が立っていた。

「進之助も、とうとう清津へと連れて行かれてしもうた……」

栄三郎は呟く様に言った。

「何を、他人事《ひとごと》の様に……」

桃代は憤慨《ふんがい》していた。同じ伏見家の家臣として、よくも手をこまねいていられたものじゃ……、と何とも言えぬもどかしさを感じた。

「於次丸様がご城主になられるという鶴掛城は、勝山の国境《くにざかい》とも近い。あの男は、さぞや魅力を感じているであろうのう……」

「栄三郎様……」

それは、桃代には思いも寄らぬ言葉であった。

「あいつには、借りがある。俺は何としてでも、あいつを藍河の国へと逃《の》がすことを考えていたが、途中から気が変わったのじゃ。あいつは、転《ころ》んでも只では起きぬ男よ……」

「借りが……？」

桃代は、更に訝《いぶか》しそうに栄三郎の顔を見た。百合香も興味深そうな面持ちとなっていた。

「有明橋……」

彼は呟く様に言った。

「貴方は、ご存知だったのでござりますか……？」

桃代は意外そうな顔をした。

「唐沢の家来共に、『狼藉者《ろうぜきもの》』と呼《よ》ばれて始末されそうになりし時、春元様の近習衆がやって来て、俺と嘉平殿を助けてくれた。どうしてそうも都合良う、一滋殿《かずますどの》を始めとする男たちが、駆《か》け着《つ》けてくれたのだ。俺とて、それ位のことは分かるさ……」

「……それなのに、今まで知らぬ振りをしておられたのでござりますか？」

三年以上もの間……、と桃代は思った。

「面と向かって、礼など言えるものか」

「まあ……」

栄三郎の言葉に、桃代は寂しそうな微笑を浮かべた。

「まだある……」

ここで栄三郎は、遠い目をした。

「かつて勝山の国で、春元様が兄上春員様《はるかずさま》の刺客《しかく》に襲われし時、実は俺も一緒であった。春元様も進之助も、相手を切るつもりなどは毛頭《もうとう》なく、ひたすら逃げる積もりでいた。ところが、俺がやられそうになった。それで進之助が、切らぬでも良い相手を、切ってしまった……、と申す訳じゃ。あいつも俺も、まだ幼なかった……」

「左様でござりましたか……。進之助様は、その様なことは一言も……」

桃代はふと、殿方とは何と口の堅いものなのか……、と思った。

「だから奴の留守中は、俺がこの屋敷を責任を持って守る」

「うふ……」

桃代はつい、吹き出してしまった。

「おかしいか……？」

栄三郎はしごく真面目な顔をして尋ねた。

「いいえ」

桃代は慌てて首を振った。確かに栄三郎はこの二、三年の間に、嘉平から鍛《きた》えられてめきめき腕を上げて来たことを、彼女も知っていた。

「栄三郎殿が、わたしたちを守ってくださるのか……？」

この時百合香が、こう言って微笑《ほほえ》んだ。それは、人を引き付けずには置かぬ、何とも魅力的な笑顔であった。

「…桃代どのは怖いお人じゃと思うていたが、百合姫様もどうして……。怖いお方なのやも知れませぬな……」

栄三郎はふと、呟く様に言った。何故か、その様に思われたのであった。

「どうして姫さまが、怖いお方なのじゃ？」

「おっと……」

桃代の問いに、栄三郎は、思わず二、三歩後ろに下がった。彼女は今、木太刀などは持っていなかったが、かつて桃代に思い切り叩《たた》かれた日のことが、ふと脳裏を過《よ》ぎったのである。

——桃代どの、そなたは確かに怖いお人じゃ。しかし俺は、そなたが好きになってしもうた。進之助もそなたを好いている様じゃが、あいつはそなたの恐ろしさを、果たして知っているのであろうか……。しかし、俺は知っている。知っていても尚、そなたが好きなのじゃ…。

この時栄三郎は、進之助からの借りは借り。桃代は桃代として、全く別のことと考えている様であった。

そのころ進之助を連れた唐沢光匡の一行は、我孫子峠に差し掛かっていた。栄三郎が睨《にら》んだ通りに進之助は、於次丸《おつぎまる》の供をして鶴掛城《つるかけじょう》へ赴《おもむ》けるということに、大きな魅力を感じていた。

——鶴掛城は、勝山の国とも近い。伏見定澳殿《ふしみさだおきどの》の動静《どうせい》を、少しでも掴《つか》むことが出来たなら……。

進之助は、何としてでも春元を当主とした伏見本家の再興をと、心から願っているのであった。

——それにしても、桃代どのがあれ程のことをして参ろうとは……。女子とは、大胆《だいたん》なものだな。

進之助は、いたく感心していた。

瀬《せ》をはやみ　岩《いわ》にせかるる滝川《たきがわ》の
割れても末に　あはむとぞ思う

……二人の仲が、たとえ一時《いっとき》は引き裂《さ》かれたとしても、いく末は必ずや結ばれたいものですね。あの時、詞花和歌集《しかわかしゅう》・崇徳院《すとくいん》の御歌を伝えたのが、実は百合香の機転《きてん》であったとは、進之助も露知《つゆし》らぬことであった。

百合香は成長と共に、ますます見目麗《みめうるわ》しくなって行く。姉の藤香には、桜の花を思わせる今や盛りの華やかさが、妹の百合香には、梅の花の様なしっとりとした美しさがあった。梅は、花の寿命の長さと、得《え》も言われぬ芳香《ほうこう》を持つ。藤香を目にした者は、はっとしてその美しさに目を奪われる。それに対して百合香は、見た者の心を和《なご》ませる様な不思議な美しさを持っていた。しかしそれは、必ずしも百合香の内に秘められたものと同一ではない。麗しき百合の花は天真爛漫《てんしんらんまん》。やがて常識の枠《わく》を超えた姫君として花開いて行く。彼女はこの後、決してあたりまえの女性としては成長せず、百合香を取り巻く人々を困惑させることもしばしばであった。その萌芽《ほうが》は、既にこの日の出来事にも見られたのであった。

第二十一章　イザナミとイザナギ

半月ほどして、近藤小太郎は唐沢光国より藤香へ宛《あ》てた書状を携《たずさ》えて、柾平の春宵尼の屋敷へやって来た。彼は堅苦しい城勤めから解放されて、ここへ来るのが好きであった。この屋敷には疲れた身心を癒《いや》してくれる、暖かい雰囲気があった。

小太郎は屋敷を訪《おとず》れる度《たび》に、藤香と顔を合わせていた訳ではない。文は、桃代か進之助に渡すのが常であった。彼が藤香に手渡すということは、滅多になかった。しかし今日の屋敷の人々の様子は、些《いささ》かいつもとは異なっていた。桃代は小太郎の顔を見ると他人行儀な挨拶《あいさつ》をし、そそくさと姿を消してしまった。楓はあからさまに非難の眼差《まなざ》しを彼へ向けていた。その様な訳で、小太郎は直接藤香に文を渡さざるを得なくなってしまったのである。

「ご苦労でした」

流石に藤香は、優しく彼を労《いたわ》った。

「すぐに返書を認《したた》めます程に、待っていてください」

彼女はこう言って自らの部屋へ姿を消した。

「さて、何処で暇を潰《つぶ》したものか……」

小太郎は困った。いつもは、その様なことを考える必要はなかった。屋敷の人々皆が、彼を暖かく包《つつ》み込んでくれたものであった。しかし今日は、少しばかり様子が違う様である。そこへ羽村栄三郎が姿を見せた。

「女子には分かるまいが、宮仕《みやづか》えとは辛いものでござるよ。そこ許《もと》の所為《せい》ではない。気にされるな」

彼はこう言った。それは、小太郎を思いやった言葉の様に聞こえた。しかし栄三郎には、何も分かってはいない……、と小太郎は思った。

――俺は、若殿から命じられたが故に、進之助を清津へ連れて行くという先日の挙《きょ》に従った訳ではない。あいつの為にはこれで良かったのだと、今でも後悔してはおらぬ。伏見春元様は進之助にとって、決して相応《ふさわ》しい主殿《あるじどの》ではなかったのじゃ。

人は多分に、自分の物差《ものさ》しで物事を計りたがるものであった。

――この羽村殿とて、進之助と同様春元様に心服《しんぷく》している男だ。春元様がどうのこうのと申したところで、所詮無益《しょせんむえき》なことじゃ。

小太郎の心の中には、冷たい風が吹いていた。

『何故進之助様を、無理やり清津へ連れ去る様な行為に荷担《かたん》したのですか……？』

と誰かに正面から非難された方が、却《かえ》って良かったであろう。さすれば自らの心の内を、語ることも出来るというものであった。

――この屋敷の者たちが、この間まで俺をあの様に暖かく包み込んでくれたのは、一体何であったのか……。

血の繋《つな》がりはなく、約束で結ばれていた訳でもなく、金銭も絡《から》んでいなかった。その様な人と人との、何の取り決めもない曖かな繋がりの儚《はかな》さ脆《あやう》さを、小太郎は空《むな》しく噛《か》み締《し》めていた。

「えい、えい、」

この時、春宵尼の屋敷の庭へ出向いた菘《すずな》は、一人木太刀を振っていた。進之助が光国によって清津へ連れて行かれてしまって後、それは彼女の日課の様になっていたのである。

「……中々良い構えをしているな」

思わず、小太郎はこう声を掛けた。菘は驚いて振り返った。

「貴方は、確か、近藤様……」

「俺を知っているのか……？」

「進之助様の、お知り合いでしょう……。藤姫様にお文を届けておられた……」

「……そう申せば、玄斎殿の館の……。菘どの…、とか申されたな？」

菘は頷《うなず》き、更に言った。

「この屋敷の者たちは、皆元気をなくしてしまいました。だらしがない。進之助様が殺されてしまった、という訳でもないに……。桃代どのも、案外腰抜けの様じゃ」

菘は腹立たしそうな顔をしていた。

「それで皆に活《かつ》を入れる為に、ここで一人で稽古をしていた……、という訳か……」

「進之助様が今のこの屋敷の有様を見たら、だから女子は駄目なのじゃ……、と申されるに決まっています」

「……」

小太郎は菘の言葉を聞いていて、何となくやり切れぬ気持ちになった。別に菘は、彼を非難した訳ではない。しかし桃代の名を聞いて、先ほど彼女が取った自分へのよそよそしい態度が、再び思い浮かんで来たのである。

「桃代どのは、進之助の安否《あんぴ》について、尋ねようともしなかったが……」

小太郎は菘にではなく、独り言の様に言った。

「嘉平殿がおられなかったら、桃代どのは自分の心を押し殺してでも、お聞きしてみようと思ったでしょうが……」

「押し殺す……？」

小太郎は驚いて菘の顔を見た。

「嘉平殿は、こっそりと清津へ行かれた様じゃ。わたしは聞いていないけれど、桃代どのは進之助様について、何か聞かされていたと思います。だから貴方に近付く必要はなかった。そもそも桃代どのは、貴方のお顔など、見たくなかったのでしょう」

「……」

言《い》い難《にく》いことをはっきりと言う少女だ、と小太郎は思った。

——俺は桃代どのに、すっかり嫌われてしもうたか……。

小太郎は再び、先ほどの桃代の様子を思い浮かべた。しかしそれも致し方ないことなのであろう。……もう藤香の光臣への返書が書けた頃であろうかと、小太郎はそちらへ行こうとした。

「近藤様……」

ここで菘が声を掛けた。

「わたしの、相手をしては頂けませんでしょうか……？　楓どのも桃代どのも、この頃一向に気乗りがせぬ様子で……」

「俺が、そもじの相手を……？」

小太郎は困った様な顔をした。

「駄目でしょうね。進之助様は、一度としてわたしたちに稽古をつけてはくださいませんでした。その様な事は、女子のすることではない、と申されて……」

菘はこう言って小太郎に背を向けた。その後ろ姿は、何となく寂しそうであった。

「お相手しよう」

小太郎は思わずこう口にしていた。

「本当に……？」

菘は何とも嬉しそうに瞳《ひとみ》を輝かせた。やがて彼女は、無我夢中《むがむちゅう》で小太郎に打ち掛っていった。菘の稽古《けいこ》は、何時も無心であった。

「……菘どのは、中々筋が良い」

稽古の後、小太郎は感心した様に言った。

「貴方は進之助様とは、よく手合わせをされるのでしょう？　どちらがお強いのですか……？」

菘は唐突《とうとつ》に尋ねた。

「……さあ、どうであろうか……」

進之助の名誉の為にも、『三本に二本は自分が……』などと言いたくはなく、小太郎は曖昧《あいまい》な返事をした。しかし菘は意外なことを言った。

「進之助様は、何時もほんの少しの力しか、出してはおられぬのではないかと……」

「進之助と立ち会うたことは、ないのであろうが……？」

小太郎は不思議そうな顔をした。

「竹緒さまが全力でかかっていっても、全く歯が立たない……。いつも……」

「竹緒どの……？　ああ……、玄斎殿の、ご子息であったな……。幾つになられる？」

「十四歳です」

「それでは……。それに、稽古を始めてまだ日も浅いのであろう」

小太郎は、比べるのも気の毒だ、と思った。竹緒は武士の子でもないのである。

「……進之助様は、決して相手を侮《あなど》っているのではないと思います。そこには羨《うらや》ましい程の、愛情さえも感じられる様な……。でも、わたしは、真剣を持って戦っている進之助様を、見てみたい。多分、そこには全く違った進之助様が、おられるでしょうね」

「……稽古と命のやり取りとは、全く違うからな……」

小太郎は、何とも独特な見方をする女だ、と思った。

「稽古を付けて頂いたお礼がしたいのです。わたしの家へ、お出《い》でください」

「礼などいらぬ」

「ただ、お茶を差し上げるだけ……。家の井戸で汗も流してください」

菘は澄んだ瞳で、小太郎をじっと見つめた。彼は菘の好意を素直に受けることにした。『捨てる神あれば、拾う神あり』であった。

「進之助は、本当に桃代どのとの仲が、上手くいかぬ様になったのであろうか……」

菘の部屋の縁先で茶の接待を受けながら、小太郎はこの間から気になって仕方がなかったことを口にした。松ケ枝城《まつがえじょう》へ伴《ともな》われてからの進之助の身辺には、常に光国の近習の誰かの目が光っていて、小太郎は彼と二人きりになる機会さえもなかったのである。

「進之助様は、鶴掛城《つるかけじょう》とかいう所へ行かれたとか……?」

やはり菘にも、彼の身がどうなったのかは気になっていた。

「いずれは、そうなるであろうが……」

流石《さすが》に小太郎は、唐沢家の内情《ないじょう》については話す積もりはなかった。光国は於次丸を城主として赴かせたいと考えているが、跡継ぎに関しては鶴掛城の内部にも様々な思惑が渦巻いていた。すぐに若年の於次丸が乗り込んで行ける様な状態には至っていないのである。

「進之助様と桃代どのは、何時も口喧嘩《くちげんか》ばかりしていましたが、本当は仲が良かったのじゃ、と思います」

　菘は自らの考えを正直に口にした。

「しかし先日は百合姫様が、皆の見ている前で、『進之助が好きじゃ』と申されて、若殿もいずれは二人を添《そ》わせてやっても良いと、本気で考えておられる様だが……」

　唐沢光匡は、進之助を大切な男だと考えている。彼を自分の許に引き付けて置く為には、妹の様に育った百合香を娶《めあわ》せようと考えたとしても、不思議ではなかった。

「あの姫さまは、何とも分からないお方なのです……」

　菘は呟《つぶや》く様に言った。彼女は内心、百合香と進之助が真にその様な仲であったなら、どの様に良いであろうか……、と思っていた。竹緒が、自分を本当の妹の様に愛してくれているのが、彼女にはこの頃苦痛《くつう》に思われる様になった。竹緒が百合香のことを、決して『妹の様に』は、考えていないのは確かである。

「しかし、大勢《おおぜい》の者達の前で、まさか偽《いつわ》りを申された訳でもあるまいに……」

「近藤様は、常識的な考え方、生き方をされているお方なのでござりましょう」

　菘は言った。

「それは、どういう意味じゃ？」

小太郎は不思議そうな顔をした。

「けれども姫さまは、本当に分からないお方なのです。初めてお目に掛ってから、もう四年にもなりますが……」

菘はふと、柾平川での出来事を思い出していた。速い川の流れに、鞠《まり》を求めてまっしぐらに足を踏《ふ》み入れて行った百合香。中洲《なかす》で菘に殴《なぐ》り倒されて後、彼女の乗っていた大きな石を力一杯揺《ゆ》すって倒し、その後本気で取っ組み合いの喧嘩《けんか》をした、百合香……。

「とてもお姫様のされる様なことでは、ありませんでしょう……」

菘は小太郎にそれらの話をしながら、何故か口元を綻《ほころ》ばせていた。

「あの愛《あい》らしいお顔の、百合姫様がのう……」

小太郎には、すぐには信じられぬことであった。

「かつて桃代どのが、姫さまに剣の稽古をおさせしようとした時、姫さまは『嫌じゃ』と申されました。わたしはその時、『菘が姫さまを守って上げる』と思わず言ってしまったのです。それまでその様なことを自分が口にしようなどとは、思ってさえいなかったのに……。何故か自然に、その様な言葉が出てきたのです。けれども姫さまは、別に驚いた風もなく、唯、『ありがとう』と微笑まれた。あのお方は、正真正銘の『お姫様』、なのやも知れませぬ。お生まれなのか、それともお育ちなのか……」

菘はふと、自分はどうして初対面の小太郎に、この様なことを話す気になったのであろうか……、と不思議に思った。

　やがて小太郎は、

「また、菘どのと稽古がしたいものじゃな」

　と言って立ち上がった。

「良き稽古仲間になれそうだ」

「はい」

　小太郎の言葉に、菘は嬉しそうに微笑《ほほえ》んだ。

　その頃竹緒は、父玄斎から言い付かった薬を患者の家に届けて後、家路《いえじ》を急いでいた。彼はこのところ、すこぶる不機嫌なのであった。彼がこの日の様に父の用事で外出中《たしゅっちゅう》に春宵尼の屋敷で起こった出来事は、早くも人々の口《くち》の端《は》に上っていた。

　――百合姫さまが、大勢の人達の見ている前で、事もあろうに『進之助が好きじゃ』と申された……、と聞いた。これは、何としたことじゃ。

　竹緒の心中は、当然のことながら穏《おだ》やかではなかった。訳を尋《たず》ねた竹緒に対して、百合香は、

『竹緒さまが大好きな進之助殿は、大切なお師匠様《ししょうさま》は、貴方からわたしを取り上げる様なお方じゃと、本当に思うておられるのですか……？』

　と、逆に聞き返したものであった。

　――あの様に生意気なお方じゃとは、思わなかった。

竹緒は痛いところを突かれて、益々腹を立てた。確かに結城進之助が、自分と百合香との仲を知っていながら、密かに百合香に近付いていた……、とは、到底考えられぬことであった。進之助は竹緒がこの世で父玄斎の次に、大切に思っている男なのである。

――かっとなって、百合姫さまや進之助殿を疑ったわたしも確かに悪かった。しかし、これこういう訳じゃと、本当のところを話してくださっても良かったではないか……。

竹緒の不快感は益々つのった。一方百合香は、

――進之助殿と桃代との関係は、竹緒さまとて知っておられる筈じゃ。

と思っていた。そこへ竹緒が、怖《こわ》い顔をして真相を問い正そうとしたので、却ってむきになってしまったのである。二人の仲違《なかたが》いは、あれからずっと続いていた。

「竹緒さま……」

この時、何処かで百合香の声が聞こえた様な気がした。

――まさか、姫さまがこんな所まで……。百合姫さまのことばかり思うていた故に、この様なことにもなるのじゃ。

竹緒は苦笑した。

「竹緒さま」

しかしそれは、空耳《そらみみ》ではない様であった。竹緒は、驚いて辺《あた》りを見回した。すると、雑木林《ぞうきばやし》に近い、朽《く》ち掛けた小屋の窓から、百合香が顔を見せていた。

「姫さま。どうしてこんな所へ……？」

竹緒はこう言って小屋に駆け寄り、中へ入ろうとした。

「入っては駄目……」

百合香は厳《きび》しい口調で言った。

「どうしてこの様に遠くまで、お一人でお出《い》でになったのですか……？」

その小屋は、我孫子峠まではもう目と鼻の先の、春宵尼の屋敷とはかなり距離のある所にあった。我孫子峠を越えれば、そこは既《すで》に清津の国なのである。

「重い病に、罹《かか》りました……」

「どなたが……？」

「わたしが……」

竹緒は不思議そうに尋ねた。

百合香はこう言って目を伏せた。

「その様には見えませぬが……」

「竹緒さまと喧嘩したまま死んでしまうのは、とても悲しいと思いました……。我孫子峠の近くまでお出掛けじゃと聞いて、堪《こら》えきれなくなって参りました」

「一体、どうなさったのですか……？」

竹緒は小屋の中へ入って、はっとした。百合香の小袖の腰の辺りが、うっすらと朱に染まっていたのである。

「この様なことに気付いたのは、朝、厠《かわや》で……。始めは大したこともなかったのに、段々とひどくなってきました。この様に訳もなく血が流れては、わたしはもう、死んでしまうのでしょう……」

百合香は訴える様に未来の薬師《くすし》を見た。

「……母上様も、姉上様も、桃代どのも……。今までに、何も教えてはくださらなかったのでしょうか……？」

あの様に沢山の女性たちが住んでいる屋敷で、一体皆は何をしていたのであろうか……、と竹緒は思った。

――桃代どのも、あの様にいつもうるさい程に世話を焼いていながら、何としたことだ……。

竹緒は困惑した。いつしか百合香は、啜《すす》り泣いていた。

――いや……、姫さまが、日頃から余りに無邪気な方であられた故に、まだ、まだ先のこと……、と思うてしまわれたのやも知れぬ……。

竹緒はその様に思い直した。

「姫さま……。貴女は、決して病になられたのではありませぬ」

竹緒はこう言って、優しく百合香の両肩に手を掛けた。百合香は、目に一杯に涙を溜《た》めて、じっと竹緒の顔を見ていた。

「神様が、百合姫さまにも、そろそろ母上となれる心の準備をして置きなさいと、仰せになったのでしょう。春宵尼様が、貴女の母上様になられた様に……」

「えっ……？」

百合香は不思議そうに聞き返した。

「姫さまは、決して患《わずら》われた訳ではありませぬ。お屋敷へ帰って、桃代どのにお聞きください」

竹緒は、流石《さすが》にそれ以上は口にすることが出来なかった。しかし彼は、思わず百合香を抱き締めていた。心の底から、彼女が愛《いと》しいと思った。

「けれどもこのお姿では、往来《おうらい》は歩けませんね……」

竹緒は思案《しあん》していた。着替えを取りに戻る間、このまま百合香を一人でここに置いて行くのも心配であった。

「暫《しばら》くお待ちください」

こう言って小屋から出て、程なく竹緒は大きな籠《かご》を背負って姿を見せた。

「知り合いのお百姓の家より、お借りしてきました。わたしが姫さまを、お屋敷まで背負って参りましょう」

「でも……」

百合香は躊躇《ちゅうちょ》していた。

「誰かが、この小屋へ参ってもいけませぬ。さあ、早う」

竹緒が促《うなが》し、やがて百合香もおとなしく籠の中に納まることにした。竹緒はそれを背負うと、ゆっくりと歩き出した。

「竹緒さま……」

それから、どれくらい歩いたであろうか…。百合香が、遠慮勝ちに声を掛けた。

「何でしょうか……？」

竹緒の胸は、何故か高なっていた。

「神様が、私に母上になる心の準備をするようにと、仰せになったのですね……？」

「はい」

「父上は、どうするのでしょうか？」

「………」

竹緒は思わず足を止めた。

「竹緒さまが、父上様になってくださりますか……？」

背中の百合香の顔は、当然見える筈がない。しかしその声には、明らかな恥じらいの色が籠《こ》もってい
た。この時…、

『……喜んで』

と竹緒は答えたかった。しかし彼の内なるもう一人の男が、それを許さなかった。

「淑《しと》やかなる女性《にょしょう》の、申される言葉とも思われぬ。端《はし》たない……」

彼は頬を紅潮させて答えた。女が男に対して求婚する。その様なことがあって良いのであろうか

……。父玄斎は、母の顔佳《かおよ》と深く愛し合って結ばれたと聞いた。しかしあくまでもそれは、父が母に対して、妻になって欲しい、と打ち明けた筈であった。

「竹緒さま……。怒ってしまわれたの……?」

百合香の声は、何とも悲しそうであった。その後はどちらも、一言も口をきこうとはしなかった。

気まずい沈黙を続け、二人は家路へと向かったのである。

竹緒は悶々《もんもん》として眠れぬ夜を過ごし、翌日は朝から大層不機嫌であった。彼は己自身に腹が立ってならなかった。

――どうしてあの時、『はい』と答えなかったのであろうか……。

しかし男子たるもの、それで良いのか……。彼は、誇りと後悔の狭間《はざま》に苦しんでいた。見ず知らずの女性と祝言を挙げることも珍しくない風習《ふうしゅう》は、竹緒とて好まない。しかしどうして、女の方から恋の意思表示をして良いものか……。

その日の昼下がり、竹緒は何となく柾平川の流れを見たくなり、その河原へと出掛けて行った。

「俺は、何故この川へと来てしまったのであろうか……」

竹緒はぽつりと言った。

「そうじゃ。姫さまは、あの時……」

百合香が川で溺《おぼ》れかけた時、それを助けたのは竹緒であった。

――いくら鞠を拾おうと、唯それだけを思われたとて、この川に何のお考えもなく足を踏《ふ》み入れるとは……。

又、川で泳ぐ術《すべ》を教えて欲しいと、百合香は竹緒の前で一糸纏《いっしまと》わぬ姿となってしまった。

「姫さまは、普通の女性《にょしょう》とは、明らかに違っておられるのじゃ……」

竹緒は再び呟く様に言った。

——姫さまは、本当に俺などの妻となれるお方なのであろうか……。

あの様な女性と生涯を共に暮らすというのは、もしかしたら大変なことなのではないだろうか……。あのお方は、やはり何処ぞのご領主の正室となられ、普通の女とは違った生き方をされるべき女性なのではないか……。竹緒には、何となくその様に思われてきた。その時であった。

「竹緒さま……」

突然こう呼び掛けられて、驚いて振り返ると、そこには百合香が立っていた。

「お屋敷へ伺ったらお留守で、何処へ行かれたのかは分からぬとのこと。でもわたしは、こちらじゃと思いました」

意外な百合香の出現に、竹緒は慌てて立ち上がった。

「一体どうされたのですか……？」

百合香の何時にない真剣な表情に、竹緒は心配そうに尋ねた。

「昨日わたしが申し上げたことは、なかったことにしてください」

百合香はこう言って、辛そうに竹緒から目をそらせた。

「今、何と申されたのですか……？」

竹緒は思わずそう聞き返していた。百合香からの求愛を拒絶したことなど、この時彼の念頭《ねんとう》からは失せていた。

「女子の方から男の方に申し込みをすると、上手くは行かぬということが……。古《いにしえ》の書物に書いてあるそうですね。それ故に竹緒さまは、昨日、わたしの願いをお断わりになったのだと……」

「はあ……？」

竹緒には、訳が分からなかった。

「昔、女神から男神へと求婚されたら、不幸な結果になってしまったそうですね」

「女神と男神……？」

竹緒は首を傾《かし》げた。

「……ああ」

やがて竹緒は頷《うなず》いた。百合香は、伊弉諾命《いざなぎのみこと》と伊弉冉命《いざなみのみこと》のことを言っているのであろう……、と気付いたのである。

「その様なことは、どなたからお聞きになったのですか？」

竹緒は興味深そうに尋ねた。

「桃代から……」

「桃代どのは、その先の話はされなかったのでしょうか……？」

「桃代は、それから先は知りませぬので、竹緒さまからお聞きくださ い、と」

「……そう申されたのですか……」

桃代どのもお人が悪い……、と竹緒は思わず苦笑した。桃代は、進之助と竹緒がさる学者から受けた『古事記』の講義を傍《かたわ》らで聞いていた。その様に中途半端に、話の内容を理解していた筈はない。桃代は知らなかった訳ではなく、その先は竹緒自身の口から百合香に語らせたかったのであろう……、と思われた。昨日、百合香は女性の方から男性に求婚し、拒絶されてしまった。しかし今日になって、更にこの様な行動を取らせてくるとは……。敵の女軍師《おんなぐんし》は、大したものである、とまで竹緒は思った。この期《ご》に及んで躊躇《ちゅうちょ》しては、桃代から軽蔑されるであろう……。

——ここで尚も拒《こば》んだとしたら、俺は生涯後悔し続けるやも知れぬ。

竹緒は、昨日からの煩悶《はんもん》には、最早決着をつけたいと思った。

「姫さま。その話の続きは……」

竹緒はこう言って百合香の身体を引き寄せた。

「男神が改めて、女神に求婚されたのです。そうしたらお二人のその後はめでたく、沢山の子宝にも恵まれた、ということです」

「竹緒さま……」

「将来、必ずやわたしと一緒に、生きて行ってくださいますね」

「本当に……?」

彼女は、喜びよりも、信じられぬ……、との表情を見せていた。

「姫さま……」

竹緒は答えの替わりに、百合香をしっかりと抱き締めた。

古事記の伊弉諾命《いざなぎのみこと》と伊弉冉命《いざなみのみこと》は結ばれて、確かに多くの神々をこの世に送り出すこととなった。しかし結局、伊弉冉命《いざなみのみこと》は火の神加具土命《かぐつちのみこと》を生んだ時に、女性の大切な所に大火傷《おおやけど》を負って亡くなってしまい、伊弉諾命は最愛の妻を求めて、黄泉《よみ》の国《くに》まで出掛けて行くこととなる。しかし竹緒は、あくまでもそれは、神話の世界であると考えていた。それ故に彼は、それを百合香に語ろうとはしなかった。愛する女性に先立たれてしまうなどということは、母の顔佳《かおよ》を失った父玄斎だけで沢山であると、竹緒は思っていた。

その頃桃代は、春宵尼の屋敷の裏庭の杉の木の下に、ぼんやりと佇《たたず》んでいた。彼女は昨夜、百合香から竹緒とのやり取りを聞かされたのである。

『……竹緒さまは、とても怒っておられた……』

流石に百合香はしょんぼりしていた。彼女には初潮《しょちょう》をみた驚きと共に、竹緒から受けた言葉が衝撃なのであった。

『わたしのことなど、竹緒さまはお嫌いなのでしょう』

百合香は何とも切なそうな表情を浮かべていた。

『その様なことはありませぬ。竹緒さまは、縁起が悪い……、と思われただけです』

桃代は即座に答えた。

『縁起が、悪い……？』

百合香は不思議そうに聞き返した。そこへ桃代は、伊弉諾命《いざなぎのみこと》と伊弉冉命《いざなみのみこと》の神話を、曖昧《あいまい》に話したのであった。

「……竹緒さまは、姫さまがお好きなのじゃ。きっと受け入れてくださる」

彼女は、自らの考えたことは、多分上手くいったであろうと思っていた。もし、上首尾にならなかった時には、また次の手を考えれば良いのである。玄斎の思惑《おもわく》も、春宵尼の心の内も、今は全く分からなかった。しかし百合香の為とあれば、自分はどの様なこともするであろう……、と彼女は考えていた。

「姫さまは、お幸せじゃ」

柾平川で溺れた百合香を竹緒が救ってくれたのが、二人のそもそもの馴《な》れ初《そ》めであった。その後も柾平川《まさひらがわ》で、多分百合香が菘と喧嘩をしていたのであろう時に、二人を引き分けたのは進之助と竹緒であった。そして同じく柾平川で、小袖を脱ぎ捨ててしまった百合香に、慌《あわ》ててそれを着せ掛けたのも竹緒……。

「そうそう、お二人はもう、お褥《しとね》もご一緒されたのでござりましたね……」

その話を、百合香自身がふと漏《も》らした時に、それを聞いた桃代は、思わず自らの方が頬を赤らめてしまったものであった。

――竹緒さまは何事もなく、姫さまをお帰しくださった。その様に百合香さまのことを大切に思っていてくださる……。

桃代は嬉しかった。

――姫さまは、私には到底理解出来ぬ様なこともなさってしまうお方じゃ。けれども竹緒さまは、その様な姫さまのことを、本当に大切に思うていてくださる。

彼女はこの時、ふと、自らの胸の奥に小さな疼《うず》きの様なものを覚えた。

――これは、一体どうしたというのであろうか……。

桃代は訝《いぶか》しく思った。

――この胸の内の苦しさは、一体何なのであろう……。私はこの様に、百合香姫さまを大切に思うている。その姫さまが、一歩お幸せに近付かれたやも知れぬというのに、何故にこの様に胸が苦しゅうなるのであろうか……。姫さまが進之助様と将来のお約束をなされた……、と申す訳でもないのに……。

桃代にはその正体が、皆目《かいもく》分からなかった。やがて月日は巡り、この日の出来事も遠く忘れ去られた時になって、思いも寄らぬ事から、彼女はそれと気付くことになるのだが……。

「……進之助様は、どうしておられようか……」

桃代はそっと、杉の木の幹《みき》に手を掛けた。百合香と竹緒の、余りにも愛らしい騒動の後に、彼女は改めて、自らが結城進之助を心から愛していることに気付いたのである。

この三年余りの間に玄斎が招いた学者は多岐《たき》にわたり、孫子《そんし》など桃代が尻込《しりご》みしてしまう様な講義もあった。しかし進之助は、『聞いておいて損はないぞ』と彼女にも聴講《ちょうこう》を勧めた。学者が帰った後で、竹緒と共に進之助から分からなかった所を補ってもらう時間は、桃代にとって本当に楽しいものであった。古事記の講義を受けた日のことを思い浮かべた桃代には、それが宝物の様に大切に思われたのである。

〔第二巻　―完―〕

花守物語　第二巻

2015年 5 月15日　初版発行

著者　貴凪譲／貴凪よし子／貴凪光子

発行・発売
創英社／三省堂書店
〒101-0051　東京都千代田区神田神保町1-1
Tel：03-3291-2295　Fax：03-3292-7687
印刷／製本　(株)新後閑

ISBN：978-4-88142-906-8　C0093　¥1300E